KB232519

絶對天王 절대천왕

장담 新무협 판타지 소설
FANTASTIC ORIENTAL HEROES

절대천왕 7

장담 新무협 판타지 소설

초판 1쇄 찍은 날 § 2008년 9월 17일
초판 1쇄 펴낸 날 § 2008년 9월 27일

지은이 § 장담
펴낸이 § 서경석

편집장 § 문혜영
편집책임 § 서지현
편집 § 이재권

펴낸곳 § 도서출판 청어람
등록번호 § 제1081-1-89호
등록일자 § 1999. 5. 31
어람번호 § 제2-1578호

주소 § 경기도 부천시 원미구 심곡동 163-2 서경B/D 3F (우) 420-010
전화 § 032-656-4452 팩스 § 032-656-4453
http://www.chungeoram.com
E-mail § eoram99@chollian.net

7

절대천왕

천부지비(天府之秘)

장담 新무협 판타지 소설
FANTASTIC ORIENTAL HEROES

도서출판 청어람

目次

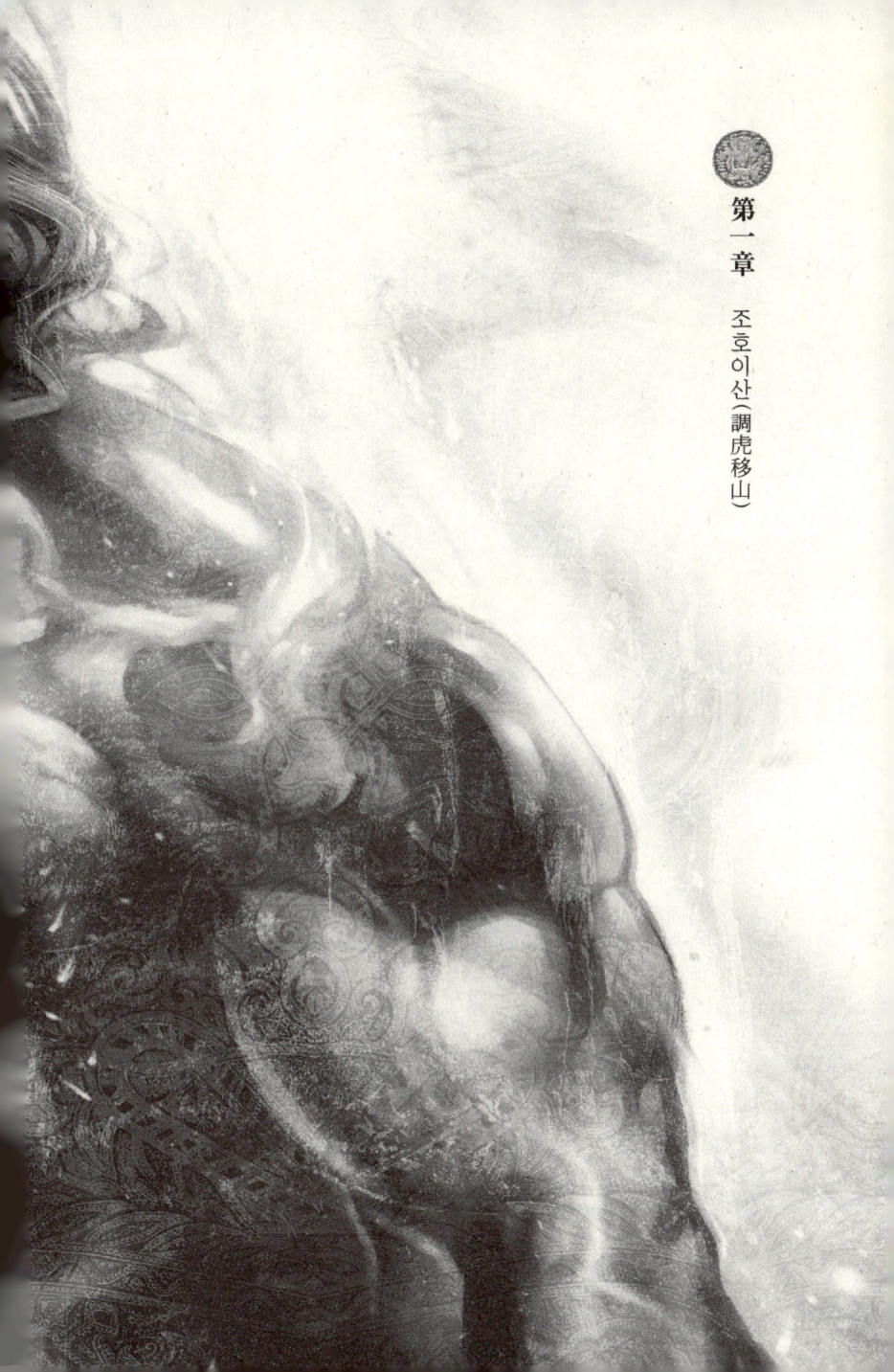

第一章

조호이산(調虎移山)

절대천왕 絶對天王

그들의 행동과 말투는 영락없는 산적이었다. 실제로 산적들이었으니 조금도 이상하게 보이지 않았다.

천외천가의 무사들은 상대가 산적임을 알고 어이가 없는 한편으로 불같이 화가 났다.

일개 산적들에게 대천외천가의 경비무사들이 당하다니!

"저 버러지 같은 놈들을 다 죽여 버려!"

조필 등도 지지 않았다.

"흥! 남의 구역을 넘본 놈들이 어디서 헛소리를 하는 거냐?!"

"너희들 어떤 산채 놈들이야?!"

"어떤 산채인지 알아서 뭐 해? 그냥 때려잡자고!"

일순간 대왕채의 산적들과 천외천가의 무사들이 얽혀들었다.

고함 소리, 날카로운 쇳소리가 밤하늘을 흔들었다.

마을 안에서 더 이상 나오는 사람은 없었다. 정예무사 이십여 명이면 산적들 정도야 가볍게 처리할 수 있을 거라 생각한 듯했다.

하지만 시간이 지나자, 천외천가의 무사들 입에서 다급한 목소리가 터져 나왔다.

"보통 놈들이 아니다! 전력을 다해서 상대해!"

"아무래도 사람을 더 불러야겠습니다!"

그들이 부를 것도 없었다.

예상외로 싸움이 길어지자, 무사들이 구경 삼아 마을 어귀로 나오기 시작했다. 하지만 곧, 천천히 걸어오던 그들은 상황이 심상치 않음을 알고 걸음을 빨리했다.

"뭐야, 산적들이라며?"

"무슨 산적들이 저렇게 강하지?"

"안 되겠다! 모두 놈들을 쳐!"

우르르, 사십여 명에 이르는 사람들이 달려온다.

조필은 쌍소리를 하며 뒤로 물러섰다.

"아, 씨발 새끼들! 떼거리로 몰려드네! 어떤 산채에서 나온 놈들인데 저렇게 많아?!"

"일단 물러가자! 우리도 애들 좀 더 데려오자고!"

적삼도 산적답게 소리치며 뒤로 몸을 날렸다.

천외천가의 무사들이 도착했을 때는 바닥에 널브러진 사람만 십여 명에 달해 있었다. 대부분이 천외천가의 무사들이었다.

"찢어죽일 산적 놈들!"

"쫓아라! 놈들을 잡아 죽여!"

분노에 찬 고성이 터져 나왔다. 달려오던 자들은 그대로 시신을 지나쳐 대왕채의 사람들을 뒤쫓았다.

그렇게 백여 장가량 쫓아간 그들이 빽빽하게 우거진 송림 앞에 다다랐을 무렵이었다.

송림에서 한 사람이 뒷짐 진 채 걸어나왔다.

"쓸어버려!"

그의 목소리가 나직이 울린 순간, 사방에서 오십여 명이 쏟아져 나왔다.

갑작스런 상황에 천외천가의 무사들이 주춤거리며 걸음을 멈췄다. 그러나 곧 상대가 산적들임을 떠올리고 눈을 치켜떴다.

"산적 놈들이 감히!"

숫자가 많다지만 상대는 산적이다. 그에 반해 자신들은 천외천가의 정예무사. 숫자의 차이는 아무런 걸림돌도 되지 않았다.

"이놈들! 네놈들을 모조리 산짐승 밥으로 만들어주마!"

북리환도 눈을 부릅뜨고 소리쳤다.

"녹림의 형제들을 우습게보는 놈들에게 녹림의 힘을 보여

쳐라!'

그의 명이 떨어짐과 동시 대왕채의 산적들이 일제히 공격을 시작했다.

어둠 속에서 백여 명이 뒤엉켜 서로의 목숨을 빼앗기 위해 무기를 휘둘렀다.

누가 적이고 아군인지조차 분간이 잘 안 될 지경. 처절한 비명과 신음이 곳곳에서 흘러나오며 순식간에 십여 명이 쓰러졌다.

그렇게 반의반 각이 지나기도 전, 천외천가의 벽천당 이조 장인 홍이진이 악을 쓰며 퇴각 명령을 내렸다.

"마을로 돌아간다! 후퇴해!"

그의 명이 떨어지자마자 기다렸다는 듯 천외천가의 무사들이 격전장에서 몸을 빼냈다.

올 때는 사십 명에 가까웠지만, 양편이 갈라선 후 남은 자는 십여 명에 불과했다.

그들은 뒤도 돌아보지 않고 마을을 향해 도주했다.

북리환은 도주하는 자들의 뒷모습을 보며 씨익 웃었다.

"후후후, 이제 우리가 쫓을 차롄가? 자, 가자! 녹림의 형제들아!"

마을 어귀에는 천외천가의 무사 백여 명이 모여 있었다.

그들은 어둠 속에서 천외천가의 무사들이 쫓겨오는 것을 보고 눈을 크게 떴다.

"허어, 저걸 믿어야 한단 말인가?"

도유당주 채홍신은 어이가 없었다.

산적이라 했다. 한데 벽천당의 무사들이 산적에 밀려 도망쳐 오고 있다. 그것도 겨우 십여 명만이.

그때 자신들을 봤는지 달려오던 산적들이 멈칫하는 게 보였다.

채홍신은 지체없이 신형을 날렸다.

"겁을 땅속에 파묻은 놈들! 산적 따위가 감히 본 가의 위엄에 대항하다니! 놈들을 모조리 들개 밥으로 만들어 버려라!"

백여 명의 무사가 살기를 풀풀 날리며 그의 뒤를 따랐다.

삼십여 장의 거리가 순식간에 좁혀지고, 천외천가의 무사들이 당장 대왕채의 사람들을 다 죽일 것처럼 덮쳤다.

그들뿐이 아니었다. 곧이어 마을 안쪽에서 또다시 이백여 명의 사람들이 마을 어귀 쪽으로 나왔는데, 그들 역시 노성을 내지르며 격전지를 향해 달려갔다.

"살다 살다 별일을 다 보는군! 모조리 죽여 버려!"

한편, 북리환은 단숨에 십여 명을 쓰러뜨리고는 마을 쪽에서 수백 명이 몰려오자 수하들을 뒤로 물러서게 했다.

"놈들 쪽수가 너무 많다! 후퇴해!"

천외천가의 무사들은 산적들이 도망치자 미친 듯이 뒤를 쫓았다.

이성적으로 생각하고 자시고 할 틈도 없었다.

어영부영 수십 명이 죽었다.

대천외천가의 무사들이 산적들에게 말이다!

피의 대가를 받아야 했다. 자존심을 회복하기 위해서라도 모조리 목을 베어 죽여야만 했다.

그들은 따로 명이 없는데도 대왕채 사람들의 뒤를 쫓았다.

"한 놈도 놓치지 마라!"

그리고 잠시 후, 또다시 송림 앞에 이르렀다.

순간 백여 명의 사람이 송림의 어둠 속에서 모습을 드러냈다. 화정대 전마성의 무사들이었다.

그들은 천외천가 무사들의 양편에서 달려들며 일언반구도 없이 무작정 살수를 쏟아냈다.

대경한 채홍신은 그제야 이상함을 느끼고 몸이 굳었다.

자신이 쫓던 자들보다 더욱 강한 자들이다. 일류 이상의 경지에 오른 고수들. 와중에는 절정의 고수로 보이는 자들조차 상당수다.

'뭐, 뭐야? 이놈들, 정말 산적 맞아?'

아니다. 산적이 이렇게 강할 리가 없다.

옷도 산적의 전형적인 복장과 완전히 다르다.

그는 재빨리 상황을 둘러보고 안색이 창백하게 굳었다.

비명을 흘리며 쓰러지는 사람은 거의 모두가 천외천가의 무사들뿐이다.

숨 몇 번 쉬는 사이, 제대로 대항도 못해보고 수십 명이 쓰러졌다.

'하, 함정?'

그가 그것을 느꼈을 때는 이미 뒤가 무토대에 의해 막힌 후였다.

당황한 채홍신을 바라보며 북리환이 다가갔다.

"이제 알았나? 생각보다 머리가 돌이군."

채홍신은 입술을 씹으며 북리환을 노려보았다.

"네놈은 누구냐?! 감히 본 가를 건드리다니, 죽기를 작정했구나?!"

"나? 나는 북리환이라고 하지."

채홍신의 눈빛이 흔들렸다. 어디선가 들어본 이름인데 금방 생각이 나지 않는다.

그때 북리환이 그를 도와주었다.

"태백산의 촌놈이 녹림왕이라는 이름을 들어나 봤는지 모르겠군."

그 시각.

마을 어귀에서 벌어진 상황이 순우무종에게 보고되었다.

순우무종은 보고를 받고 어이없어 분노보다 헛웃음이 먼저 나왔다.

"무슨 말인가, 산적이라니?"

"근처의 산적들 같았다고 합니다."

비승문의 말에 순우무종이 눈을 치켜뜨고 버럭 소리를 질렀다.

"산적들에게 경비를 서던 본 가의 정예무사들이 죽었다고? 그걸 말이라고 하는가?!"

눈살을 찌푸린 채 조용히 있던 강대종이 입을 열었다.

"지금 총력을 다해 놈들을 쫓고 있으니 곧 잡을 수 있을 것입니다, 총령주."

"제기랄! 대체 이게 무슨 일인가? 중요한 일을 앞두고 정체를 알 수 없는 놈들에게 당하다니! 일단 경비를 강화하고 쓸 만한 자들을 모두 장원 일대에 배치시키게. 몰래 이곳을 치려는 놈들이 있을지 모르니까 말이야."

"예, 총령주!"

비승문이 자리에서 밖으로 나갔다.

순우무종은 거칠게 술잔을 입 안에 털어 넣고 허공을 노려보았다.

"감히 내 앞길을 방해하다니! 어떤 놈들인지 몰라도, 절대 용서하지 않을 것이다!"

"너무 걱정 마십시오. 어지간한 대문파도 이곳에 모인 본 가의 전력을 상대할 수 없습니다. 조금 있으면 산적들을 소탕했다는 소식이 전해질 것입니다."

"나머지 사람들은 언제쯤 도착할 것 같나?"

"한두 시진이면 도착할 것입니다."

"으음……."

순우무종이 인상을 쓰며 다시 술잔을 잡는다. 손자기는 묵묵히 듣기만 하다 자리에서 일어났다.

"속하는 나가서 수하들 상태를 살펴보겠습니다."

"알았어. 나가봐."

짜증을 내듯이 손을 젓는 순우무궁이다.

돌아서는 손자기의 눈이 가늘어졌다.

'흥! 지금까지 대문파를 상대해 보기나 했나? 기껏해야 중소문파만 상대해 봤지.'

총령주 휘하 일천이백 명의 무사가 모두 모였다면 강대종의 말도 크게 틀린 말은 아니었다. 그러나 현재는 칠백 명뿐이다.

자신이 생각할 때 오늘 밤 나타난 자들은 결코 산적이 아니다. 만일 그들이 구대문파 중 한 곳과 자웅을 겨룰 수 있는 자들이라면 길함보다는 흉함이 더 컸다.

물론 그러한 문파가 갑자기 이곳에 나타날 일은 없지만, 지금 상황은 어떤 것도 배제할 수 없었다.

'조호이산(調虎離山)……. 분명해. 그들은 본 가의 힘을 마을 밖으로 빼내고 있어. 산적? 웃기는 소리지.'

손자기는 지그시 이를 물고 하늘을 바라다보았다.

두툼하게 살이 오른 달이 서쪽으로 기울어갈 즈음.

좌소천은 호법들과 능야산의 형제들을 대동한 채 산을 내려가 사가촌으로 진입했다.

마을에 있던 칠백여 명의 무사 중 삼백수십 명이 빠져나갔다. 그들은 화정대와 무토대에 의해 고립되어 있을 것이었다.

남은 자는 삼백 정도. 하지만 그들조차 반수 이상은 마을 입구로 나가 있는 상태였다.

지금쯤 그들도 화정대와 무토대에 갇힌 동료를 구하기 위해 마을을 떠났을 터. 그들을 상대하기 위해 목령대가 갔으니 그곳은 그것으로 충분히 해결될 것이었다.

그렇다면 아직 도착하지 않은 자들은 오백 정도. 하지만 그들도 걱정할 것이 없었다.

수룡대와 금강대가 그들을 마중하러 갔으니까. 날이 샐 때쯤이면 삼십여 리 서쪽에 까마귀 떼가 득시글거릴 것이다.

어쨌든 마을에 있는 백수십 명만 제거하면 천외천가의 한 축이 무너진다는 말.

'이제 시작이다, 천외천가여! 절대, 절대로 용서치 않을 것이다!'

좌소천은 다시 한 번 마음을 굳게 다져 먹고 길게 뻗은 마을 길로 들어섰다.

"마을 사람들은 다 피했소?"

"지금쯤 대부분이 외곽으로 피신했을 것입니다."

마을 사람처럼 가장하고 몇 사람이 마을로 들어갔다.

그들은 화정대가 작전을 시작함과 동시, 소란을 틈타 마을 사람들을 외곽으로 피신시켰다. 장원에 있는 무사들이 마을 사람들을 모두 죽일지 모른다며 겁을 주어서.

물론 모든 사람이 다 피신하지는 못했을 터였다. 장원 안에서 심부름하는 사람만도 적지 않을 테니까.

'그들이 밖으로 나오지 않기만 바라는 수밖에.'

이미 작전은 마지막을 향해 치달리고 있는 상태. 몇 사람 때문에 시작된 작전을 멈출 수는 없었다.

쭉 뻗은 마을길을 반쯤 지나자 저만치 길 끝에 장원이 보였다.

낡은 건물, 지붕 위에 난 잡풀들. 오랫동안 가꾸지 않아 허름해 보였지만, 그나마도 사가촌에서는 유일하게 장원의 모양새를 갖춘 곳이었다.

뻐드렁니의 말에 의하면 그곳이 바로 촌장의 집이라 했다.

순우무종이 머물 만한 곳은 오직 그곳밖에 없었다.

좌소천이 일행들과 함께 장원으로 접근하자, 칠팔 명이 골목에서 튀어나오더니 앞을 가로막았다.

"어디에 속한 자들이냐? 왜 여기서 얼쩡거리는 것이지?"

쉬쉭!

대답 대신 허공을 가르는 소리가 나더니, 작은 비수가 세 사람의 입과 이마에 틀어박혔다.

동시에 은빛 도끼가 어둠을 가르며 두 사람의 머리 위에 떨어져 내렸다.

빠박!

"커억!"

뒤늦게 경악성이 터졌다.

"헉! 적이구나! 커억!"

전하련이 채찍으로 그의 목을 휘감아 한쪽으로 던져 버리자, 이자광과 홍려운이 남은 두 사람을 향해 달려들었다.

두 덩치의 무시무시한 쇄도에 남은 두 사람은 지레 겁을 먹고 뒤로 물러섰다.

갑자기 소란이 일자 마을에 남았던 자들이 몰려들었다.

"적이다! 적이 마을로 들어왔다!"

"총령주님을 지켜라!"

뒤쪽에 처져 있던 능야산의 형제들이 일제히 앞으로 나섰다.

상대는 천외천가의 무리.

그 사실만으로도 능야산의 형제들은 피가 끓었다.

몸을 던져 적을 막고, 처절한 비명을 지르며 죽어가던 부모 형제. 그들의 목소리가 이명(耳鳴)처럼 귀청을 울렸다.

"우리에게 먼저 맡겨주시오, 궁주."

헌원신우가 좌소천의 곁을 스쳐 가며 말했다.

능야산도, 목영운도, 누하진과 목영락 등 모두가 각자의 무기를 빼 들며 좌소천의 말을 기다렸다.

거부할 수 없는 결연한 표정!

적이 아직 다 나오지는 않았다. 하지만 그들이 다 나온다 해도 크게 걱정할 필요는 없을 듯했다.

좌소천은 무겁게 고개를 끄덕였다.

"원한다면 능 호법도 함께하시오."

풀어야 할 한이 있다면 풀게 해주어야 했다. 약간의 손해를 보더라도.

"감사합니다, 주군!"

허락이 떨어짐과 동시, 헌원신우가 검을 빼 들고 미끄러지듯 앞으로 나아갔다.

"형제들의 핏값을 받아내자!"

싸늘한 살기가 그들의 전신에서 뿜어져 나왔다.

뽑아 든 도검에 그 감정이 그대로 전해졌다.

헌원신우가 앞장서고, 능야산과 누하진과 목영락, 목영운을 비롯해 절정의 경지의 올라선 십여 명이 바로 뒤를 따랐다.

일시지간, 능야산의 형제들이 천외천가의 무사들을 덮쳤다.

"놈들을 막아라!"

"장원으로 가지 못하게 해!"

"으악!"

"크어억!"

꼬리에 꼬리를 물고 이어지는 비명!

능야산의 형제들은 손속에 손톱만큼의 인정도 남겨두지 않았다.

상대의 실력을 알아보기 위해 초식을 허비하지도 않았다.

오직 진초, 살초만을 펼쳤다.

검이, 도가, 각자의 손에 들린 무기가 허공을 쓸고 지나갈 때마다 살이 갈라지고, 사지가 떨어져 나가고, 피가 솟구쳤다.

쏴아아아!

폭풍! 피의 폭풍이 어둠을 쓸며 지나갔다!

"으헉!"

"크악!"

"사, 살귀들이다!"

피의 회오리에 휘말린 천외천가의 무사들은 공포에 질려 뒤로 물러섰다.

하지만 능야산의 형제들은 조금도 손을 늦추지 않았다.

"살귀라고? 네놈들은 우리에게 그런 말을 할 자격이 없다, 천외천가의 개들아!"

누하진이 악에 바친 노성을 토해내며 천외천가의 무사들 사이로 뛰어들었다.

하나도 남겨두지 않겠다는 듯. 최대한 처참하게 죽이겠다는 듯!

그러한 마음은 누하진만이 아니었다.

별다른 말이 없던 목영락도, 젊은 목영운도, 수장이라 할 수 있는 헌원신우도 마찬가지였다.

"더러운 천외천가 놈들을 모두 죽여라!"

그들이 뛰어든 지 얼마 되지 않아 처절한 비명이 창공을 찢으며 울려 퍼지고, 수십 명이 힘도 못써보고 무너졌다.

그때였다. 장원 안에서 천외천가의 핵심고수들이 모조리 쏟아져 나왔다.

"어떤 놈들이 감히 천외천가를 모욕한단 말이냐!"

강대종의 외침이 사가촌의 밤하늘을 뒤흔들고, 칠팔십 명의 고수가 날아들며 능야산의 형제들 머리 위에서 쏟아졌다.

모두가 일류 이상의 경지에 이른 무사들. 마침내 사가촌에 들어온 천외천가 최강의 전력이 모두 나온 것이다.

좌소천은 뒷짐 진 손을 풀고 전면을 바라보았다.

적들은 결코 약하지 않다. 그러나 능야산의 형제들이 밀릴 정도는 아니다.

'저들이 다는 아닐 것 같은데…….'

장원에서 기이한 기운이 느껴진다. 정체를 알 수 없는 묘한 기운이.

좌소천이 기광을 발하며 장원을 바라보는 사이, 장원의 정문 지붕 위에 한 사람이 올라섰다.

서른이 조금 넘어 보이는 나이. 이를 악물고 분노의 눈빛을 쏟아내는 자. 순우무종이었다.

좌소천은 직감으로 그를 알아보았다.

'순우무종인가?'

일순간 두 사람의 눈이 마주쳤다.

"네놈들은 누구냐? 누군데 감히 본 가를 공격하는 것이냐?!"

순우무종이 악을 쓰듯이 물었다.

좌소천이 무심한 목소리로 되물었다.

"그대가 순우무종인가?"

"그렇다! 내가 바로 천외천가의 순우무종이다. 그러는 네놈은 누구냐?!"

좌소천이 대답하기도 전에 헌원신우가 먼저 움직였다.

신형을 허공으로 띄운 그가 신검합일이 되어 날아가며 노성을 내질렀다.

"천외천가의 종자! 목을 내놔라!"

"어딜 감히!"

강대종이 두 명의 상천단 무사와 함께 헌원신우의 앞을 막았다. 그걸 본 목영운이 즉시 헌원신우의 뒤를 따라 신형을 날렸다.

콰과광!

다섯 사람이 뒤엉키며 거대한 기운이 회오리쳤다.

"크윽!"

"흐억!"

벼락이라도 맞은 듯 두 명의 중년 무사가 튕겨져 날아가고, 강대종 역시 뒤로 밀려 이 장을 날아가서야 땅으로 내려섰다.

하지만 그들이 막는 바람에 헌원신우와 목영운도 순우무종에게 다가가지 못하고 바닥으로 내려서야만 했다.

그때 순우무종이 눈을 빛내며 소리쳤다. 헌원신우와 목영운이 펼친 검법을 알아본 것이다.

"묵령신류검! 이제 보니 묵령천 놈들이었구나!"

헌원신우와 목영운은 대답 대신 천외천가의 무사들을 공격하며 순우무종을 향해 다가갔다.

능야산의 형제들 역시 전력을 다해 길을 뚫었다. 반드시 순우무종만은 죽이겠다는 듯!

그런데도 순우무종은 정문 위에서 움직이지 않았다. 오히려 뭔가를 믿는 듯 표정만 더욱 차가워졌다.

"미처 몰랐구나. 묵령천의 종자들이 이렇게 많이 살아 있었다니! 사령들아!"

그가 이를 갈며 소리침과 동시였다. 다섯 줄기 그림자가 순우무종의 옆에 뒤로 유령처럼 내려섰다.

좌소천의 눈빛이 찰나간 무심하게 가라앉았다.

'기운의 주인이 저들이었나?'

고요히 내려선 그들은 쇠를 부어 만든 것 같았다.

완벽한 무표정.

언뜻 봐서는 이지를 상실한 것처럼 보일 지경이었다.

'절대 정상은 아니다. 뭔가 비정상적인 방법으로 단련시킨 자들이야.'

좌소천은 그들을 바라보며 천천히 걸음을 옮겼다.

능야산의 형제들이 밀리는 것은 아니었다.

문제는 순우무종의 곁에 내려선 자들이다. 미처 예상에 없던 자들. 그들이 가세하면 상황이 급변할 것이었다.

수십 년 쌓인 한을 푸는 대가로 약간의 피해는 어쩔 수 없다. 하지만 많은 피해는 결코 좌소천이 바라는 바가 아니었다.

좌소천이 걸음을 옮김과 동시, 기다렸다는 듯 호법들과 비천사룡이 뒤를 따랐다.

네 명의 장로도 어기적거리며 뒤를 따라 움직였다.

"헌원 대협, 더는 안 되오. 우리가 나서겠소."

좌소천의 전음에 헌원신우가 이를 갈며 짧게 고개를 끄덕였다.

그도 아는 것이다. 자신들만으로는 불가능하다는 것을.

분하고 원통하지만 현실이 그러니 하는 수 없었다.

'묵령천이라…….'

좌소천은 순우무종의 말을 되새기며 좌수 엄지로 무진도를 밀어 올렸다.

능야산의 형제들을 말하는 듯했다. 처음 듣는 이름인데도 왠지 모르게 가까운 느낌으로 다가왔다. 품속의 묵령기환보와 이름이 비슷하기 때문인지도 몰랐다.

그때다. 순우무종이 전장을 가리키며 소리쳤다.

"사령들아, 놈들을 죽여라!"

그의 명이 떨어지자, 마침내 지붕 위에 서 있던 다섯 사람이 유령처럼 움직이기 시작했다.

좌소천은 무진도를 잡아가며 미끄러지듯 앞으로 나아갔다.

순간, 비천사룡을 비롯해 공손양과 도유관 등이 일제히 무기를 빼 들고 전장으로 뛰어들었다.

"어르신들은 상황을 지켜보면서 위험에 처한 사람들을 도와주십시오."

동천웅과 죽귀, 염불곡은 좌소천의 말에 걸음을 멈췄다.

하지만 무영자만은 호기심 가득한 눈을 빛내며 좌소천을 따라왔다.

"한 놈만 나에게 맡기게나. 아무래도 수상한 놈들이야. 잡아서 연구해 봐야겠어."

좌소천은 무영자가 따라오는 것에 신경 쓰지 않고 무진도를 빼 들었다.

찰나! 한줄기 묵선에 어둠이 반으로 갈라졌다.

쩌적!

무진도에서 뻗은 도강의 동선에 오사령 중 하나가 걸렸다 싶은 순간, 쾅! 굉음과 함께 반으로 부러진 검을 든 사령 하나가 훌훌 날아갔다.

무영자는 잘되었다는 듯 튕겨진 사령을 쫓아갔다.

그사이 좌소천은 전장의 한가운데로 날아갔다.

사령 다섯 중 넷이 능야산의 형제들과 접전을 벌인다. 헌원신우와 목영운과 누하진과 목영락이 각기 한 사람씩 맡은 상태다.

우열은 한순간에 드러났다. 헌원신우와 목영운만이 유리할 뿐 누하진과 목영락은 오히려 사령에게 밀린다.

팽팽한 상황에서 절정고수 네 사람의 발이 묶인 상황.

우려했던 대로 천외천가의 무사들이 더욱 강력하게 능야산의 형제들을 몰아친다.

순식간에 상황이 변하고, 그 짧은 시간에 두세 명이 신음을 흘리며 적들의 칼날에 목숨을 잃었다.

좌소천은 격전이 벌어지는 양쪽 무사들 사이로 내려섰다.

좌소천이 날아 내리자, 천외천가의 무사들이 갑자기 나타난 좌소천을 향해 달려들었다.

"이건 또 웬 놈이야?"

"죽엇!"

그들은 좌소천이 누군지 알지 못했다. 하기에 염라사자가 자신들의 목에 밧줄을 걸었다는 걸 깨닫지 못했다.

그들이 악을 쓰며 달려드는 순간, 소리없이 빠져나온 무진도가 어둠을 횡으로 갈랐다.

쉬이익!

좌소천은 도를 휘두름에 일말의 인정도 두지 않았다.

첩첩이 쌓인 도강이 전방을 휩쓸었다.

쩌저정!

도강에 부딪친 무기들이 산산이 부서지고, 일 장 내에 있던 네 사람이 물러설 틈도 없이 피분수를 뿌리며 그 자리에서 무너졌다.

"허억!"

"물러서!"

뒤늦게 경악성이 터져 나오며 천외천가의 무사들이 썰물처럼 물러섰다.

하지만 그들이 물러서는 동안에도 좌소천의 공격은 멈추지 않았다.

츠츠츠츠!

무진도가 어둠을 잘게 자를 때마다 대기가 요동치며 진저리를 친다. 누구도 그의 일도를 막지 못하고 자신들의 무기와 함께 베어졌다.

찰나 간, 십여 명이 좌소천의 도에 불귀의 객이 되었다.

"이놈!"

순우무종은 난데없는 상황에 노성을 터뜨리며 좌소천을 향해 몸을 날렸다.

한편, 장원 안에서 상황을 훔쳐보던 손자기는 눈을 부릅뜬 채 몸을 떨었다.

'맙소사! 저자는……!'

전세가 뒤집어질 것처럼 보였던 것도 한순간이었다.

한 사람이 격전장에 내려서자 상황이 완전히 변해 버렸다.

그의 도가 허공을 가를 때마다 천외천가의 고수들이 밑동 잘린 보릿대처럼 힘없이 무너져 내렸다.

그다! 좌소천!

뒤늦게 그가 지나간 자리에서 피분수가 솟구친다.

별다른 비명도 없고, 오직 진저리치는 대기의 비틀림만이 보일 뿐이다.

순우무종은 사령들을 믿고 있을 테지만, 상대가 좌소천이라면 더 볼 것도 없었다.

'대공자, 그 사람이 누군지 알기나 하시오? 그가 바로 좌소천이오! 오제조차 눈 아래로 본다는 절대공자 말이오!'

그는 슬금슬금 뒤로 물러섰다.

좌소천이 나타난 이상 희망이 없다.

이곳에서 개죽음을 당할 수는 없었다.

어떻게든 도망쳐서 목숨을 보전해야 했다.

한데 물러선 그가 막 몸을 돌리려 할 때였다.

"어디 가려고?"

뒤에서 누군가가 그의 목덜미 옷깃을 잡아당겼다.

"헛!"

아무리 격전장에 신경을 쏟았다지만, 누군가가 바로 뒤까지 오도록 몰랐다는 것은 한 가지를 의미했다.

손자기는 창백하게 탈색한 얼굴을 돌려 뒤를 돌아다보았다.

해맑은 눈이 보였다.

작은 키, 통통한 얼굴. 얼굴에 주름만 없다면, 머리가 하얗지만 않다면 영락없이 어린아이라 생각했을 것이었다.

"누, 누구?"

"내가 먼저 물었잖아. 싸움이 한참인데 어딜 가려고 그러지?"

장원에서 몰래 훔쳐보는 손자기를 보고는, 빙 돌아 장원 뒤로 들어온 동천옹이었다.

동천옹의 순박한(?) 모습에 손자기는 마음이 조금 가라앉았다.

"그냥……."

그때였다.

"제가 알아보지요."

건물 그림자에 묻혀 있던 염불곡이 걸어나왔다.

"귀신대장, 네가? 흠, 그것도 괜찮겠군. 그럼 네가 이놈을 맡아라. 나는 저기 좀 도와줘야겠다."

동천옹의 대답에 손자기도 염불곡을 바라보았다.

그를 본 손자기는 갑자기 소름이 끼쳤다.

왜 그런지는 자신도 몰랐다. 그저 염불곡의 눈을 본 순간 속이 울렁거리고, 등줄기에 얼음물이 쏟아진 기분이 들었다.

그때 동천옹이 친절하게 염불곡에 대해 알려주었다.

"사람들이 귀마종이라고 부르는 놈이지. 아마 네가 따로 노력하지 않아도 네 입이 다 말하게 될 거야."

'허억! 귀마종 염불곡!'

그제야 소름의 정체를 깨달은 손자기는 사색이 되어 동천옹에게 다급히 물었다.

"뭘 알고 싶으신 겁니까?"

동천옹이 씩 웃으며 말했다.

"네가 아는 것은 뭐든지."

"죽어라!"

순우무종이 분노의 일성을 토하며 날아든다.

좌소천은 그를 향해 무진도를 들어 올렸다.

번쩍! 어둠 속에서 묵빛 번개 한줄기가 솟구쳤다.

무애삼식 중 무애일정이 펼쳐진 것이다.

콰광!

허공에서 폭발하듯이 터져 나가는 검강과 도강!

순우무종은 숨이 턱 막혔다.

내장이 목구멍으로 딸려 나오는 기분!

이 장을 날아 내려선 그는 뒤로 주르륵 물러나서 겨우 몸을 세웠다.

"크윽!"

멀리서 볼 때와는 천양지차였다.

천외천가의 정예 중 정예인 상천단 무사들이 추풍낙엽처럼 무너지는 것을 보고 믿을 수가 없었다. 그러나 직접 부딪쳐 본 지금은 그들이 왜 그렇게 힘없이 무너졌는지 이해할 수 있었다.

"네놈은 누구냐?!"

순우무종의 입에서 가래 끓는 목소리가 새어 나왔다.

좌소천은 대답 대신 도를 앞세우고 앞으로 나아갔다.

피가 튀고, 사지가 잘리고, 목숨이 왔다 갔다 하는 판이다. 무공이 약한 사람은 지금도 목숨을 지키기 위해 기를 쓰며 전력을 다하고 있다.

한가하게 질문에 답할 시간이 어디 있단 말인가!

쒜엑!

시커먼 도강이 어둠을 난도질하며 전방으로 몰아쳤다.

"허억!"

"크어억!"

절공참의 일 도에 서너 명이 비명을 지르며 낫에 베인 짚단처럼 무너졌다.

"사령! 저놈을 막아라!"

순우무종이 다급히 소리쳤다. 그의 명령이 떨어지자마자 누하진과 목영락을 몰아붙이던 두 사령이 갑자기 몸을 돌려 좌소천에게 달려들었다.

다른 두 사령도 헌원신우와 목영운에게서 억지로 몸을 빼내 좌소천을 향해 몸을 날렸다.

네 명의 절정고수가 자유로워진 상태다. 게다가 도유관과 공손양 등 호법들이 분전하고, 잠깐 사라졌던 동천옹을 비롯해 세 명의 장로가 마침내 전장에 뛰어들었다.

장난처럼 손을 휘두르는 동천옹. 대꼬챙이 같은 무기로 허공을 콕콕 찌르는 죽귀. 사령 하나를 붙잡아 전신혈도를 두들겨 패고, 그것도 안심이 안 되는지 항상 손목에 감고 다니던 줄로 꽁꽁 묶어놓고 전장으로 뛰어든 무영자. 그리고 비천사룡.

그들은 결코 천외천가의 무사들이 막을 수 있는 사람들이 아니었다.

피를 토하며 튕겨지고, 이마에, 목에 구멍이 뚫려 쓰러지고, 목뼈가 으스러진 채 무너진다.

순식간이었다. 천외천가의 무사 이십여 명이 공포에 질린 표정으로 힘없이 죽어간다.

이제 사령만 처리하면 상황은 완전히 기울 터. 좌소천은 달려드는 두 사령 사이로 파고들었다.

그가 갑자기 두 사람 사이로 파고들자 사령들이 멈칫했다.

좌소천은 멈칫한 두 사령을 향해 좌수로 일 권을 쳐내고, 무진도를 내려쳤다.

떠덩! 쾅!

팔성의 공력이 실린 일 권 일 도에 두 사령이 일 장 밖으로 나가떨어졌다.

하지만 곧 여전히 무표정한 얼굴로 일어서는 것이, 언뜻 보면 조금도 충격을 받지 않은 모습이다.

하지만 좌소천은 상대가 작지 않은 충격을 받았다는 것을 느낌으로 알았다.

처음에 부딪친 사령에게서는 강력한 반탄력이 느껴졌었다. 한데 이번에는 공격이 완전히 반탄되지 않고 상대의 몸으로 스며든 것이다.

아니나 다를까, 두 사령은 곧바로 달려들지 못했다. 하긴 제 아무리 동장철벽의 몸을 지녔다 해도 그 충격을 곧바로 해소할 수는 없을 것이다.

그때 다른 두 사령이 뒤쪽에서 소리없이 공격해 왔다.

좌소천은 무진도에 금라천황공을 구성까지 밀어 넣으며 그들이 가까이 다가오기를 기다렸다.

단숨에 상황을 결정내기 위해서였다.

그러다 그들이 일 장의 거리에 들어왔다 싶은 순간, 빙글 몸을 돌리며 무진도를 뻗었다.

일순간, 도강이 회오리처럼 휘돌며 두 사령을 휘감았다.

천망회류참(天網回流斬)!

쩌저정! 따당!

사령의 손에 들렸던 검과 도가 부서지며 사방으로 튕겨지고, 뒤이은 벽뢰참광의 도강이 주춤주춤 물러서는 사령의 몸을 휩쓸었다.

퍼버벅!

신음도, 비명도 없었다.

두 사령의 몸이 갈기갈기 찢기고, 목과 허리가 잘렸다.

구성의 금라천황공과 어우러진 무진칠도는 결코 사령의 육신으로 막아낼 수 있는 것이 아니었다.

단숨에 두 사령을 처리한 좌소천은 순우무종을 향해 다가갔다.

그 모습이 순우무종에게는 지옥의 사신처럼 느껴진 듯했다.

그럴 수밖에 없었다.

귀사령(鬼邪靈)의 십팔 사령 중 다섯이면, 절대의 고수라 해도 상대할 수 있었다. 한데 그런 사령이 제대로 힘도 못쓰고 무너졌지 않은가 말이다.

얼굴이 창백해진 순우무종이 악을 쓰며 명을 내렸다.

"몸으로라도 놈을 막아라, 사령!"

처음에 튕겨진 두 사령 중 하나가 무진도를 향해 뛰어들었다.

찰나, 벼락처럼 뻗어간 무진도의 도강이 사령의 몸을 가르며 옆으로 흘렀다.

그때 또 다른 사령이 무진도가 흐르는 동선으로 뛰어들었다.

푹! 무진도가 사령의 옆구리를 파고든 순간이었다.

사령이 두 손으로 무진도의 도신을 움켜쥐었다. 사령 하나를 베며 도세가 약해진 덕에 가능한 일이었다.

찰나간 무진도의 흐름이 멈췄다.

그 순간은 찰나에 불과했다. 그러나 순우무종은 그 순간을 놓치지 않고 좌소천의 좌측을 노리며 달려들었다.

"죽어라, 이놈!"

사령에게 도가 잡힌 이상 쉽게 피하지 못할 것이다. 하다못해 도를 놓고 물러설 것이다.

일단 그거면 충분하다. 상대에게 시커먼 도강이 뿜어지는 공포의 도만 없다면 조금 전처럼 형편없이 밀리지는 않을 것이다.

'이놈! 도망가더라도 네놈의 팔다리 하나는 잘라놓고 가겠다!'

그것이 순우무궁의 계획이었다. 그래야만 자존심이 덜 상할 것 같았다.

그러나 좌소천은 도를 놓지도, 머뭇거리지도 않았다.

그는 지체하지 않고 무진도를 비틀어 도신을 움켜쥔 사령의 손을 터뜨렸다.

퍼벅!

그러면서 좌권을 말아 쥐고는, 신검합일한 채 달려드는 순우무종을 향해 뻗었다.

그사이 순우무종이 석 자의 검강을 앞세워 지척에 이르렀다.

"헛! 주군! 조심……!"

"위험해!"

여기저기서 경악성이 터져 나왔다.

찰나, 순우무종을 향해 뻗은 좌소천의 주먹이 어둠 속으로 사라졌다.

그걸 본 비천사룡이 멈칫한 순간, 어둠이 뻥 뚫렸다.

전력을 다한 건곤통천의 일 권!

쾅!

어둠이 폭발하며 굉음이 울림과 동시, 달려들던 순우무종의 몸이 삼 장 밖으로 튕겨졌다.

"커억!"

서걱!

좌소천은 자유로워진 무진도로 사령의 목을 베고는, 털썩, 먼지를 일으키며 땅바닥에 곤두박질 친 순우무종을 직시했다.

두어 바퀴를 더 굴러가서야 몸을 멈추고, 검을 지팡이 삼아 몸을 일으키는 순우무종이다.

이미 쌍방의 격전은 막바지를 향해 치달리고 있었다. 살아남은 천외천가의 무사들조차 능야산의 형제들에게 둘러싸여 있는 상황.

좌소천은 무진도를 늘어뜨린 채 순우무종을 향해 다가갔다.

겨우 몸을 세운 순우무종이 핏발 선 눈을 부릅뜨고 좌소천을 노려보았다.

"네, 네놈이!"

입을 열자 순우무종의 입에서 검붉은 선혈이 덩어리째 쏟아졌다.

"웩!"

쏟아진 핏덩이에서 부서진 내장 조각마저 보였다.

내부가 으스러졌다는 말.

순우무종은 푸들푸들 몸을 떨며 안간힘을 다해 입을 열었다.

"대, 대체… 너는 누구……?"

"좌소천."

핏발 선 눈이 한껏 커졌다. 금방이라도 눈구멍에서 핏물이 쏟아질 것 같았다.

"네, 네가… 좌… 소천?"

"순우무종, 당장 너의 목숨을 끊지는 않을 것이다. 하나, 앞으로는 누구에게도 오만을 부릴 수 없을 것이다."

일순간, 좌소천의 좌권이 순우무종의 단전을 향해 뻗었다.

퍽!

"끄어어……. 안… 돼……."

2

마을 안에서 죽은 자만도 이백에 달했다.

복부에서 흘러나온 내장, 덩어리진 선혈, 코를 찌르는 비릿한 혈향.

하루 전만 해도 평화롭던 마을은 밤사이 지옥으로 변해 버렸다.

좌소천은 무사들에게 외곽에 커다란 구덩이 십여 개를 파도록 지시했다. 그리고 시신을 다 치울 때까지 마을 사람들을 안으로 들어오지 못하게 했다.

그렇게 시신을 치우다 보니 어스름이 몰려왔다.

화정대와 무토대, 목령대도 시신을 다 묻었는지 어스름이 조금 밝아지자 마을로 들어왔다.

그러더니 붉게 타오르는 태양이 동쪽 산꼭대기에 모습을 내보일 때, 수룡대와 금강대가 돌아왔다.

촌장의 장원에 머물던 좌소천은 수룡대와 금강대마저 돌아오자 상황 보고를 받았다.

"놈들과는 삼십 리 떨어진 계곡에서 마주쳤습니다. 모두 오백여 명이었는데, 결코 저희들의 상대가 아니었습니다. 절정에 이른 고수라고 해봐야 대여섯 명 정도고, 대부분이 일류 수준의 언저리에 겨우 턱걸이한 자들이었습니다. 그래서 그런지 반 이상이 죽거나 쓰러지자 나머지 놈들은 싸움을 포기하고 도주했습니다. 대충 이백여 명 정도가 도주한 것 같았는데, 주군의 명대로 그냥 놔두었습니다."

금강대의 대주 악청백이 오행대 중 마지막으로 보고를 마치고 자리에 앉았다.

공손양이 전체적인 상황을 종합했다.

"적의 숫자는 총 일천이백. 그중 팔백여 명이 죽거나 잡혔습니다. 그리고 저희 손실은, 이십오 명이 죽고 백여 명이 부상을 당한 상탭니다, 주군."

공손양의 말에 좌소천이 물었다.

"부상 정도는?"

"중상을 입은 사람이 삼십 명 정도고 나머지는 그리 염려할 정도는 아닙니다."

일 할가량의 무사들이 피해를 입었다.

적의 피해에 비하면 아무것도 아니지만, 그래도 동료가 죽었다는 것은 참으로 가슴이 아픈 일이었다.

사상자가 가장 많이 나온 곳은 대왕채가 속한 화정대였다. 아무래도 적을 유인하는 역할을 하다 보니 초반에 희생자가 많았던 듯했다.

그리고 능야산의 형제들 중에서도 세 사람이 죽고 다섯이 다쳤다. 형제처럼 지내던 그들이기에 슬픔은 누구보다도 컸을 터였다. 그러나 그들은 오래전부터 그래왔던 것처럼 묵묵히 형제들의 시신을 추스르며 슬픔을 복수로 승화시켰다.

"사상자의 처리에 만전을 기해주시오. 가족이 있는 사람에게는 그 가족에게, 없으면 그 사람이 속한 문파에라도 최선의 대가를 지불해야 할 거요."

"알겠습니다, 주군."

그렇다고 언제까지 그들 때문에 가슴 아파하고 있을 수는 없는 일. 좌소천의 눈이 공손양을 향했다.

"천이당에서의 연락은 아직 없소?"

"진 안에 있던 자들이 위남으로 가고 있다고 하는데, 순우무종처럼 따로 이동하지 않고 전원이 함께 움직이고 있다 합니다."

"그들의 인원 구성에 대해 밝혀진 게 있소?"

"아직 없습니다만, 천이당이 총력을 기울이고 있으니 곧 밝혀질 것입니다."

그때였다. 방문이 열리더니 염불곡이 머리를 푹 숙인 사람을 하나 끌고 들어왔다.

"이 외팔이놈에게 물어보게."

좌소천은 그를 유심히 바라보고는, 곧 그가 누군지 알고 싸늘하게 입을 열었다.

"오랜만에 보는군요."

손자기는 절망에 찬 표정으로 머리를 들었다.

염불곡이 손자기를 좌소천 앞으로 던졌다.

"수상하게 보여서 잡았는데, 제법 많은 것을 알고 있더군."

좌소천은 차가운 눈으로 손자기를 내려다보았다.

선우 백부에게 잘린 팔에는 온기없는 나무에 철갑을 씌운 손이 달려 있다.

참으로 질긴 악연이다. 제천신궁을 떠날 때부터 시작해 이날까지, 그 악연의 고리가 끊어지지 않고 이어져 또 마주치다니.

하지만 상황은 그때와 완전히 달랐다.

"죽을 것인지 살 것인지, 당신이 선택하시오."

"사, 살려만 주신다면, 뭐, 뭐든……."

어차피 사로잡힌 이상 천외천가로 돌아갈 수도 없는 그다. 살 수만 있다면 기억 저편으로 사라진 것도 억지로 끄집어내야 할 판이었다.

좌소천은 곧장 질문으로 들어갔다.

모든 걸 포기한 듯한 손자기다. 위협할 필요도 없어 보였다.

"현재 움직이고 있는 천외천가와 천해의 세력구도부터 말해보시오."

손자기는 자신이 알고 있는 바를 술술 털어놓았다.

"현재 셋으로 나누어져 있습니다. 대공자의 일로(一路), 순우경 대장로께서 이끄시는 이로(二路). 그리고 천해가 따로 움직이고 있습지요."

"천해에서 나온 인원은?"

"모두 삼백 정도 되는데, 본 가의 무사 이백이 그들을 지원하고 있으니 위남에는 오백 정도의 무사가 있다고 봐야 할 것입니다."

"물론 사사와 십암도 나왔겠지요?"

손자기의 눈이 떨렸다.

"해주의 심복인 해심 노야와 사사 중 두 분, 십암 중 넷이 나왔습니다."

해심 노야가 누군지는 모른다. 그러나 해주의 심복이라며 사사와 동격 취급하는 손자기다.

결국 절대지경에 올라선 고수가 셋, 그에 근접한 고수가 일곱이라는 말. 생각보다 더 강한 전력이었다.

거기다 아직 나오지도 않은 전력이 또 그 이상일 게 분명한 일. 묻는 좌소천의 목소리가 무거워졌다.

"순우연과 천해의 가주는 언제 나올 예정이오?"

"아마 이삼 일 후면 나올 것입니다."

"그들이 나오면 화산을 공격하겠군."

동천옹의 중얼거림에 손자기가 고개를 저었다.

"꼭 그렇지는 않습니다."

"아니라고?"

"일로와 이로가 천해와 합류하고, 가주의 명이 떨어지면 곧바로 화산을 칠 거라고 했습니다. 한데 상황이 이렇게 되었으니 어떻게 될지는 저도 확실히 모르겠습니다."

공손양이 굳은 얼굴로 물었다.

"그럼 오늘내일 사이에 화산을 칠 수도 있단 말이오?"

"가능성은 충분합니다. 문제는 천해를 이끌고 있는 노야와 마사, 유사가 어떤 생각을 가지고 있느냐 하는 것이지요."

공격 가능성이 충분하다는 것만으로도 방 안에 긴장이 흘렀다.

밤에 일어난 일이니 빠르면 지금쯤 수백 리 밖까지 알려졌을 수도 있다.

상황이 급박해질 수도 있다는 말이다.

"천이당에 속히 알리고 상황을 파악하라고 전해주시오."

"예, 주군."

공손양에게 명을 내린 좌소천이 손자기를 직시했다.

"천해에 대해 아는 대로 말해보시오."

거침없이 말을 잇던 손자기가 울상을 지었다.

"제가 아는 것은 일부에 불과합니다. 천해는 가주님을 비롯해 일부 최고위층만이 오갈 수 있기 때문에 내부에 대해선 아는 게 거의 없습니다."

"모르는 걸 말하라는 게 아니오. 당신이 아는 것만 말하면 되오. 그리고 천선곡의 내부에 대한 것을 아는 대로 모두 적으시오. 입구에 펼쳐진 기문진까지. 공손 군사, 촌장에게 말해서 지필묵을 좀 얻어와 주시오."

좌소천은 손자기가 머릿속에 든 기억을 짜내는 동안 간부들을 쉬게 했다.

그러고는 손자기에 대한 것은 공손양에게 맡기고 능야산과 헌원신우를 따로 불러냈다. 물어볼 것이 있어서였다.

장원의 뒤쪽, 버드나무 아래 바위에 앉은 좌소천이 조용히 물었다.

"순우무종이 묵령천이라 부르는 말을 들었습니다. 묵령천이라는 이름에 대해 설명해 주실 수 있겠습니까?"

헌원신우의 눈빛이 흔들렸다. 그러다 어쩔 수 없다 생각했는지 능야산을 보고 고갯짓을 했다.

결국 능야산이 입을 열었다.

"천해가 천 년 전부터 그리 불렸듯이, 저희 선조들도 천 년 전부터 묵령천이라 불렸습니다. 비록 지금에 와서는 그 힘이 하늘과 땅 차이로 벌어졌습니다만 한때는 그들과 어깨를 겨루며 서로를 견제할 정도였지요."

말인즉 자신들 세력의 이름이 묵령천이라는 말.

하지만 좌소천이 원하는 것은 더 깊은 내막이었다. 순우무종이 경악한 목소리로 그 이름을 말했을 때는 그만한 이유가 있을 것이었다.

"가능하면 좀 더 자세한 내용을 알았으면 싶습니다만."

능야산이 다시 헌원신우를 바라보았다.

"말해 드려라."

허락이 떨어지자 능야산이 숨을 크게 들이쉬고 입을 열었다.

"오랜 옛날에 두 세력이 있었습니다. 신의 힘을 지녔다는 두 세력은 천 년이 넘도록 앙숙처럼 지내며 서로를 못 잡아먹어 한이었지요. 하지만 서로의 힘이 엇비슷한데다가, 각자가 지닌 최고의 무공을 완성하지 못해서 상대를 치지는 못하고 바라보고 있는 수밖에 없었습니다. 한데……."

격한 감정이 치미는지 능야산이 입술을 씹는다.

좌소천의 표정이 묘하게 변했다. 언젠가 그와 비슷한 이야기를 들었던 적이 있다. 어렸을 적, 어머니에게서.

'금라천과 관계가 있는 걸까?'

그때 좌소천의 마음을 알 리 없는 능야산이 격해진 감정을 추스르고 말을 이었다.

"언제부턴가 힘의 균형이 서서히 무너지기 시작했습니다. 그리고 결국, 한쪽이 월등한 힘을 지니게 되었지요. 그때부터였습니다. 힘이 강한 세력은 상대를 철저히 괴멸시키기 위해서 수단과 방법을 가리지 않고 상대 세력을 공격하기 시작했습니다. 그리고 상대의 중심 세력이 무너지자 삭초제근하듯이 잔존 세력을 추적해 학살했습니다. 아무리 깊숙이 숨어도 그들의 끈질긴 추적을 피할 수가 없었지요. 그 당시 그렇게 해서 수천 명의 사람이 죽임을 당했습니다. 하지만 그 와중에도 살아난 사람들이 있었지요. 바로 저희처럼 말입니다."

"혹시… 삼비역 중 하나인 금라천과도 관계있소?"

"금라천은 저희와 같은 뿌리에서 나온 세력으로 가장 최근까지 성세를 이루었던 곳입니다. 사실 그들이 존재했을 때까지만 해도 천해와 천외천가가 저희를 함부로 치지 못했지요. 결국 그들 역시 환상마궁을 친 후 천외천가에 당해서 결국 멸망하고 말았습니다……."

금라천과 직접적인 관계는 없는 듯했다. 그래도 같은 세력에서 갈라졌다는 것만으로도 묵령천이라는 곳이 더 가깝게 느껴졌다.

"어머니께서 왜 천외천가에 의해 죽임을 당하셨는지 아시오?"

능야산이 눈을 슬쩍 올려 좌소천을 바라보았다.

일전에 그 말을 들었을 때 의아한 마음이 들기는 했었다. 하지만 그 후로 잊고 지냈다. 한데 왜 이 자리에서 그 말을 하는 걸까?

그때 좌소천의 입에서 나직한 목소리가 흘러나왔다.

"내 어머니의 진짜 이름이 동방선유라면 이해하겠소?"

"동방… 선유?"

능야산이 고개를 갸웃거렸다.

하지만 헌원신우는 그 이름을 아는지 경악한 눈을 크게 뜨고 다급히 물었다.

"동방선유라면, 궁주의 어머니가 금라천주 동방청 천주의 딸이었단 말인가?!"

좌소천이 묵묵히 고개를 끄덕였다.

격정에 찬 눈으로 좌소천을 바라보는 헌원신우의 눈이 잘게 떨렸다.

"맙소사! 금라천의 핏줄이 살아 있었다니……."

그 말에 능야산이 멍하니 좌소천을 보고는 말을 더듬었다.

"그, 그럼 주군께서 천부의 제일 후계자라는 말……?"

순간 헌원신우의 표정이 굳어졌다.

좌소천이 의아한 표정으로 물었다.

"그게 무슨 말이오?"

대답은 헌원신우가 했다.

"우리의 뿌리는 천부라는 곳이네. 한데 금라천이 천부의 제일 세력이었던 만큼 금라천의 후계자가 천부의 후계자일 수도 있다는 말이지. 하나… 먼저 금라천의 후계자가 되어야 한다는 조건이 있네."

좌소천은 조용히 웃으며 고개를 저었다.

"그동안 수많은 어려움을 겪으며 명맥을 유지한 분들 앞에서 후계자 운운한다는 자체가 우스운 일입니다. 그에 대해선 깊게 생각하실 것 없습니다."

헌원신우는 좌소천을 뚫어지게 바라보더니, 천천히 고개를 끄덕였다.

"궁주의 생각이 정 그러하다면 일단 그리 알겠네."

하지만 속마음만은 달랐다.

'일단 큰형님이 나오면 상의를 해봐야겠어. 궁주가 천주가 된다면 곧 천부가 천하의 하늘이 된다는 말이 아닌가?'

곧 신농가에서 나머지 형제들이 나올 것이었다. 아마 목화인도 나올 게 분명했다. 며칠 후면 그들이 합류할 터. 좌소천을 천부의 후계자로 삼을 것인지, 그것은 그때 가서 이야기해도 충분했다.

세 사람이 각자의 생각에 잠겨 있을 즈음 공손양이 다가왔다.

"주군, 손자기란 자가 필사를 끝냈습니다."

좌소천이 세 사람과 함께 방으로 들어갔을 때였다.

아침도 안 먹고 창고 안에서 사령을 주물럭거리던 무영자가 안으로 들어왔다.

그는 간부들이 모여 있는 방에 들어오며 고개를 설레설레 저었다.

"아주 지독한 놈들이야. 철저히 약물로 만들어졌어. 인성도 없고, 오직 시술자의 명령만 듣게 되어 있더군."

"전설로 전해지는 강시 같은 것입니까?"

좌소천의 질문에 무영자가 고개를 갸웃거렸다.

"뭐 그 정도는 아닌데, 어떻게 보면 그보다 더 독하다고 봐야겠지. 몸을 마음대로 움직일 수도 있고, 정신도 어느 정도는 있으니까."

"손자기의 말에 의하면, 그자들을 십팔사령이라 부른다 했습니다. 그렇다면 열셋이 더 남았다고 봐야겠군요."

"열셋이나 더 있다고?"

무영자의 흑살기가 출렁거렸다. 그러더니 심각한 어조로 말을 이었다.

"그 열셋이 전부일지, 그게 문제군. 저런 놈들을 만들 정도면, 다른 괴물도 만들었다고 봐야 하지 않겠나?"

그럴지 몰랐다. 좌소천의 이마가 좁혀졌다. 손자기가 쓴 글에 나와 있던 어떤 이름이 떠오른 것이다.

'천앙동의 괴인들이라 했던가?'

"손자기가 정확히 모르고 있는 자들도 있다 했는데, 그럼 그들도 그런 괴물이 아닐지 모르겠군요."

"순우무종의 입이 열리면 모든 걸 알 수 있을 것입니다, 주군."

공손양의 말에 좌소천이 고개를 끄덕였다.

정신을 잃고 있는 순우무종이 깨어나면 염불곡이 그의 기억 속에 있는 것을 끄집어낼 수 있을 터였다. 다만 시간이 필요했다. 그는 내상과 단전이 파괴된 충격이 겹쳐 겨우 목숨만 붙어 있는 상태였다.

"어쨌든 긴장을 늦춰서는 안 됩니다. 적은 우리가 예상했던 것보다 훨씬 강합니다. 긴장을 늦추면 그만큼 동료들의 희생이 커진다는 점을 명심하시기 바랍니다."

지난밤의 싸움으로 자신감에 차 있던 간부들의 얼굴이 딱딱하게 굳어졌다.

천외천가의 일로를 상대로 수십 명의 피해만 본 채 완벽에 가까운 승리를 했다. 해서 큰 피해 없이 천외천가를 충분히 부술 수 있다 생각했다. 한데 그것이 아닌 것이다.

사실 그들은 사령에 대해 정확히 알지 못했다. 다만 능야산 정도의 고수가 사령 중 하나와 비등한 접전을 벌였다는 것만 들었을 뿐이다.

그 정도로도 간부들은 대충 사령의 힘을 예측할 수 있었다.

유리하긴 해도 쉽게 이기기는 힘든 괴물.

문제는 그런 괴물이 열셋이나 더 있다는 것이었는데, 좌소천의 말대로라면 또 다른 자들이 있다는 말이 아닌가.

답답한지 동천웅이 이를 갈며 머리를 저었다.

"빌어먹을 놈들! 사람을 지들 마음대로 개조하다니!"

하지만 미리부터 걱정하고 있을 수만은 없었다.

좌소천은 표정이 무겁게 가라앉은 간부들과 장로들을 둘러보며 낭랑한 목소리로 말했다.

"확실한 것은 우리가 이겼다는 것입니다. 그리고 다음에도 이길 것입니다. 그들이 아무리 강한 괴인들을 내놓는다 해도, 우리는 승리할 것입니다. 항상 그런 마음을 가지고 적을 대해

주시기 바랍니다."

귀청을 파고드는 맑은 목소리에 사람들의 굳어졌던 어깨가 펴졌다.

그때 무영자가 흑살기를 일렁이며 목에 힘을 주고 말했다.

"저런 놈들은 분명 어딘가에 약점이 있네. 내가 놈들의 약점을 알아내 보겠네, 궁주!"

"꼭 알아봐 주시기 바랍니다, 장로님."

"음하하, 걱정 말게!"

동천옹이 기껍다는 표정으로 고개를 끄덕였다.

"그놈, 오랜만에 사람 구실 좀 하겠군."

무영자의 흑살기가 더욱 세게 요동쳤다.

'빌어먹을 칠삭둥이 같으니라고. 기분 좀 맞춰주면 키가 더 작아지나? 도대체가 도움이 안 돼!'

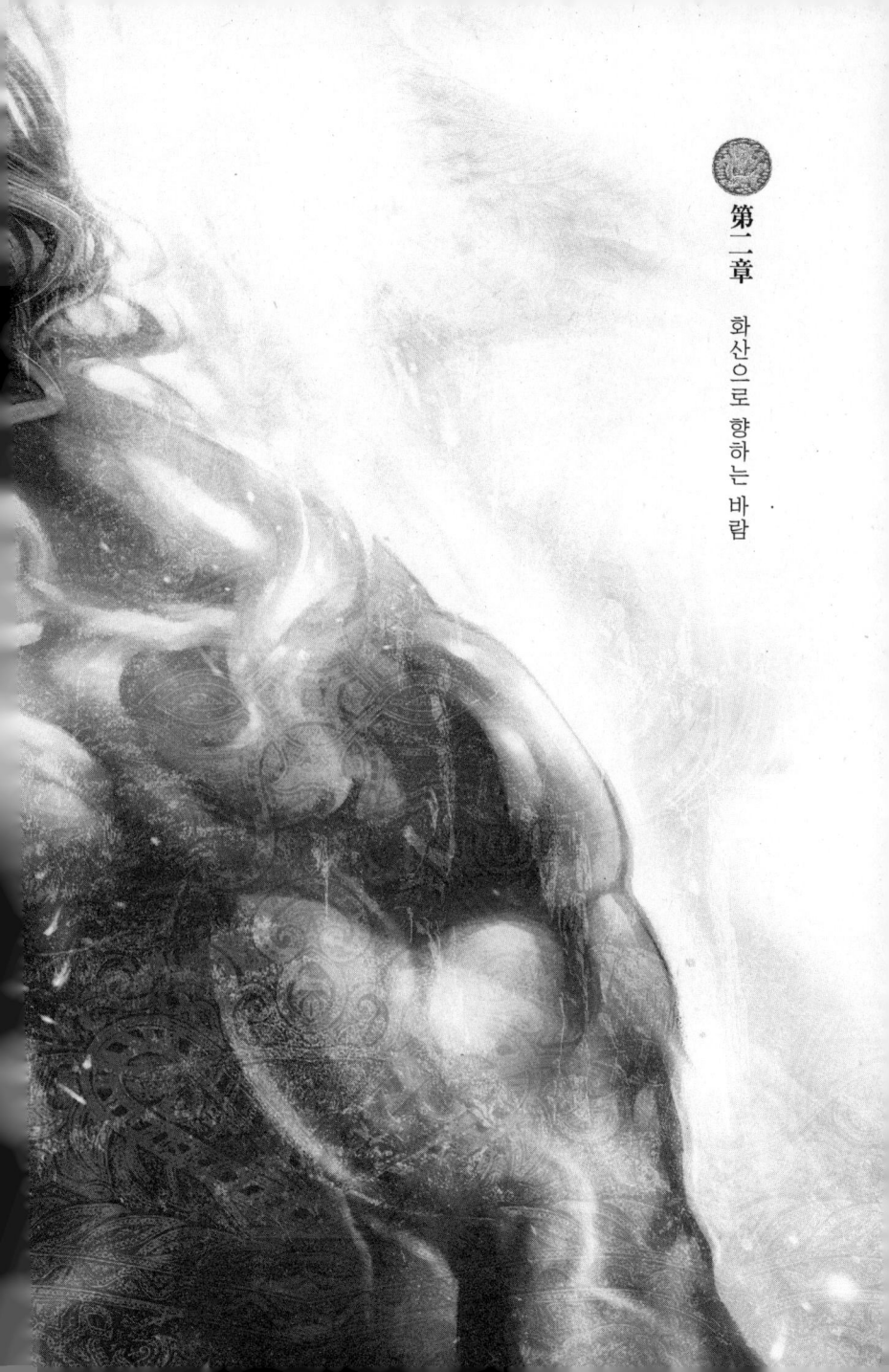

第二章

화산으로 향하는 바람

絶對天王

늘대를 한 마리 잡은 기천승은 늘대의 뒷발에서 힘줄을 뽑
아내 계곡물에 깨끗이 씻었다.

그러고는 쩍 벌어진 옆구리의 상처에 금창약을 뿌리고, 힘
줄에 내력을 집어넣어 바늘처럼 날카롭게 한 후 내장이 상하
지 않도록 조심하며 꿰맸다.

상처는 근 한 뼘에 달했는데, 순우무궁에게 당한 상처가 아
니었다. 나중에 나타난 두 괴인에게 당한 것이었다.

괴인은 미친 순우무궁만큼이나 강했다.

하지만 그들이 아무리 강하다 해도 하나였다면 다치지 않고
도망칠 수 있었을 것이다. 하지만 순우무궁에게 내상을 입어
몸이 둔해진 그로서는 두 괴인의 손에서 벗어나기가 쉽지 않

왔다.

그나마도 그들의 목적이 순우무궁을 잡아가려는 것이 아니었다면 빠져나오지 못했을지도 몰랐다.

"으음……."

상처를 꿰매고 마지막 마무리를 짓는 그의 입에서 나직한 신음이 흘러나왔다.

강력한 내력이 실린 손에 찢겨져 나간 상처였다. 꿰매긴 했지만 그 충격이 가라앉은 것은 아니었다.

그가 자객으로서 처절한 수련을 받지 않았다면, 비명도 지르지 못하고 기절해 버렸을지도 모를 정도의 고통이 전신을 엄습했다.

하지만 기천승은 고통을 참고 아득해지려는 정신을 붙잡기 위해 입술을 깨물었다.

그가 몸을 숨긴 곳은 천선곡에서 오십여 리는 떨어진 곳의 바위 틈바구니였다.

큰 마을로 나가 몸을 치료하며 편히 쉬고 싶은 마음이야 그가 더 간절했다.

하지만 그럴 수 없다는 것이 문제였다.

천외천가는 지금쯤 비상이 걸려 있을 것이었다. 함부로 움직이면 언제 저들의 눈에 띌지 몰랐다. 평상시라면 걱정할 것이 없지만, 지금의 몸 상태로는 일류고수 하나도 상대할 수 없었다.

다행히 자신이 있는 바위 틈바구니는 입구가 넝쿨로 가려져 있어 밖에서 거의 보이지 않는 곳. 사흘 정도는 들키지 않고 지낼 수 있을 듯했다.

'이삼 일이면 조용해지겠지.'

그때까지 최대한 몸을 만들어야 했다. 성과가 없는 것은 아니지만, 아직 임무가 완전히 끝난 것이 아니었다.

기천승은 조급한 마음을 버리고 천천히 숨을 들이켰다.

가슴이 찢어지는 듯했다. 하지만 한시도 소홀히 할 수 없는 상황. 그는 이를 악물고 천천히 단전의 진기를 끌어올렸다.

처음에는 실낱같던 기운이 시간이 지나면서 조금씩 굵어졌다. 중간 중간 막히던 것도 조금씩 뚫리기 시작했다.

그렇게 일각, 전신으로 서서히 진기가 퍼져 나가며 고통이 가라앉기 시작했다.

그리고 이각가량이 지나자 곧 고통을 잊고 완벽한 무아지경에 빠졌다.

평상시 운기행공을 하면서 완벽한 무아지경에 빠지지 않는 것이 자객이라는 것을 생각하면 의외라 할 수 있는 일. 그만큼 내상이 심하다는 말과도 같았다.

그렇게 얼마나 지났을까. 눈을 뜨려던 기천승은 갑자기 밀려오는 냄새에 잠시 더 눈을 뜨지 않고 주위 상황을 판단했다.

넝쿨로 막힌 입구 밖에서 고기 굽는 냄새가 난다.

대체 이런 오지 구석, 그것도 사람이 도저히 다닐 수 없는 곳에서 누가 고기를 굽는단 말인가?

그가 누구든 적, 아니면 동료, 둘 중 하나였다. 그리고 이곳이 태백산이라는 것을 생각하면 적일 가능성이 높았다.

그러나 한편으로는 자신을 그대로 둔 걸로 봐서 적이 아닐 거라는 생각도 들었다.

'너무 깊게 몰입했어. 자객이 된 후 처음 있는 일이군.'

기천승은 쓴웃음을 지으며 무릎 위에 놓인 검을 슬며시 잡고 천천히 눈을 떴다.

바로 그때, 자신을 빤히 바라보는 눈이 보였다.

기껏해야 일 장의 거리!

기천승은 눈을 뜨다말고 몸이 굳어버렸다.

"이제 정신이 들었소?"

그 눈의 주인이 말한다.

아무리 자신이 내상을 입었다 해도 일 장 앞에 사람이 있는 것을 몰랐다니.

'고수다!'

그렇게 생각할 수밖에 없었다. 그때 눈의 주인이 중얼거렸다.

"아직 정신이 안 들었나? 아닌데? 검을 잡았잖아?"

기천승은 눈살을 찌푸리고 그를 노려보았다. 자신을 놀리는 소리라는 것을 모를 그가 아니었다.

"그댄 누군가?"

"아! 이제 입이 열리셨군."

기천승은 눈의 주인을 똑바로 바라본 채 검을 쥔 손에 힘을 주었다. 그러자 눈의 주인이 말했다.

"너무 놀랄 것 없습니다. 적이었으면 눈을 뜰 때까지 두 시진이나 기다려 줬겠습니까?"

자기가 두 시진이나 기다렸다는 말이다.

적이 아니라는 뜻.

기천승은 그를 직시한 채 검을 쥔 손의 힘을 풀었다.

"고기 냄새는 왜 풍긴 건가?"

"그거야 기다리다 보니 배가 고프지 뭡니까? 때마침 멍청한 멧돼지 한 마리가 저 밑에서 졸고 있기에 잡았지요."

"고기 냄새는 둘째 치고 사람들이 연기를 보고 올지도 모르네."

"걱정 마십시오. 조금 전까지 근방 이십 리를 뒤졌는데 길 잃은 강아지도 보지 못했으니까요."

기천승은 이마를 찌푸리며 눈의 주인을 자세히 살폈다.

이제 이십대 초중반 정도의 나이로 보였다. 한데 그에게서 풍기는 기운은 자신이 정상이었을 때와 비교해도 결코 약하지 않다.

'주군을 제외한다면, 저 나이 대에서 가장 강할 것 같군.'

신녀에 대해 정확히 알지 못하는 그로선 당연히 그렇게 생각할 수밖에 없었다.

"그런데 내가 왜 근처를 뒤졌는지 아십니까?"

그걸 자신이 어떻게 안단 말인가?

기천승은 그를 빤히 바라보기만 했다. 그러자 그가 말을 이었다. 조금 전과 달리 심각한 표정으로.

"한 사람을 찾으려고 뒤졌지요. 그런데 반나절이 지나도록 약초꾼 두어 사람만 만났을 뿐 내가 원하는 사람은 찾지 못했습니다."

확연히 달라진 눈빛. 왠지 모를 아픔이 배어 있는 표정이다.

"그러다 찾은 것이 당신입니다. 심각한 부상을 입은 강호의 고수인 당신 말입니다."

기천승은 묻고 싶은 것을 꾹 참고 눈의 주인, 혁련호운이 마저 말할 때까지 기다렸다. 잠시 기천승을 바라보던 혁련호운이 물었다.

"혹시 태백산을 잘 아십니까?"

"조금 아네."

"부상을 입은 이유를 알아도 되겠습니까?"

"적과 싸웠네."

"천외천가입니까?"

"맞네. 바로 그들과 싸웠지."

"그럼… 천외천가의 위치가 어딘지 아십니까?"

'령' 이라는 여인이 태백산으로 간 것을 알고 무작정 달려왔다. 태백산에 도착해서야 혁련호운은 그녀가 어디를 가려고 했는지, 왜 태백산에 왔는지 짐작할 수 있었다.

자신보다 더 강할지 모르는 무공, 삶조차 포기한 것 같던 결연한 눈빛. 그러한 그녀가 찾아갈 만한 곳은 자신이 생각할 때 오직 한곳이었다.

천외천가!

그리고 그녀의 정체도 대충 짐작이 되었다.

제천동을 나선 후 소문으로 들었던 신비의 신녀!

마음이 다급해진 그는 태백산을 훑으며 천외천가의 위치를 알아보려고 했다. 그러나 만나는 사람 누구도 천외천가가 어디에 있는지 정확히 알지 못했다.

그렇다고 밖으로 나가 천외천가의 위치를 알아볼 수도 없었다. 지금쯤은 천외천가로 들어갔을지도 모르는 터. 시간이 없는 것이다.

그렇게 태백산 줄기를 타고 헤매던 중 우연히 바위 틈바구니에서 흘러나오는 기운을 느꼈다.

운기행공을 하는 것만 봐도 기천승은 절정 이상의 경지에 오른 자가 분명해 보였다.

그는 일단 기천승이 깨어나기만을 기다렸다. 마음은 조급했지만, 운기행공을 하며 무아지경에 빠진 사람을 건드릴 수는 없었다. 죽은 사람에게서는 자신이 원하는 대답을 들을 수 없을 테니까.

혁련호운은 질문을 던져 놓고 기천승을 뚫어지게 바라보았다.

"무슨 일로 그곳을 찾아가려는 건가?"

그때 기천승이 되물었다.

그 말이 혁련호운의 귀에는 안다는 말로 들렸다. 그는 사실대로 말했다.

"제가 좋아하는 여인이 천외천가를 찾아갔습니다. 아무래도 원한이 있는 것 같은데, 죽기 전에 구하려고 합니다."

기천승은 다급히 말하는 혁련호운을 쳐다보았다.

거짓은 보이지 않았다.

"그곳이 얼마나 무서운 곳인지 아나?"

"그 여자도 약하지 않고 저도 한 수는 있습니다. 도망은 칠 수 있을 겁니다. 아신다면 좀 가르쳐 주십시오. 급합니다."

사랑하는 사람을 위해 죽음의 땅으로 들어가겠다는 젊은이다. 기천승은 처음 겪어보는 묘한 감정에 왠지 기분이 좋아졌다.

"좋네. 하지만 조심해야 하네."

그는 혁련호운에게 자신이 아는 한도 내에서 천외천가에 대한 것을 말해주었다.

혁련호운은 기천승의 말이 끝나자 벌떡 몸을 일으키더니 허리를 깊숙이 숙였다.

"감사합니다. 밖에 구워놓은 고기가 조금 남았을 겁니다. 그건 대협께서 드십시오."

어이없는 감사의 인사에 기천승은 웃음이 나오려고 했다. 아마 지난 수십 년 사이 가장 환하게 피어나는 웃음일지도 몰랐다.

그사이 혁련호운이 넝쿨을 젖히고 밖으로 나갔다.

하지만 금방 되돌아온 그는 고개를 삐죽 내밀더니 빠르게 입을 열었다.

"저는 혁련호운이라고 합니다. 혹시 제천신궁에 대해서 아십니까?"

"조금 아네만."

혁련호운이 품속에서 열 냥 정도 되는 은원보를 하나 꺼내 바위 위에 올려놓았다.

"그럼 제가 경비를 드릴 테니, 밖에 나갈 일이 있으시거든 제천신궁의 좌소천이라는 사람에게 제 말 좀 서신으로 전해주십시오. 고마웠다고 말입니다. 부탁합니다."

그러고는 멍해진 기천승이 대답도 하기 전에 휙 몸을 날려 사라졌다.

뒤늦게 정신을 차린 기천승은 급히 넝쿨 밖으로 나가보았다. 그러나 이미 그의 모습은 어디에도 보이지 않았다.

"이보게!"

급히 소리쳐 불렀지만 돌아온 것은 메아리뿐이었다.

2

앉아 있는 사람은 일곱에 불과했다.

세 명의 노인, 네 명의 중년인.

하지만 그들 일곱 사람이 앉아 있는 것만으로도 거대한 전청이 가득 찬 것처럼 느껴졌다.

"해심, 순우가의 아이들은 언제 도착한다 하던가?"

턱에 백염이 주먹처럼 달린 노인이 칼칼한 목소리로 물었다.

"늦어도 내일 아침이면 도착할 것이네."

해심 척발조의 대답에 백발의 유사가 눈살을 찌푸렸다.

"그런데 말이야, 우리가 꼭 순우연의 말을 들어야 하나?"

척발조가 조소를 지으며 유사를 바라보았다.

"들어주는 척이라도 해야 하지 않겠나?"

"척? 무슨 뜻인가? 그럼 순우연의 말대로 움직이지 않을 거라는 말인가?"

"잊었나 보군. 우리에게 명을 내릴 수 있는 분은 오직 해주님뿐이네."

"흠, 그건 그렇지."

"해주님의 명이 아니었다면 어찌 우리가 순우연의 뜻에 따라 움직였겠는가?"

주먹 턱수염의 노인, 마사가 코를 찡그렸다.

"그럼 우리만으로도 화산을 공격해도 상관없단 말인가?"

"못할 것은 없지만, 우리의 힘만으로 화산을 공격하면 순우연만 좋은 일 시켜주는 것이 아니겠는가?"

"제길, 이러나저러나 답답한 건 마찬가지군."

"답답해할 필요 없네, 그저 더 많은 고기가 몰릴 때까지 기다리고 있을 뿐이니까."

척발조의 말에 유사와 마사가 이마만 찡그린 채 입을 닫았다.

그때 조용히 앉아 있던 붉은 머리의 중년인, 혈암이 물었다.

"화산을 치는데 이리 복잡하게 일을 진행할 필요가 있습니까? 그냥 가서 다 때려 부수면 될 거 아닙니까?"

척발조가 혈암을 째려보았다.

"멍청하긴……. 무림맹은 화산을 보호해야 하기에 함부로 움직이지 못한다. 한데 보호할 곳이 없어지면 무림맹은 전격적으로 우리를 치려 할 것이 아니겠느냐? 그러면 문제가 복잡해지지. 화산 하나 무너뜨리는 것이 문제가 아니야."

콰당!

그때 문이 부서질 듯이 열리고 한 사람이 뛰듯이 안으로 들어왔다. 천해를 지원하는 천외천가 무사들의 수장 중 하나, 조운당주 곽추민이었다.

척발조가 노한 표정을 지으며 호통을 쳤다.

"무슨 일인데 그리 서두르는 것이냐?"

"급전이 왔습니다, 노야!"

"급전?"

"대공자께서 이끄는 일로가 전멸에 가까운 피해를 입었다 합니다!"

"뭐야? 그게 무슨 말이냐?"

"대공자께서 산양을 지나 상주로 가던 중 정체를 알 수 없는 자들의 공격을 받았다 합니다."

"무림맹이라더냐?"

"무림맹의 무사들은 아니라고 합니다. 저의 생각으로는, 행방을 알 수 없던 제천신궁 놈들이 아닌가 합니다, 노야."

"제천신궁이라……."

그때 문득 든 생각에 척발조의 이마가 와락 구겨졌다.

"그런데 순우무종은 왜 이곳으로 오지 않고 상주로 갔단 말이냐?"

"그게……."

곽추민이 머뭇거리자 유사가 싸늘히 코웃음 쳤다.

"홍! 혼자 공을 세워보려 했겠지."

척발조는 손을 들어 유사의 입을 막고 전령에게 물었다.

"순우무종은 어떻게 되었느냐?"

"아직 정확한 소식은 전해지지 않았습니다만, 매우 위험한 상황에 처한 듯합니다."

"순우경은?"

"대장로께선 계획대로 오고 계십니다."

"그래?"

척발조의 눈이 싸늘하게 가라앉았다.

"가서 순우경에게 최대한 속도를 높여서 오라고 해라."

"예, 노야!"

곽추민이 밖으로 급히 나가자 마사가 눈을 빛냈다.

"움직일 생각인가?"

척발조의 입가에 냉소가 걸렸다.

"순우연의 자식이 먼저 명을 어기는 바람에 계획이 틀어졌네. 이제 순우연의 명을 받고 움직일 필요가 없어졌어."

"제천신궁이 순우무종을 쳤다면 무림맹 역시 곧 화산으로 달려올 텐데……. 흠, 순우경이 이곳까지 오는 시간과 얼추 맞을 것 같군."

"문제는 제천신궁 놈들인데……."

"제아무리 놈들이 강하다 해도 순우무종이 이끄는 천외천가의 힘도 약하지 않네. 아마 상당한 피해를 입었을 게야."

"하긴……. 좋아, 준비하지. 순우경이 도착하면 곧바로 화산을 치세."

혈암이 도무지 알 수 없다는 표정을 지었다.

"화산을 치지 않는 것이 낫다 하지 않으셨습니까?"

"조금 전까지만 해도 그랬지. 하지만 이제는 아니야. 일로가 없는 상태라면, 제천신궁 놈들까지 화산에 올 경우 피해가 너무 커진다. 놈들이 오기 전에 화산과 무림맹을 먼저 처리해야 돼."

유사가 잇새로 투덜댔다.

"멍청이 하나 때문에 일이 다급해졌군."

"글쎄, 오히려 잘된 일인지도 모르지. 순우연의 기세가 꺾일 수밖에 없을 테니 말이야. 끌끌끌……."

3

상주 서쪽 외곽 야산자락에 자리한 풍성보(豊成堡)는 상주에서 이백 년이 넘도록 기반을 다져온 토착 세력이었다.

보주는 진운검(震雲劍) 공효천.

그는 만패철검 선우궁현의 지인 중 한 사람으로 일대에서 덕망이 높아 무인이라기보다는 지역의 영주처럼 받들어지는 자였다.

좌소천은 그에 대한 것을 구포봉에게 들었기에 오봉산을 떠나기 전 그에게 서신을 한 장 보냈다.

그 때문인 듯했다. 신시 무렵, 좌소천과 오행대가 도착했을 때 공효천이 직접 마중을 나왔다.

"좌소천입니다."

"말씀은 많이 들었소. 천하를 진동시키는 궁주를 직접 뵙다니, 공모의 홍복이외다."

공효천은 좌소천의 나이가 어리다 하여 반말을 하지 않았다. 친구의 조카임을 알면서도 공손히 대했다.

상대가 천하제일패 제천신궁의 주인임을 아는 까닭이다.

"많은 인원이 성으로 들어가면 소란이 일까 봐 찾아왔습니다. 잠시만 신세를 지겠습니다."

"허허허, 본 보가 비록 이름은 없지만 장원은 제법 크다오. 아무런 걱정 말고 쉬도록 하시오. 자, 온다는 연락을 받고 식사를 준비했으니 들어갑시다."

이미 사가촌에서의 싸움에 대한 것을 들은 그였다. 좌소천 일행은 풍성보의 모든 사람들에게 은인이나 마찬가지, 신세라고 할 것도 없었다.

그렇게 좌소천과 오행대가 풍성보에서 식사를 마칠 즈음, 천이당의 정보원으로부터 몇 가지 소식이 전해졌다.

무림맹의 군웅들이 영보를 지나 화산으로 가고 있다는 것. 천외천가의 무사들이 위남을 향해 빠르게 움직이고 있다는 것 등이었다.

정보대로라면 화산과 위남에 양편이 비슷하게 도착할지도 몰랐다.

화산까지는 이백오십 리.

길이 험한 것을 생각한다면, 저녁이 되기 전 도착하기 위해선 서둘러야만 했다.

"그들이 공격할 거라고 보십니까?"

공손양이 넌지시 물었다.

잠시 생각에 잠겼던 좌소천이 눈을 들었다.

"아무래도 순우무종이 당했다는 것을 듣고 생각을 바꾼 것 같소."

"그들이 당했다는 걸 알았다면, 오히려 몸을 사리는 게 정상 아니겠습니까?"

"손자기의 말대로 저들 간에 알력이 있다면 충분히 이해할 수 있는 일이오. 순우무종의 세력이 당한 이상은 천해의 입김이 세질 수밖에 없을 테니까 말이오."

"그럼 두 세력이 합쳐지면 바로 공격할지도 모르겠군요."

"무림맹이 화산에 도착하면 바로 공격할지도 모르오. 우리가 합류하기 전에 말이오. 서둘러야 할 것 같소."

좌소천과 오행대가 부랴부랴 길 떠날 채비를 하자, 급히 찾아온 공효천이 아쉬움 가득한 표정을 지었다.

"이리 빨리 떠나시다니, 붙잡고 싶어도 붙잡을 수 없는 상황이 야속하기만 하구려."

"아닙니다. 잠시라도 편안히 식사를 할 수 있도록 해주신 것만도 고맙습니다."

"별말을. 좌우간 떠나는 거야 어쩔 수 없소만, 부상자라도 이곳에 남겨두시오. 공모가 내상에 좋은 약재를 제법 가지고 있는데 그들을 위해 내놓으리다."

경상자야 그다지 문제될 것이 없었다. 그러나 삼십여 명의 중상자는 어차피 함께 갈 수가 없었다. 물론 아직도 정신을 차리지 못하고 있는 순우무종 역시 마찬가지였다.

내상에 좋은 약재가 있다면 더 바랄 것 없는 터. 좌소천은 순순히 공효천의 호의를 받아들였다.

"그리 말씀하시니 신세 좀 지겠습니다."

"신세라니요? 덕분에 천외천가 놈들에게 본 장이 당하지 않았거늘. 다시는 그런 말씀 하지 마시구려."

"그럼 마음 편하게 사람들을 맡겨놓겠습니다."

"그리고 본 보에도 강한 사람이 제법 있소. 이번 화산 행에 그들을 함께 보내겠소."

풍성보는 중소문파답지 않게 일류 이상의 고수가 제법 많았다. 게다가 지금은 천외천가에게 멸문당한 문파의 고수들도 상당수가 몰려와 있는 상태였다.

그들이라면 삼십여 명의 부상자 자리를 채울 수 있을 터. 좌소천은 굳이 마다하지 않았다. 천외천가와의 싸움은 결코 자신만의 일이 아닌 것이다.

"좋습니다."

잠시 후.

공효천이 사십여 명의 무사를 모아 왔다.

그들을 둘러본 좌소천은 의외의 표정을 지었다.

선두에 선 네 사람, 완숙한 절정의 경지에 오른 자들이다. 공효천이 거느리기에는 부담이 될 정도의 고수들.

"저분들도 풍성보의 사람들입니까?"

좌소천의 질문이 뜻하는 바를 이해했는지 공효천이 조용히 웃으며 말했다.

"며칠 전만 해도 일문의 무사들을 대표하던 분들이오. 지금은 잠시 본 보에 머물고 있을 뿐이어서, 공모는 저분들을 빈객으로 대할 뿐, 본 보의 사람이라 생각하지 않고 있소. 아마 함께 다니시면 섬서를 행보하는 데 많은 도움이 될 것이외다."

그때 그들이 다가와 포권을 취했다.

"사중석이라 하오."

"연충문이오."

"갈승천이라 하오."

"영호주진이라 하외다."

영추검(影秋劍) 사중석. 웅패철권(雄覇鐵拳) 연충문. 비호도(飛虎刀) 갈승천. 낙일검객(落日劍客) 영호주진.

공효천의 말대로 그들은 섬서를 대표하는 문파인 섬서팔문(陝西八門) 중 사문(四門)의 대표적인 고수들이었다.

그들은 본래, 몸담았던 문파들이 천외천가에 멸문당하자, 천외천가와 싸우기 위해 화산으로 가려고 했다. 한데 풍성보에 들렀다가 공효천의 사심 없는 대우에 감복해, 풍성보가 안전해질 때까지 잠시 머물고 있는 것뿐이었다.

네 사람의 인사에 좌소천도 마주 포권을 취했다.

"좌소천입니다."

그리고는 금강대주 악청백을 바라보았다. 소소한 이야기를 하기 위해 시간을 허비하기에는 시간이 급박했다.

"이분들은 악 대주님이 이끌어주십시오."

나머지 사대는 문파의 특색이 강한 단체다. 그러나 금강대에는 패천단과 각지부의 무사들이 골고루 속해 있어서 갑자기 합류한 사람들을 포용하기에 가장 적합했다.

"알겠소이다, 궁주."

악청백도 좌소천의 뜻을 깨닫고 순순히 대답했다.

"나는 악청백이라 하오. 함께하기로 한 이상 내 명에 따라주셔야 하오. 만일 명을 따르지 못할 거라면 이곳에서 미리 말씀해 주시오."

중원육기 중의 한 사람, 파혼신창(破魂神槍) 악청백.

네 사람 중 그의 이름을 모르는 사람은 없었다.

누구도 그가 자신의 위에 있다는 것에 불만을 가지지 않았다.

네 사람이 수긍하는 듯하자 좌소천이 출발을 알렸다.

"시간이 없으니 자세한 것은 가면서 이야기하지요."

그때 공효천이 뭔가를 내밀었다.

"나름대로 급히 구해서 만들었는데 필요할지 모르겠소."

그가 내민 것은 무사건이었다. 단순한 백색 무사건이었는데, 가운데에 '제(帝)' 자가 쓰여 있었다.

"화산에는 화산파의 제자만 있는 게 아니외다. 같은 편을 알아보지 못하고 싸우면 큰일이 아니겠소?"

미처 생각지 못했던 일이었다.

오행대야 서로의 복장을 알아본다. 미리 도착할 수만 있다면 화산에 있던 사람들도 알아볼 수 있을 것이었다.

하지만 뒤늦게 싸움에 끼어들면 누가 누군지 모를 것이 분명했다.

자칫하면 같은 편의 칼에 죽을지도 모르는 것이다.

좌소천은 공효천의 세심한 배려가 진정으로 고마웠다.

"감사합니다. 덕분에 눈 없는 칼에 찔릴 염려는 하지 않아도 될 것 같습니다."

그렇게 풍성보를 떠난 좌소천과 오행대가 낙남을 지나 낙하(落河) 상류를 눈앞에 두었을 때였다. 염불곡의 귀령환을 지니고 위남 쪽에 가 있던 자로부터 급박한 연락이 왔다.

"놈들이 움직였다고 하네."

염불곡의 짧은 몇 마디에 걸음이 빨라졌다.

위남과 낙남은 거리가 비슷했다. 누가 먼저 도착할지 가봐야 알았다. 문제는 위남보다 낙남에서 올라가는 길이 훨씬 험하다는 것이었다.

"무림맹은 천무단이 전부 움직였소?"

좌소천의 질문에 공손양이 쓴웃음을 지었다.

"맹주가 일백의 천무단을 이끌고 갔다고 합니다."

도유관이 눈살을 찌푸리며 투덜댔다.

"제길, 당장 화산을 지켜야 한다며 난리더니 겨우 백 명만 간 건가?"

"아무래도 전부 모으려면 시간이 걸릴 겁니다. 해서 급한 대로 가까운 문파의 사람들 먼저 모여서 간 것 같습니다."

"혹시 아나? 우리의 희생이 커지는 걸 바라는 것인지."

도유관이 툭 한마디 던졌다.

사람들의 표정이 굳어졌다. 아무렇게나 한 말이지만, 전혀 배제할 수 없는 가정이었던 것이다.

좌소천은 얼굴이 굳은 사람들을 바라보며 무심히 말했다.

"시작 전부터 불신을 가지면 아무것도 못합니다. 우리는 우리의 능력껏 최선을 다하면 됩니다. 언제 우리가 남의 도움을 바라며 적과 싸웠습니까? 갑시다!"

4

날개 끝이 푸른 매 한 마리가 천선곡으로 날아든 것은 오시가 지날 무렵이었다.

전서응의 다리에 달린 붉은 전서통을 떼어낸 천밀당의 요응은 전서통에 든 서신을 꺼내 읽자마자 이를 악물고 눈을 부릅떴다.

"이런 젠장! 또 한바탕 난리가 나겠군."

잠시 후. 요응의 예측대로 천선곡이 발칵 뒤집혔다.

"무종이…… 잡혔다고?"

나직이 흘러나오는 목소리가 노호(怒虎)의 으르렁거림처럼 들렸다.

"단독으로 상주를 치러갔다가 제천신궁 무사들의 습격을 받았다 합니다, 가주."

"위남으로 올라갔어야 할 놈이 왜 상주를 치러갔단 말인가?!"

"아마도 상주의 풍성보를 먼저 쳐서 섬서 서부를 장악하려 했던 것 같습니다."

"멍청한 놈! 화산만 무너뜨리면 어차피 섬서가 다 들어올 텐데 왜 허튼짓을 해!"

좀처럼 분노하지 않는 순우연이 노성을 내지른다.

방 안을 오락가락하며 거친 숨을 내쉬는 그의 얼굴이 붉게 달아 있다.

"둘째만으로도 골치가 아프거늘, 큰놈까지 속을 썩이다니! 대체 어떻게 된 놈들이……. 끄응……."

순우기정은 잠시 입을 닫고 순우연의 분노가 가라앉기를 기다렸다.

자신의 마음을 쉽게 드러내지 않는 순우연이다. 아마 시간이 지나고, 돌이킬 수 없는 일임을 알게 되면 끓어오른 분노가 차갑게 식을 것이었다.

아니나 다를까, 일각가량이 지나자 순우연이 분노를 가라앉히고 자리에 앉았다.

"놈이 무종이를 죽이지 않았단 말이지?"

"그렇다고 합니다, 가주."

차갑지만 조금 전보다 가라앉은 목소리다.

그럴수록 순우기정은 더욱 조심해서 입을 열었다.

"얻을 게 있다 생각했을 것입니다."

순우연은 이마를 찡그린 채 잠깐 뭔가를 생각하더니, 머리를 털고 화제를 돌렸다.

"그래, 늙은이들이 화산을 치려 한다고?"

"대공자가 그리되었으니 잘되었다 생각했을 것입니다."

순우연의 가늘어진 눈에서 냉기가 흘렀다.

"하는 수 없지. 경 숙부께서 잘 처신해 주시기만을 바라는 수밖에."

"현재의 전력만으로도 화산은 충분히 칠 수 있을 것입니다.

너무 걱정 마십시오."

"내가 걱정하는 것은 화산이 아니네."

"하오면……?"

냉기가 흐르던 순우연의 눈이 잘게 흔들렸다.

"좌소천이라는 놈. 어린놈이라 무시했는데, 왠지 기분이 좋지 않아."

"그래 봐야 가주님과 해주께서 나서면 금방 꺼질 들불에 불과합니다. 너무 마음 쓰지 마십시오."

'그럴까?'

순우기정의 말대로 기우일지도 모른다. 한데도 마음 깊숙이 도사린 기이한 감정이 쉽게 누그러들지 않는다.

감정마저 자신의 마음대로 조절하는 순우연으로선 의외의 일이 아닐 수 없었다.

사실 묘하다면 묘한 일이었다.

금라천의 후예라는 것부터 시작해서, 두 아들과 악연으로 얽혔다. 그로 인해 순우무궁은 미치고 순우무종은 사로잡혀 생사를 모르는 상태다. 거기다 이제는 자신마저 그와 적으로서 만날지 모르는 상황이다.

어쩌면 그래서 더 불안한 것인지도 몰랐다.

'으음, 어쩌면 해주보다도 그놈이 더 문제일지도 모르겠어. 무슨 수를 써서라도 제거해야만 돼. 사사가 놈을 죽여주면 좋겠는데……'

순우연은 내심 마음을 굳히고 이를 악물었다.

"놈들은 분명 화산으로 가고 있을 것이야. 놈들의 움직임을 철저히 알아봐!"

"예, 가주."

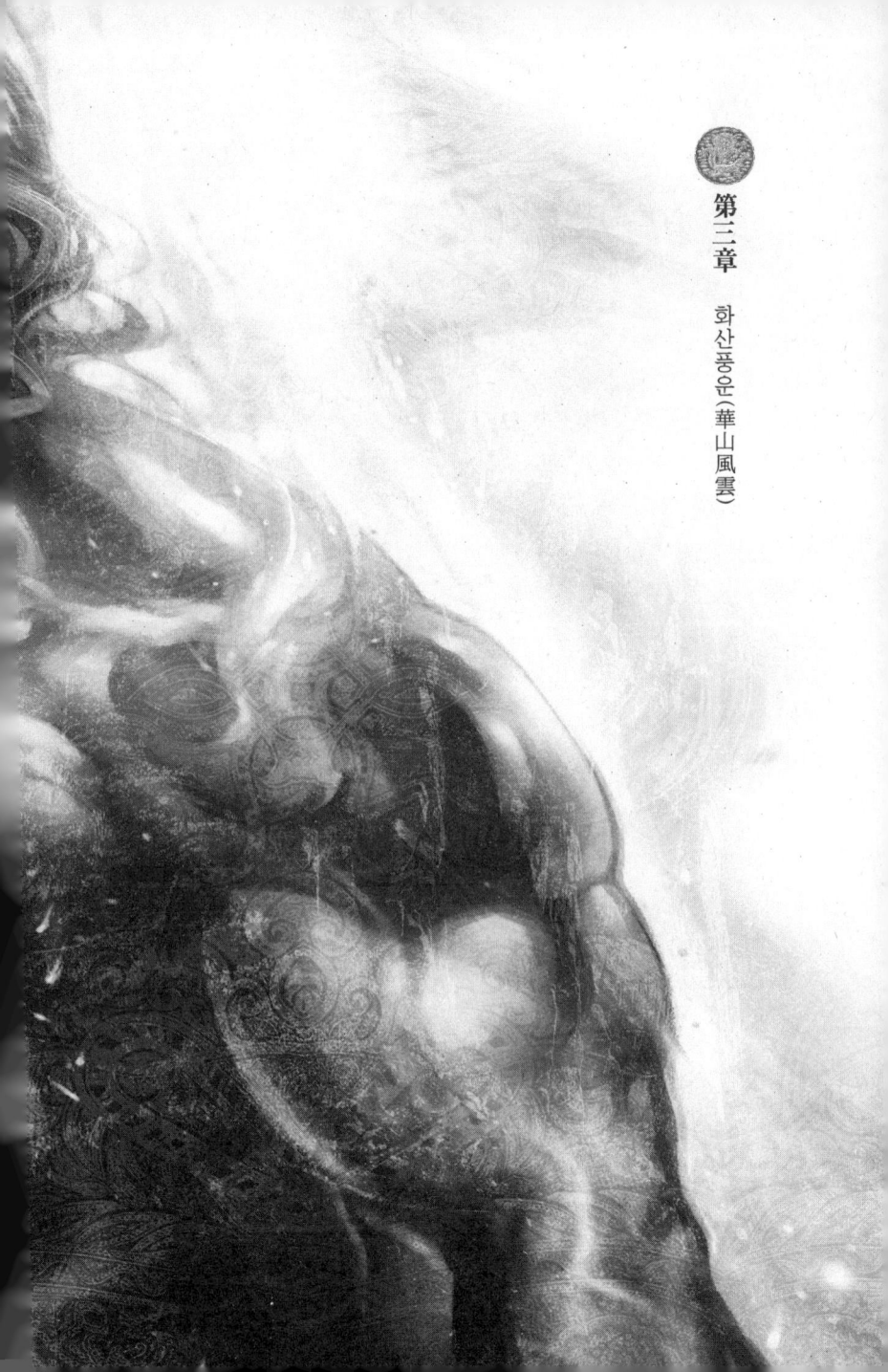

第三章

화산풍운(華山風雲)

절대천왕 絕對天王

오악(五岳) 중 서악(西岳) 화산(華山).

장안 동쪽 삼백 리, 진령 동쪽에 자리 잡은 화산은 높이도 높이지만, 산이 온통 바윗덩이로 이루어져 그 험난함에 보는 사람들이 기가 질릴 정도의 험산이었다.

그중 주봉은 남쪽의 낙안봉을 중심으로 서쪽의 연화봉, 동쪽의 자양봉, 그리고 양옆의 운대봉, 옥녀봉의 다섯 봉우리였는데, 화산파의 제자들이 수련하는 도관과 동굴은 오봉을 중심으로 산지사방에 퍼져 있었다.

우경 진인이 일백의 천무단을 이끌고 화산파에 도착한 것은 좌소천이 낙하를 건널 무렵이었다.

천무단은 임시로 정해진 연화봉 아래쪽 도관에 머물게 하고

우경 진인만이 화산 제자들과 함께 연화봉 정상의 상궁으로
올라갔다.

화산파의 장문인인 허운자를 만나기 위해서였다.

"늦지 않게 온 것 같아 다행이네, 장문인."

"오시느라 고생하셨습니다, 사숙."

"상황이 어떤가?"

"본 파의 제자만 모두 일천이 넘는데다가 무림맹에서 백호
와 청룡이 오고, 외곽은 현무와 주작이 지키고 있습니다. 거기
에 본 파와 힘을 합치기 위해 온 강호의 동도들이 오백에 달합
니다. 제아무리 천외천가가 강하다 해도 화산을 어찌할 수는
없을 것입니다."

탈속한 선인과도 같은 모습의 도인. 그가 바로 화산의 장문
인 허운자였다.

그의 목소리에 깃든 자부심은 곧 화산의 자부심이었다.

그럴 만도 했다. 당금의 화산파는 소림과 무당을 누르고 구
파 제일이다.

거기다 화산은 다른 곳과 달리 험준한 산이 또 하나의 장애
물이었다. 태백산이 험하다 하지만 어찌 화산에 비할 수 있으
랴. 적들은 화산에 들어오면 산세의 험준함에 먼저 기가 질릴
터였다.

하지만 우경 진인은 그것만으로 안심할 수 없었다. 제자들
과 무림맹 맹도들의 피해를 최대한 줄이기 위해서라면 더한

조치라도 해야만 했다.

"제천신궁의 무사들이 남쪽에서 올라오고 있네. 그들이 도착하면 놈들에 대한 공세를 펼칠 것이네. 그전까지 조금도 방심해서는 안 될 것이야."

"알겠습니다, 사숙."

"그래, 선거(仙居)에 들었던 사제들과 사형들은 나왔는가?"

"진악궁에 계십니다."

"음……."

우경 진인이 가만히 눈을 감자 허운자가 물었다.

"진정 그들이 그리도 두려운 자들입니까?"

"종남이 하루아침에 멸문에 가까운 피해를 입었네. 아무리 본 파가 종남에 비해 월등히 강하다 하나 안심할 수는 없는 일이 아닌가?"

뭔가 말을 하려다 말고 입을 닫는 허운자다.

우경 진인은 허운자의 마음을 알았는지 조용히 입을 열었다.

"적을 경시하는 것은 자만에 빠져 스스로를 돌아보지 못하는 것만큼이나 좋지 않다네. 우를 범하지 말게나, 장문인."

제천신궁의 오백 무사가 천외천가의 일천 무사를 쳤다는 소식이 전해진 터였다.

이 사람 저 사람이, 화산 역시 적들과 정면대결을 하면 충분히 이길 수 있을 거라 말하고 있을 것이었다. 심하면 웅크리고 있는 허운자를 뒤에서 비난하고 있을지도 몰랐다. 종남이 당했는데 화산이 보고만 있다면서.

하지만 그것은 좌소천과 그 일행들의 강함을 생각지 못한 단순한 계산일 뿐이었다.

"참으면 몇 사람에게 뒷소리 듣는 것으로 끝날 일이거늘, 한 번의 판단 잘못으로 수백의 목숨을 잃으면 나중에 아무리 후회해 봐야 소용없는 일이지 않겠는가?"

허운자는 우경 진인의 질책에 가슴이 무거워졌다.

"원시천존, 참는다는 것이 이렇듯 힘들 줄은 미처 몰랐습니다. 종남의 도우들을 무자비하게 살해한 악도들을 저 앞에 두고 바라봐야만 하다니……"

"보다 더 큰 것을 얻기 위함이네. 도우들의 희생을 줄이기 위함이네. 세 번의 무량수불에 삼백의 도우가 목숨을 건졌을 터, 장문인의 기다림은 결코 헛된 것이 아니라네."

눈을 내리깐 허운자의 눈빛이 잘게 흔들렸다.

"아무리 그래도 송원 도우에게 미안한 마음을 지우기가 힘들 것 같습니다, 사숙."

그때 급박한 발걸음 소리가 들렸다.

"제자 현승이 장문인께 아룁니다!"

"무슨 일이냐?"

"위남에 있던 적들이 움직이기 시작했다는 전갈이옵니다!"

위남에서 화산까지라고 해봐야 백오십 리 길이다. 소식이 전해진 시간까지 감안하면 적들이 지척에 이르렀다는 말이었다.

허운자가 우경 진인을 바라보았다. 축 늘어졌던 그의 어깨에 힘이 들어갔다. 마침내 때가 온 것이다.

"내려가 봐야 할 것 같습니다, 사숙."

"가세. 생각보다 일찍 움직인 것이 아무래도 놈들 사이에 어떤 변화가 생긴 것 같네."

2

염불곡의 귀령환을 지니고 있던 자로부터 두 번째 연락이 왔다. 천해가 공격을 시작했다는 연락이었다. 예상보다 빠른 공격이었다.

연락을 받은 지 이각.

이마에 무사건을 둘러맨 좌소천 일행이 이름 모를 야산의 능선에 올라서자 화산의 기봉 절경이 눈에 가득 들어왔다.

칼날처럼 솟은 하얀 바위가 즐비하게 늘어선 광경은 가히 장관이라 아니할 수 없었다. 마치 눈덩이를 깎아 만든 산에 솔잎을 꽂아놓은 듯 보였다.

하지만 누구도 화산의 절경에 취할 정신이 없었다.

서쪽의 연화봉까지는 아직도 삼십 리 길. 싸움이 벌어진 곳까지 가려면 적지 않은 시간이 걸릴 것이었다.

"아무래도 일부가 먼저 가야 할 것 같소."

좌소천의 말에 공손양이 즉시 뒤를 향해 소리쳤다.

"경공에 자신있는 분들만 먼저 따라오되, 나머지 분들은 흐트러지지 않게 각 대별로 움직여 주시오!"

오행대에서 백여 명이 앞으로 나왔다.

나머지도 억지로 따라가면 따라갈 수는 있었다. 그러나 어차피 큰 시간 차이가 나지 않을 터. 미리부터 힘을 뺄 필요는 없었다.

좌소천은 앞으로 나온 백여 명의 무사와 함께 연화봉을 향해 달렸다.

3

"으아아악!"

"크어억?!"

비명이 절벽에 튕겨져 메아리치며 울린다.

피가 튀고, 처절한 신음이 흘러나오고, 광기에 젖은 악다구니가 병장기 부딪치는 소리와 섞여 터져 나온다.

차창! 떠덩! 콰과광!

"놈들을 막아라!"

"한 놈도 화산으로 기어오르지 못하게 해!"

백호당 오백 무사가 천외천가의 무사들과 맨 먼저 부딪쳤다.

곧이어 청룡당과 화산에 모인 섬서의 무인들이 천해의 앞을 가로막았다.

그리고 이각이 되기도 전, 지옥이 펼쳐졌다.

천외천가를 막아선 백호당은 그래도 조금 나았다. 구파오가의 중견무사들로 이루어진 그들은 천외천가에 밀리긴 해도 그럭저럭 버티며 상대의 전진을 막아냈다.

하지만 천해의 무사들을 막아선 청룡당과 섬서의 무인들은 그러지를 못했다. 섬서의 무인들로 인해 오히려 백호당보다 앞서는 전력인데도 얼마 버티지 못하고 형편없이 뒤로 밀렸다.

그들은 마치 수라귀와 싸우는 것만 같았다.

유사와 마사, 십암 중 넷, 일백의 무정귀(無情鬼), 천지인(天地人) 삼살영(三殺靈)의 무사 이백은 강하면서도 무자비했다.

그중에서도 이사와 사암은 무림맹의 군웅들이 기가 질릴 정도로 강했다.

심지어 청룡당주 화경자마저 마사의 삼초를 막지 못하고 피를 토하며 나가떨어졌다.

하지만 진정한 공포의 대상은 일백의 무정귀들이었다.

그들은 사람을 죽이면서도 얼굴 표정 하나 변하지 않았다. 피를 볼수록 더욱 난폭해졌다.

사지가 잘린 몸으로도 도검을 휘두르며 달려든다. 중상을 입고 쓰러진 자들마저 거침없이 목을 베고, 심장을 터뜨려 죽인다.

지옥의 악귀들! 무정귀가 바로 수라귀였다!

그 광경에 무림맹의 군웅들이 분노해서 달려들었다.

"악랄한 놈들!"

"몸도 움직이지 못하는 사람을 죽이다니! 개만도 못한 놈들!"

그러나 상황은 조금도 나아지지 않았다.

전세가 결정된 것은 순식간이었다. 팔백의 무사가 달려들었지만, 일각이 되기도 전에 삼백이 죽었다. 그리고 이각이 흐르자 살아남은 백오십여 명은 공포에 질려 뒤로 도망치기 시작했다.

"후, 후퇴해!"

"일단 물러서라!"

상황이 그리 흐르자 백호당도 물러서지 않을 수가 없었다.

막아섰을 때는 일천삼백의 무사였다. 그러나 돌아가는 자들은 육백이 채 되지 않는다.

척발조가 청룡당과 백호당의 뒤를 쫓는 수하들을 바라보며 살소를 흘렸다.

"클클클, 오늘 화산이 붉게 물들겠군."

"해주께 좋은 선물이 되겠어."

마사가 손에 묻은 피를 닦으며 즐거워했다.

그러나 유사만은 화산을 바라보며 인상을 찌푸렸다. 기분이 좋지 않은지 그가 평소답지 않게 짜증나는 투로 말했다.

"이제 시작이야. 세상에는 뜻밖으로 강한 놈들이 많아. 안심해서는 안 돼."

"킬킬, 신녀인가 하는 계집에게 혼이 나더니 간이 작아졌군."

척발조가 유사를 비꼬며 놀려댔다.

유사는 척발조를 한번 노려보고는 여전히 인상을 풀지 않고 입을 다물었다.

'제길, 나도 내가 왜 이런지 모르겠군.'

그때 마사가 앞을 노려보며 차가운 광소를 흘렸다.

"우흐흐흐흐! 무림맹의 맹주도 왔다는데, 얼마나 강한지 봐 야겠어!"

허운자와 함께 자하궁을 내려온 우경 진인은 멀리서 들리는 고함과 비명, 그리고 병장기 부딪치는 소리에 얼굴이 딱딱하 게 굳었다.

"어떻게 되었는가?!"

정첩당의 부당주 우문사가 급히 달려와 상황을 전했다.

"청룡당과 백호당이 그들을 막았사온데, 적들에게 밀려 상 당한 피해를 입은 채 후퇴하고 있습니다, 맹주!"

"현무와 주작은?"

"소식을 접하고 청룡과 백호를 지원하기 위해 달려갔습니 다."

"이러고 있을 때가 아닙니다, 맹주! 즉시 달려가서 놈들을 칩시다!"

천무단주 팽철이 벌게진 얼굴로 소리쳤다.

우경 진인 역시 한시도 지체할 때가 아니라는 것을 모르는 바는 아니었다. 다만 적에 대한 것을 정확히 모르는 상태에서 무작정 정면으로 싸운다는 것이 마음에 걸릴 뿐이었다.

더구나 싸움이 벌어지는 곳으로 예상되는 지점은 계곡의 넓이가 좁은 곳. 인원수보다 개개인의 무위가 승패를 판가름할 터였다.

그때 문득 든 생각에 우경 진인이 허운자를 바라보았다.

"장문인, 제자들을 데리고 남쪽으로 돌아가서 옆을 치게. 나는 천무단과 함께 사당을 지원하겠네."

허운자는 우경 진인의 생각을 알아채고 즉시 제자들을 움직였다.

"알겠습니다, 사숙!"

암벽을 타고 남쪽으로 돌아가는 길은 화산의 제자들만이 안다. 적들이 그 길을 모른다면 옆구리를 얻어맞는 수밖에 없을 것이었다.

"매화검수 이상만 나를 따라오고, 나머지는 이곳에서 무림맹을 도와줘라!"

그가 일갈을 내지르고 남쪽을 향해 달려가자 삼백의 화산제자가 뒤를 따랐다.

우경 진인도 즉시 천무단의 고수들을 이끌고 아래로 내려갔다.

"모두 가세!"

상황은 예상했던 것보다 더 처참했다.

현무당과 주작당이 합세했는데도 밀리는 것은 무림맹 쪽이었다.

게다가 언뜻 봐도 엄청난 피해가 느껴졌다.

분명 일천수백의 무사가 이십 리 전방에서 제일선을 구축하고 있었다고 했다. 한데 현무당과 주작당을 제외한 무사들은 아무리 봐도 채 오백이 되지 않는다.

청룡당과 백호당의 무사 반 이상이 피해를 입었다는 말.

보고 있는 중에도 무림맹의 군웅들이 적들에 의해 비명을 내지르며 피를 뿌리고 있다.

메아리치는 비명에 화산이 통째로 울린다.

우경 진인의 가슴도 울렸다.

"천무단은 정의의 이름으로 놈들을 쳐라!"

그의 가슴에서 터져 나온 분노의 외침이 화산을 뒤흔들었다.

"모두 가자! 이놈들!"

팽철이 도를 뽑아 들고 전면에 서서 신형을 날렸다.

천무단의 고수들도 이를 악물고 무기를 뽑아 들었다.

악귀 같은 자들에 의해 죽어가는 사람들이 누군가! 자신들의 사형제, 사질, 사손들이다!

적들에 의해 제자들의 사지가 잘리고 피분수가 하늘로 솟구친다.

달려가는 그들의 가슴에서 자비도, 인정도 사라졌다.

"아미타불! 부처께서도 오늘만큼은 살계를 용서해 주시리라!"

소림의 법성 대사는 반양대승공을 십성으로 끌어올린 채 천해의 마인들을 향해 날아갔다.

부처께서 용서해 주지 않는다 해도, 자신의 몸이 지옥불에 던져진다 해도 어쩔 수 없었다. 당장은 수라귀에 의해 목숨을 잃는 제자들을 구해야 했다.

"지옥의 나찰귀 같은 자들이 돌아갈 곳은 지옥밖에 없으리니!"

구름이 검붉은 핏빛으로 타오른다.

바위 위에 올라선 좌소천은 하늘이 아닌 땅을 내려다봤다.

땅도 핏빛으로 물들어가고 있다.

병장기 부딪치는 소리와 함성, 그리고 비명이 뭉뚱그려져 메아리치며 계곡 전체가 울어대고 있다.

무려 삼천. 팽팽하게 맞선 두 무리가 서로를 죽이기 위해 달려든다.

연화봉으로 향하는 계곡 일대가 전장이다.

지옥의 전장!

천신의 군대와 아수라의 무리가 하늘의 패권을 놓고 싸우는 듯하다.

좌소천은 일단 어떤 자들이 천외천가와 천해의 무사들인지를 살펴보았다.

무작정 내려가면 적인지 아군인지를 모를 터였다. 자칫하면 엉뚱한 피해가 발생할지 몰랐다.

"적을 제대로 파악하고 공격해야 하오! 멋모르고 달려드는 무림맹의 사람들이 있거든, 우리의 존재를 확실히 알리도록 하시오!"

그때다.

남쪽 계곡에서 화산파의 제자로 보이는 도인들이 쏟아져 나오더니, 곧장 천외천가 무리의 허리를 양단할 듯이 달려간다.

허운자의 일갈이 화산을 울린다.

"화산의 제자들아! 지옥의 악귀들을 모두 지옥으로 돌려보내라!"

그들로 인해 천외천가의 무리들 중 한쪽이 반으로 쪼개어졌다.

순간 좌소천의 눈이 싸늘하게 빛났다.

공손양이 즉시 의견을 내놓았다.

"주군, 후미를 치는 게 어떻겠습니까?"

많은 말이 필요없었다.

"갑시다!"

싸움의 초반은 천해와 천외천가의 일방적인 우세였다. 그러나 천무단이 가세하면서부터 상황이 변하기 시작했다.

숫자는 비록 일백에 불과하지만, 모두가 절정의 경지에 오른 고수들이 아닌가. 그들이 천해와 천외천가의 수장들을 견제하자 사당 무사들의 기세가 살아나기 시작한 것이다.

물론 상황이 변했다고 해서 우세한 것은 아니었다.

우경 진인은 마사와 팽철, 법성은 유사를 상대하느라 몸을 빼지 못하는 상태. 천무단의 고수들은 대장로 순우경과 사암을 비롯하여 천외천가의 절정고수들을 상대하느라 다른 사람을 도울 틈이 없었다.

하지만 적들 역시 그러한 상황은 마찬가지였다.

절대지경의 고수와 초절정의 고수들이 발목 잡히자, 한순간에 화산을 점령할 것 같던 기세가 조금씩 수그러들었다.

절대적인 열세 상황에 희망의 불빛이 비추었다.

그렇게 무림맹의 군웅들이 비세(非勢) 속에서도 악착같이 적의 전진을 막고 있을 무렵. 허운자가 화산의 제자들을 이끌고 남쪽 계곡에서 쏟아져 내렸다.

순식간에 천외천가의 세력이 두 동강났다.

우왕좌왕하는 천외천가의 무사들이다.

화산의 장로와 매화검수들이 흐트러진 그들을 휘몰아친다.

비세였던 전세가 일순간에 팽팽하게 당겨지기 시작했다. 그러더니 숨을 몇 번 쉬기도 전에 팽팽한 상태로 돌아섰다.

바로 그때, 천외천가의 후미가 해일에 휩쓸린 모래 성벽처럼 무너지기 시작했다.

"제천신궁이다!"

"절대공자 좌소천이 무사들을 이끌고 왔다!"

누군가가 소리쳤다.

무림맹 쪽에서도 힘찬 목소리가 터져 나왔다.

"놈들을 더욱 강하게 쳐라!"

"승리는 우리의 것이다! 천외천가의 악귀들을 지옥의 불구 덩이에 집어넣어라!"

팽팽히 당겨진 활시위가 끊어지는 소리였다.

우르릉!

마사와 쉴 새 없이 이십여 초식을 나누고 물러선 우경 진인 은 경악을 금치 못했다.

적들 중에 오제와 어깨를 겨룰 고수가 있다는 말을 듣고도, 솔직히 말해서 조금 과장되지 않았나 생각했었다.

무림맹을 떠나올 때 자신이 직접 나설 것인지, 아니면 팽철 만 보낼 것인지 고민했던 것도 그러한 이유 때문이었다.

그러나 소문은 조금도 과장된 것이 아니었다. 오히려 축소 된 것이 아닌가 하는 생각마저 들 정도였다.

"클클, 무림맹의 맹주라더니 제법이로구나!"

"그대 하나쯤은 지옥으로 보낼 수 있으니 걱정하지 마라!"

"글쎄, 가능할까?"

마사의 빈정거림에 우경 진인의 미간이 꿈틀거리는가 싶더 니, 전신에서 웅혼한 기운이 흘러나왔다.

"두고 보면 알겠지."

나직한 그의 말과 함께 애검인 자하검을 타고 자색 검강이 쭉 뻗었다.

마사는 그 모습을 바라보며 붉게 물든 손을 들어 올렸다. 화 산파 제자들의 급습으로 전세가 급박해진 상황. 더 이상은 우경 진인과 드잡이질만 하고 있을 수는 없었다.

무리를 해서라도 상대를 물리치고 전세를 다시 돌려야만 했다.

"제법 머리를 썼다만, 오늘 우리를 막기는 어려울걸?"

순간이었다. 전력을 다한 두 사람의 기운이 서로를 향해 밀려갔다.

"가거라! 자하동천(紫霞動天)!"

찰나, 몸을 날리는 우경 진인의 손에서 화산의 전설인 자하오검 중의 일식이 펼쳐졌다.

다섯 줄기로 나누어진 자색 검강이 동아줄처럼 꼬아지며 마사를 향해 뻗어나감과 동시, 마사의 두 손에서 시뻘건 아수라가 튀어나왔다.

그가 평생 익혀온 아수라혈장(阿修羅血掌)이 세상에 모습을 드러낸 것이다.

"어림없다!"

콰과과광!

두 기운이 정면으로 부딪쳐 뒤엉켰다.

천번지복의 꽝음과 함께 휘몰아치는 일진광풍!

두 사람은 일 장의 간격을 둔 채 서로를 마주보고 전력을 쏟아냈다.

그때 제천신궁의 출현이 알려졌다.

벌게진 우경 진인의 얼굴에 가느다란 미소가 걸렸다. 반면에 마사의 얼굴은 와락 일그러졌다.

천무단의 무사들 셋에 둘러싸인 상황에서도 여유를 보이던 척발조의 외침이 들려왔다.

"마사! 그는 놔두고 일단 뒤쪽을 치게!"

"빌어먹을!"

마사는 우경 진인을 향해 전력을 다한 일장을 내치고는, 그 반탄력을 이용해 뒤로 몸을 뺐다. 뒤가 막히는 것을 빤히 알면서 우경 진인과 승부를 겨루고 있을 수만은 없었던 것이다.

"뭐 해?! 대충하고 뒤에 있는 놈들을 막아!"

잠깐 사이 척발조의 외침이 더욱 다급해졌다.

제천신궁이 나타난 지 얼마 되지도 않았는데 뒤쪽이 빠르게 무너지고 있었던 것이다.

결국 순우경과 유사와 사암도 천무단의 합공에서 벗어나기 위해 전력을 쏟아냈다.

그럴수록 팽철과 천무단의 무사들은 상대를 더욱 악착같이 붙들고 늘어졌다.

"놈들이 뒤로 가지 못하게 막아!"

좌소천과 오행대는 일말의 인정도 두지 않고 후미를 휩쓸었다.

일 검, 일 도, 일 수가 휘둘러질 때마다 수십 명이 한꺼번에 낫에 베인 짚단처럼 무너져 내린다.

비바람이 몰아치고, 폭풍이 불고, 거대한 해일이 덮친다!

"으아악!"

"제천신궁이다! 막아!"

사방에서 터져 나오는 비명과 악다구니!

하지만 해일은 멈추지 않고 가로막는 모든 것을 무너뜨렸다.

좌소천, 혁련호정, 사도진무. 세 사람이 선두를 달리며 해일의 기세를 이끌었다.

무진도가 대기를 가를 때마다 서너 명이 속절없이 쓰러진다.

혁련호정은 분노를 쏟아낼 곳을 찾았다는 듯 광기가 느껴질 정도로 적을 추살하고, 사도진무는 좌소천과 혁련호정에게 지지 않겠다는 듯 적들을 향해 대호처럼 달려들었다.

그 뒤로 비천사룡과 악청백을 비롯한 오대의 대주와 부대주들, 네 명의 장로, 묵령천의 형제들, 각 문파에서 가리고 가린 고수들 일백여 명이 거침없이 적들을 휩쓸며 전진했다.

대부분의 절정고수들이 앞으로 나가 있는 상황. 뒤에 남은 무사들이 좌소천 일행을 막는다는 것 자체가 무리였다.

잠깐 사이, 삼백여 명이 무너지며 후미 일대가 무주공산이 되어버렸다.

당황한 천외천가의 무사들은 좌소천 일행을 피해 앞쪽으로 밀려갔다.

그 바람에 적아가 복잡하게 얽혀들었다.

누가 적이고, 누가 아군인지조차 모를 정도였다.

해일은 후미를 휩쓸고 격전이 한창인 전장으로 밀려갔다.

"무림맹 분들은 뒤로 물러서서 다른 사람들을 도와주시오!"

좌소천의 일갈이 드넓은 계곡을 울렸다.

무림맹의 군웅들은 이마에 '제' 자가 쓰인 무사건을 동여맨 좌소천 일행이 일시에 몰아치자 즉시 뒤로 물러섰다.

동시에 좌소천과 일백여 명의 오행대가 당황하고 있는 천외천가의 무사들을 덮쳤다.

석양이 밀려드는 시각, 화산의 연화봉 자락이 더욱 붉게 물들었다. 하얗던 바위 위에 시뻘건 선혈이 고여 붉은 여울이 졌다.

그때 마사와 척발조가 전방에서 날아들었다.

"놈들은 얼마 되지 않는다! 물러서지 마라!"

"어느 놈이 좌소천이더냐?!"

뒤이어 순우경이 팽철과 천무단을 떨치고 득달같이 달려왔다.

"당황하지 말고 침착하게 대응해라!"

"뭐 하는 것이냐?! 놈들을 공격해!"

그들이 합세하자 천해와 천외천가의 무사들도 전열을 가다듬었다.

하지만 한 번 틀어진 상황은 쉽게 변하지 않았다.

그들이 날아든 순간, 남서쪽 절벽 위에서 수백 명이 나타난 것이다.

그들이 비탈진 절벽을 타고 내려오는 광경은, 한쪽에는 희망을, 한쪽에는 절망에 가까운 불안감을 안겨주었다.

"절대천성의 이름으로!"

"천외천가를 멸하리라!"

이자광과 홍려운이 연습이라도 한 듯 박자를 맞춰 소리쳤다.

제천신궁이 아닌 절대천성이라는 이름이 계곡에 울려 퍼졌지만, 누구도 그것을 이상하게 여기지 않았다.

그들이 다 내려오기도 전이었다.

투두두둥!

소광섭의 탈혼궁이 튕겨지며 서너 명이 꼬치에 꿰인 생선처럼 힘없이 쓰러진다.

그것이 시작이었다. 사백여 명의 고수가 한꺼번에 내려오자 전세가 완전히 무림맹과 제천신궁 쪽으로 기울었다.

마음이 다급해진 마사는 좌소천을 향해 쌍장을 떨쳤다.

"이놈!!"

좌소천은 그를 무심한 눈으로 바라보며 무진도를 내리그었다.

찰나, 묵빛 도강이 커다란 핏빛 장영을 갈랐다.

콰쾅!

도를 타고 손목에 전해지는 둔중한 충격!

'대단하군.'

자신의 절공참에 별다른 충격을 받지 않은 듯 보인다.

절대의 경지에 달한 고수.

그러나 자신을 넘어서는 자는 아니다.

"네놈이 좌소천이더냐?!"

상대가 놀랐는지 눈을 부릅뜨고 묻는다.

좌소천이 되물었다.

"그대가 사사 중 하나인가?"

"오냐, 이놈! 내가 바로 마사이니라!"

그 정도만 알면 되었다.

마사라는 자에 못지않은 자가 아직도 둘이나 더 있다. 동천옹과 무영자, 염불곡과 죽귀가 그들을 상대하고 있지만 그리 유리해 보이지 않는다.

그뿐이 아니다. 그들보다는 조금 약하지만, 악청백이나 헌원신우, 혁련호정과 사도진무가 맞상대하고 있는 자들도 절대지경에 근접한 고수들이다.

시간을 지체하면 어떤 식으로든 피해가 커질 수밖에 없는 상황.

'하나를 먼저 처리해야겠어!'

좌소천은 무진도를 쥔 손에 내력을 흘려 넣으며 천천히 쳐들었다.

노기에 차 있던 마사의 얼굴도 신중해졌다.

단 한 번의 격돌로 좌소천의 강함을 알아본 것이다.

'대체 이 어린놈을 누가 키웠기에 이리도 강하단 말인가!'

후우우웅!

두 사람 사이의 대기가 터질 듯이 부풀었다.

쩌저저적!

주위 삼 장의 모든 것이 두 사람의 기운에 부서지며 무너져 내렸다.

찰나! 천천히 들린 무진도가 마사를 가리켰다.

눈앞으로 밀려드는 거대한 묵빛 도첨!

그 끝에서 환한 묵광이 번쩍인다.

무애삼식 중 두 번째, 무애일광!

눈을 부릅뜬 마사는 반사적으로 아수라혈장을 쳐냈다.

쩌엉!

일순간 백 장 두께의 만년빙이 쪼개어지는 소리가 나는 듯했다.

"흐읍!"

마사가 얼굴을 일그러뜨리며 세 걸음 물러섰다.

반면에 한 걸음 물러선 좌소천은 무진도를 하늘로 쳐들며 천천히 내리그었다.

천공멸혼(天空滅魂)!

마사는 이를 악물고 연달아 삼장을 휘갈겼다.

콰아아아!

붉고 검은 두 기운이 하늘과 땅을 뒤집을 듯이 뒤엉켜들었다.

콰르릉!

귀청을 찢을 듯한 벽력음!

휘몰아치는 기운의 파편에 대기가 진처리치며 갈라지고, 쪼개지고, 부서진다.

찰나간에 오간 오 초의 공방에 주위 삼 장이 초토화되고, 일 성꾕음이 이는가 싶더니 한 사람이 뒤로 튕겨졌다.

콰아앙!

"크허억!"

마사였다.

한데 그의 왼팔은 온데간데없고, 빈 어깨 부위에서 피분수 가 뿜어진다.

"등 형!"

척발조가 헌원신우와 악청백의 합공에서 빠져나오며 경악 성을 내질렀다.

사사 중 하나인 마사 등초각의 팔이 잘렸다!

그것은 엄청난 충격을 주었다. 특히 척발조와 유사 등 마사 의 무위를 잘 아는 사람들에게는 일천 명의 무사가 죽어간 것 보다 더한 충격이었다.

"이놈!!"

척발조가 도를 늘어뜨린 좌소천을 향해 몸을 날렸다.

"죽어라, 좌소천!"

번쩍! 그의 검에서 시퍼런 검강이 다섯 자 이상 쭉 뻗쳤다.

뒤늦게 팽철과 천무단의 합공에서 몸을 빼고 도착한 유사도 척발조의 뒤를 따라 좌소천을 향해 공격했다.

절대고수 두 사람이 합공해 온다.

좌소천은 이를 악물고 무진도를 들어 올렸다.

그 역시 마사의 팔을 자른 대가로 내력이 진탕되었다. 하지만 지금은 진탕된 내력을 살필 여유가 없었다.

고오오오오……

힘겹게 들어 올리는 무진도의 도첨에서 귀를 먹먹하게 하는 기음이 흘렀다.

일순간 무진도의 도첨이 가늘게 떨렸다.

기음이 벌의 날갯짓 같은 소리로 변했다.

웅웅웅웅!

찰나, 번쩍! 무진도의 도첨에서 환한 빛과 함께 묵광이 쭉 뻗었다.

무진칠도의 여섯 번째, 멸악천궁참(滅惡天穹斬)!

세 사람의 기운이 정면으로 충돌한 순간!

쿠구구구궁!

화산이라도 폭발한 듯 대기가 터져 나가며 계곡이 뒤흔들렸다.

동시에 척발조와 유사가 날아들 때만큼이나 빠르게 튕겨졌다.

좌소천 역시 뒤로 주르륵 물러나 겨우 몸을 세웠다. 그러고는 이를 악물고 튕겨난 두 사람을 향해 쇄도했다.

순간, 무진도의 묵빛 도강이 허공을 난자하며 그물처럼 퍼져 나갔다.

생각지 못한 좌소천의 쇄도에 두 사람의 대응이 다급해졌다.

강호에 나온 이후 이런 경우가 있을 거라고는 상상도 해보지 못한 두 사람이었다.

눈 깜박할 사이에 좌소천의 손에서 삼 초식이 연환식으로
펼쳐졌다.

척발조와 유사는 뒤로 물러나면서도 절대지경에 이른 고수
답게 곧바로 침착함을 되찾았다.

콰과광!

벼락이 연이어 떨어지는 듯했다.

강기의 광풍폭우가 세 사람을 중심으로 휘돌며 반경 십 장
여를 완전히 파괴했다.

상황이 워낙 험악하다 보니 비천사룡이 끼어들 틈도 없었
다.

"모두 피하라!"

"주위에서 물러나!"

주위에 있던 사람들이 악을 쓰며 몸을 날렸다. 순간!

쩌저적! 콰광!

계곡을 뒤흔드는 굉음이 연달아 울리더니, 갑자기 세 사람
이 세 방향으로 튕겨졌다.

고오오오…….

갑자기 귀를 먹먹하게 하는 공명음이 계곡 안을 짓눌렀다.

격돌의 여파는 세 사람에게만 그친 것이 아니었다. 제법 멀
리 떨어져 싸우던 사람들조차 일제히 싸움을 멈추고 자신들의
흔들리는 내력을 진정시키기 위해 이를 악물었다.

그러한 와중에도 사람들의 눈은 세 사람을 향했다.

무진도를 하단으로 향한 채 고요히 서 있는 좌소천. 눈을 부릅뜬 채 이를 악물고 있는 척발조와 유사.

누가 우세한지 짐작할 수 없는 상황이다.

그때였다.

싸움이 멈춘 틈을 타 순우경이 척발조와 유사를 향해 외쳤다.

"일단 물러갑시다!"

그러고는 두 사람의 대답도 기다리지 않고 천외천가의 무사들을 향해 소리쳤다.

"모두 이곳을 빠져나간다! 후퇴해!"

기다렸다는 듯 천외천가의 무사들이 일제히 곡구를 향해 몸을 날렸다.

마치 계곡 위에서 급류가 밀려오는 듯했다.

오행대와 능야산의 형제들이 그들을 막았지만, 도주하기 위해 기를 쓰는 그들을 모두 붙잡아둘 수는 없었다.

더구나 앞쪽에 있던 천해의 무사들마저 계곡을 빠져나가기 위해 급류처럼 아래쪽으로 밀려 내려왔다.

그들 중에는 천무단원 서너 명이 합공해야 할 정도의 고수들인 사암마저 끼어 있었다.

한데 바로 그때였다. 관추릉과 언자홍이 미처 피하지 못하고 밀려드는 급류에 휩쓸렸다.

"언 형! 관 형! 조심해!"

도유관이 대경하며 소리치는 순간 두 명의 무정귀가 언자홍을 덮쳤다. 언자홍이 두 주먹을 휘두르며 무정귀 하나의 공격을 막는 사이 또 다른 무정귀의 검이 옆구리를 뚫었다.

"크윽!"

"이 개 같은 놈들이!"

관추룽이 언자홍의 목을 향하는 무정귀의 검을 막아내고는, 허리가 반쯤 구부러진 언자홍을 낚아챘다.

"조금만 참아! 단주가 되어서 언가에 당당히 들어가겠다며! 이 정도에 무너져서야 어디 그럴 수 있겠어?!"

유난히 친한 두 사람이다. 둘은 상대의 아픔을 알고 있었다. 반드시 관가장을 재건하고야 말겠다는 관추룽, 서자라는 이유로 박대만 받다가 언가장을 뛰쳐나온 언자홍.

하기에 이대로 죽을 수는 없었다.

"으아아아!"

관추룽은 마지막 한 방울 진기까지 다 짜내 무정귀들의 공격을 막았다.

하지만 급류는 멈추지 않고 관추룽마저 쓸고 지나갔다.

"제기랄! 크윽!"

어깨가 반쯤 베어진 관추룽이 비틀거리며 물러서고, 물러서는 사이 또 다른 자가 관추룽의 등을 향해 도를 휘둘렀다.

관추룽은 왼발을 축으로 몸을 휙 돌려서 간신히 등이 갈라지는 것은 면했다. 그러나 등을 가르지 못한 도가 허벅지를 길게 베어내고 지나갔다.

"흐읍!"

신음이 터져 나온 순간, 몸놀림마저 둔해진 관추룽의 가슴을 향해 한 자루 검이 날아들었다.

땅!

찰나! 도유관이 내던진 도끼 한 자루가 관추릉의 가슴을 파고드는 무정귀의 검을 튕겨내고, 무정귀가 멈칫한 사이 능야산의 비도가 무정귀의 이마에 틀어박혔다.

"관 형은 언 형을 데리고 뒤로 물러나!"

도유관이 소리치며 관추릉의 앞을 가로막았다. 그리고 거의 동시에 능야산과 홍려운, 종리명한이 도유관과 함께 밀려드는 급류의 앞을 가로막았다.

"얼마든지 덤벼! 미친 새끼들아!"

그들의 기세가 어찌나 사나운지 무정귀들도 더 이상 그들을 상대하지 않고 비켜갔다.

하지만 위에서 밀려드는 급류에 맞부딪친 곳은 그곳만이 아니었다. 가장 격한 급류는 능야산의 형제들을 향해서였다.

한꺼번에 백여 명이 밀려든다.

가로막는 것은 무엇이든 쓸어버릴 것 같은 기세!

헌원신우조차 이를 갈며 형제들을 한쪽으로 비켜서게 했다.

"놈들을 가게 놔둬라!"

"숙부!"

"오늘만 날이 아니다, 영운! 오늘은 참고 다음을 기약해라!"

자신 역시 한 놈도 보내고 싶지 않았다. 놈들의 피로 죽어간 형제들의 원혼을 위로해 주고 싶었다. 그러나 도주하는 자 몇 잡자고 얼마 되지 않는 형제들을 희생시킬 수는 없는 일. 분하지만 하는 수 없었다.

　한편, 좌소천은 그들의 도주에도 아랑곳없이 척발조와 유사를 무심한 눈으로 직시했다.

　연이은 타격에 가슴이 턱 막혔다.

　심장은 터질 듯이 쿵쿵거리고 비릿한 피냄새가 목구멍으로 올라왔다.

　하긴 절대고수 세 사람을 혼자서 상대한 터다. 그중 한 사람의 팔을 자르고, 두 사람의 전력을 다한 협공을 받아내며 역공마저 했다. 멀쩡하면 그것이 더 이상했다.

　하지만 그는 표를 내지 않고 무진도를 쥔 손에 남은 내력을 모조리 끌어올렸다.

　타격을 입은 것은 자신만이 아니다. 상대도 자신 못지않은 타격을 입었다.

　창백한 혈색, 부릅뜬 눈. 분노와 경악이 범벅된 표정을 지은 채 바라보기만 할 뿐 공격을 하지 못하는 두 사람이다.

　"사사, 과연 듣던 대로군. 하지만 그 정도로는 나를 어쩔 수 없을 것이다."

　좌소천의 입에서 무심한 목소리가 흘러나온다. 조금도 흔들리지 않은 것처럼 보인다.

　척발조와 유사는 경악을 감추지 못했다.

　몇 수에 승패를 가를 수 있을 거라 생각하지는 않았다. 그래도 자신들 둘의 합공이면 상당한 충격을 줄 거라 생각했다.

한데 그것이 아니다. 오히려 자신들이 더 큰 충격을 받은 것만 같다.

"정말 대단한 놈이로구나!"

척발조의 목소리가 자신도 모르게 떨려 나왔다.

그때 잘려진 팔을 지혈한 마사가 으드득, 이를 갈며 말했다.

"놈! 오늘은 그냥 물러가마. 하나 아직 끝난 것이 아님을 명심해라! 우리도 가세!"

척발조와 유사는 잠시 망설이더니, 하는 수 없다 생각했는지 마사를 호위한 채 뒤로 몸을 뺐다.

좌소천은 그들이 멀어지는 것을 보면서도 그대로 놔두었다.

오늘은 저들 중 하나의 팔을 잘랐다는 것과 저들의 무위 정도를 알았다는 것만으로 만족해야 했다.

표를 내지 않아서 그렇지, 상대를 억지로 붙잡기에는 자신의 내상이 작지 않은 것이다.

싸움은 아직 끝나지 않았다. 아직 적의 수장도 보지 못한 상황. 이제 겨우 본격적인 전쟁의 서막이 올랐을 뿐이었다. 피해가 많아지고, 자신의 내상이 엄중해지면 나중에 있을 싸움이 부담될 수밖에 없는 일. 그것은 좌소천이 바라는 바가 아니었다.

'다음에는 절대 돌려보내지 않을 것이다.'

한데 묘했다.

좌소천과 오행대가 천외천가와 천해의 후퇴를 방치하자, 조금 전만 해도 덕분에 살았다며 환호하던 무림맹의 군웅들이 곱지 않은 시선으로 바라본다.

동료들을 무차별적으로 살해한 자들을 순순히 보내줬다는 것에 불만이 가득한 눈치다.

"충분히 놈들을 칠 수 있었을 텐데 그냥 보내다니……."

"겁이 났나?"

처음에는 사신당의 무사들이 웅성거리는가 싶더니 뒤늦게 달려온 천무단의 장로들마저 오행대를 향해 소리쳤다.

"왜 그들을 그냥 놔두는 거요?!"

"적들을 그냥 보내다니, 대체 무슨 생각이오?!"

그러잖아도 둘이 싸우고도 하나를 이기지 못했다는 생각에 은근히 짜증이 나던 동천웅의 이마에 주름이 졌다.

무림맹을 돕기 위해 상당한 피해를 입었거늘, 적을 그냥 놔준 것처럼 말하지 않는가.

"홍! 그러는 네놈들은 왜 이제야 내려온 것이냐?!"

"뭐요? 그걸 말이라고 하는 거요? 저 위에서 죽어간 사람들이 보이지도 않소?!"

"우리가 오지 않았으면 더 많이 죽었을 거다. 감지덕지해도 모자랄 판에 어디서 우리 탓을 해?"

"홍! 그래도 당신들이 조금만 더 막았으면 저자들을 저렇게 보내지는 않았을 것이 아닌가!"

팽철이 코웃음 치며 눈을 부라렸다.

도저히 참을 수 없는지 동천웅이 동그란 눈을 크게 뜨고 방방 떴다.

"근데 이놈이 어디다 눈을 부라려! 뭐? 다아앙시이인?!!! 팽사동이 그렇게 가르치더냐?!"

무영자도 흑살기를 출렁이며 당장에라도 팽철을 잡아 죽일 듯이 몰아쳤다.

"팽가에서 육기 중 한 사람이 나왔다고 팽사동이 좋아 죽더니, 그게 너였냐? 어디 다시 한 번 저 칠삭둥이에게 '당신'이라고 해 봐라."

두 사람의 협공(?)에 팽철이 당황한 표정을 지었다.

팽사동. 부친의 이름을 아무렇지도 않게 부른다. 다른 때라면 분노가 머리꼭대기까지 치밀어 도를 휘둘렀을 터였다.

그러나 지금은 그럴 수 없었다.

눈앞의 괴이한 두 노인. 어렴풋이 뇌리 한구석에서 두 사람에 대한 기억이 떠오른 것이다.

"호, 혹시… 동천옹, 무영자… 어르신?"

"훙! 이제야 생각났나 보군. 옛날이나 지금이나 굼뜬 것은 여전하군."

"도대체가 알 수 없어. 저런 머리로 어떻게 그런 무지막지한 도를 익힌 거지?"

팽철은 입을 꾹 다물고 찍소리도 하지 못했다.

무영자야 그냥 선배일 뿐이지만, 헌당은 부친이 형님이라 불렀던 사람. 그는 감히 반박할 수조차 없었다.

당연하게도, 천무단의 다른 사람들 역시 더 이상 따지지 못했다.

동천옹 헌당과 흑살신 무영자.

장로 정도 나이 되는 사람치고 그 이름을 모르는 사람이 누가 있을까.

좌소천은 동천옹과 무영자 덕분에 상황이 의외로 빨리 가라앉자 공손양을 불러 명을 내렸다.

"일단 부상자부터 치료하고 전열을 재정비하도록 하시오."

폭풍처럼 몰아쳐 후미를 휩쓸었다지만, 오행대의 피해도 만만치 않았다. 죽은 자가 이삼십 명에, 부상자는 훨씬 더 많았다.

아마 옷자락에 피가 묻지 않은 사람은 흑살기로 몸을 보호하고 있는 무영자뿐일 것이었다.

"예, 주군."

공손양이 창백한 안색으로 고개를 숙였다. 그 역시도 천외천가의 장로 하나를 죽이기 위해서 작지 않은 내상을 입은 상태였다.

그사이 우경 진인이 제갈진문, 허운자와 함께 좌소천을 향해 다가왔다.

"원시천존, 좌 궁주 덕에 무사했소이다. 사람들의 말에 너무 마음 쓰지 말구려. 워낙 많은 사람이 죽다 보니 지금 정신들이 없을 것이외다."

"이제 시작일 뿐입니다. 벌써부터 서로 간에 골이 생기면 좋을 일 없지요. 맹도들을 이해시켜 주시기 바랍니다."

이제 시작이라는 말. 그 말에 우경 진인의 표정이 어두워졌다.

"허어, 저들의 주력이 나오면 어떤 상황이 벌어질지, 벌써부터 걱정이 태산이외다."

지독하고도 처절한 싸움이었다.

무림맹의 맹도만도 이천 이상이 죽거나 부상을 입었다. 거기에 천외천가와 천해의 사망자가 일천이 넘는다. 단 하루 만에 근 삼천이 넘는 사상자가 발생했다. 만월평 대전 이후 십 년 만에.

화산의 백색 암반이 붉게 보일 지경이다.

비릿한 혈향에 속이 울렁거릴 정도다.

그런데 이게 시작이라니…….

"궁주는 저들이 어떻게 나올 거라 보는가?"

우경 진인이 무거운 표정으로 물었다.

좌소천은 천외천가의 무리들이 사라진 연화봉 아래쪽을 바라보며 나직이 말했다.

"며칠 후면 태백산에서 저들의 수장이 나올 것입니다. 그러면 저들이 본격적인 전쟁을 시작할 것입니다. 그전에 결정을 내려야겠지요. 전력을 재정비해서 저들을 칠 것인지, 아니면 기다렸다가 건곤일척의 승부를 봐야 할지."

"으음……."

우경 진인의 안색이 짙어지는 저녁 어스름만큼이나 어두워졌다.

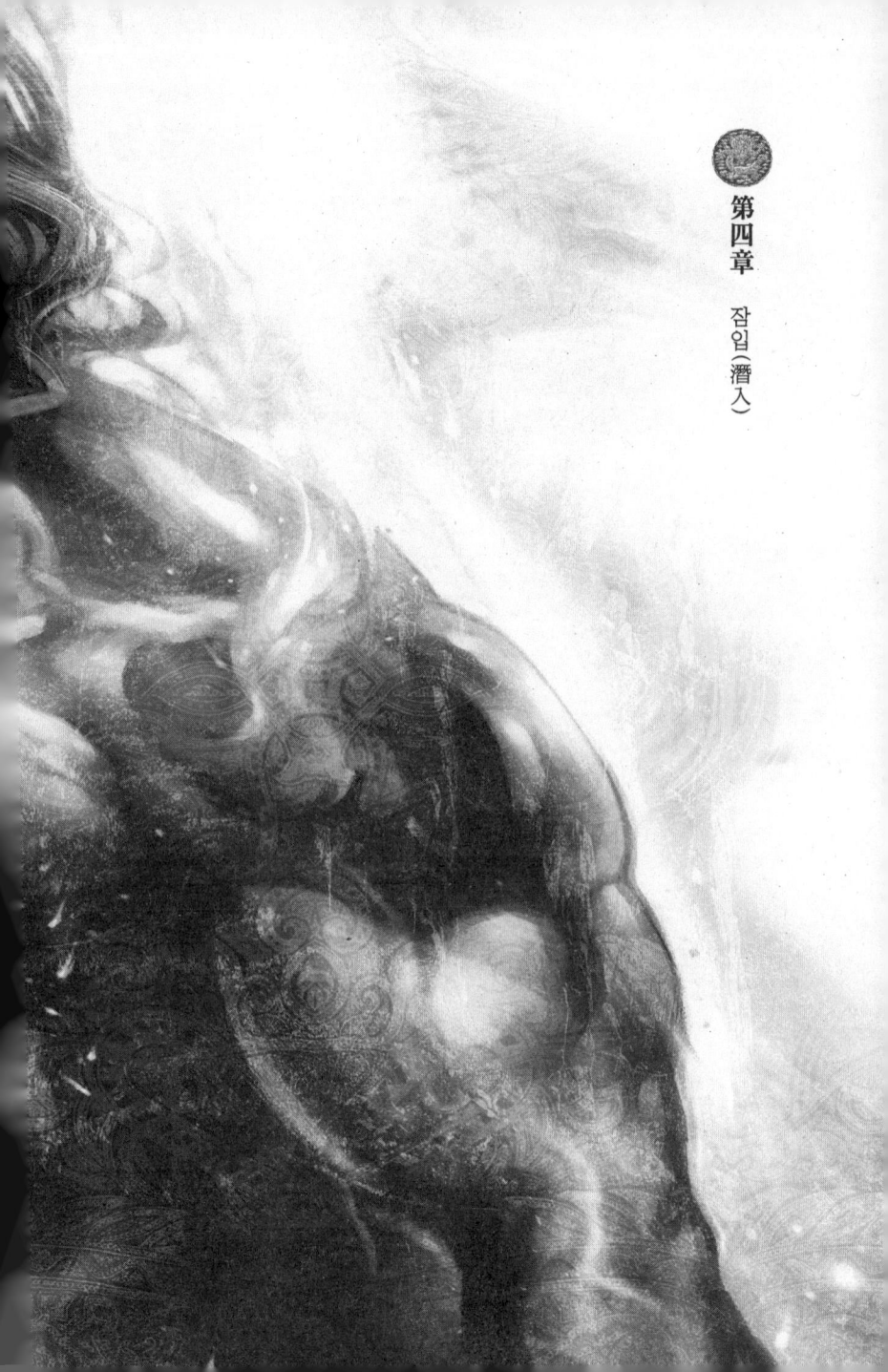

第四章　잠입(潛入)

화산파에선 좌소천과 오행대를 화음과 화산의 중간에 있는 영풍산장에 머물도록 했다. 다행히 영풍산장은 천외천가가 물러가면서 혈겁의 소용돌이에서 비켜간 상황이었다.

영풍산장의 장주인 화산의 속가제자로 화운정이라는 사십대 중년인이었다.

좌소천 일행이 아니었다면 화산뿐 아니라 영풍산장 역시 혈겁에 휘말렸을 터. 그는 멸문의 위기를 모면케 한 좌소천 일행을 은인처럼 받들었다.

그날 밤.

좌소천은 동이 틀 때까지 내상을 치료하기 위해 대주천을 다섯 번이나 행했다.

내상이 완벽하게 가라앉지는 않았지만, 다행히 구성 정도는 회복이 되었다.

만일 그들과 계속 싸웠다면 어떻게 되었을까?

좌소천의 입가에 고소가 맺혔다.

하다못해 십여 초만 더 싸웠어도 커다란 내상을 입었을 것이 틀림없었다. 물론 적들도 그 이상의 내상을 입었을 테지만, 지금은 적 열 명의 몸보다 자신의 몸이 더 중요한 때였다.

'해주라는 자의 실력이 어느 정도일지 그게 문제군.'

사사는 자신의 생각대로 오제나 신녀와 별다른 차이가 없었다.

문제는 그들을 거느리고 있는 해주라는 자의 무위였다.

그는 적어도 사사보다 강할 터였다. 그렇다면 자신 역시 그를 일대일로 이길 수 있다는 보장을 할 수가 없었다.

'순우연도 사사보다 강하다고 봐야겠지.'

얼마 전만 해도 그런 생각을 하지 않았었다. 한데 천외천가의 대장로인 순우경을 보자 생각이 바뀌었다.

손자기조차 정확히 모른다는 순우연의 무위다. 그토록 속에 감추는 것이 많은 자라면 순우경보다 강하다고 봐야 했다.

2

혁련미려와 헤어진 다음날.

소영령은 석양이 질 무렵에서야 안개가 자욱한 천선곡의 입구를 찾아냈다.

거산준봉에 둘러싸인 천선곡은 진정 아름답고 신비스럽게만 보였다.

하지만 그녀에게는 그러한 천선곡도 자신이 죽여야 할 자들이 머무는 곳, 그 이상도 이하도 아니었다.

'진식이 바뀌었을지도 모른다고 했지?'

혁련미려는 그렇게 말하며 우려의 표정을 지었다.

그러나 자신의 생각은 달랐다. 지금은 많은 사람이 밖으로 나간 상황. 진입로의 진식을 바꾸면 들락거리는 사람이 혼란을 겪을지 몰랐다.

더구나 자신들의 힘에 자부심을 느끼는 천외천가다. 누군가의 침입이 무서워 하루아침에 진입로의 진식을 바꾸었을 리가 없었다.

'파파, 조금만 기다려요. 곧 파파의 한을 풀어드릴게요.'

그녀는 안개로 뒤덮인 천선곡을 바라보며 날이 어두워지기만을 기다렸다.

천선곡의 입구가 보이는 나무 위에서 머문 지 얼마나 지났을까. 쏟아지는 달빛에 안개가 신비한 빛을 품은 채 흘러간다.

자시가 넘은 듯하다.

소영령은 은신해 있던 곳에서 나와 부유하는 구름처럼 유유히 바람을 타고 날아갔다.

입구의 경비가 전보다 더 강화되어 있었지만, 그들은 결코 그녀의 그림자조차 볼 수가 없었다.

'모두 열셋.'

이 장 간격으로 계곡 입구의 좌우를 지키고 있는 자들은 뛰어난 은신법을 지닌 자들이었다.

하지만 상대는 다름 아닌 절대지경의 고수 신녀다.

스스스스……

검은 그림자가 안개 속을 유영할 때마다 새하얀 소수가 경비들의 머리 위로 떨어져 내리고, 경비들은 영문도 모른 채 그 자리에서 숨이 끊어졌다.

이 장 옆에서 동료들이 죽어가는 데도 그들은 자신의 자리를 지키다 전신이 얼어붙은 채 고혼이 되었다.

반의반 각이 되기도 전, 천선곡의 입구를 지키던 경비무사는 단 한 사람도 살아남지 못했다.

풀벌레 소리조차 잦아든 계곡 입구.

소영령은 열셋의 경비를 모두 제거한 뒤에야 천천히 허공에서 내려섰다.

눈앞에는 경비무사보다 더 거추장스러운 진세가 안개를 뿜어내고 있었다.

안으로 들어가면 살아 나올 수 있을까?

소영령은 가만히 안개를 바라보며 이를 지그시 악물었다.

죽음을 각오하고 온 그녀지만, 아쉬움이 없지는 않았다.

'오빠… 꼭 보고 싶었는데…….'

좌소천이 많이 다치지 않은 것은 천만다행이었다.

사실, 찾아가고 싶은 마음이 없었던 것은 아니다.

하지만 그러면 마음이 약해질 것 같았다.

정한녀들의 원한을 갚아야 할 자신이 아니던가. 사랑에 마음이 기울면 그만큼 절박한 마음도 스러질 터였다.

그녀는 그게 두려워 걸음을 서둘렀다. 한데 이제와 생각하니 아쉬움만이 가득했다.

'멀리서라도 보고 올 걸 그랬어.'

아쉬운 마음만 있는 것이 아니었다. 한 사람에게는 미안하기만 했다.

'호운, 당신에겐 미안해요. 하지만 말을 할 수가 없었어요.'

자신의 앞에서 장난꾸러기같이 굴던 혁련호운에게 좌소천에 대해 말하고 싶었다. 그러나 입이 떨어지지 않았다.

파고들 공간이 없는 줄 모르고 마음을 쏟던 그가 아니던가.

어린아이처럼 깨끗한 그의 마음에 상처가 될지 몰랐다. 어차피 죽음을 각오하고 떠나는 길, 맑은 그의 가슴에 상처를 주고 싶지 않았다.

그것은 지금 생각해도 잘한 결정이었다.

'소천 오빠, 혁련호운……'

소영령은 천천히 눈을 감았다 떴다.

이제 두 사람에 대한 아쉬움과 미안함을 떨치고 한을 풀기 위해 살기를 키워야 할 때였다.

'파파, 이제 시작이에요.'

그녀는 한령파파와 정한녀들을 떠올리며 안개 속으로 스며

들었다.

잠시 후.

소영령은 혁련미려의 말을 되새기며 안개 속을 걷다 말고 눈을 감았다.

때로는 눈보다 감각이 더 정확할 때가 있다.

지금이 그랬다.

어차피 안개가 자욱한 어둠 속에서 눈은 거의 소용이 없는 상황. 절대지경에 오른 그녀조차 삼 장 앞을 보기가 힘든 판이었다.

대신 그녀의 감각은 전방 십여 장 내의 모든 것을 감지하고 있었다.

반 각.

소영령은 멀리서 기척이 느껴지자 눈을 떴다.

자신의 예상대로 진은 혁련미려가 알려준 그대로였다.

어느새 안개는 희미해지고, 멀리 희미한 불빛이 보였다.

그녀는 그 자리에 가만히 서서 건물을 오가는 사람들의 기척을 살폈다.

밤이 늦고, 입구 쪽이어서인지 사람은 그리 많지 않았다. 간간이 보이거나 느껴지는 무사는 대부분이 평범한 일반 무사들이었다.

'고위급 간부들은 더 안쪽에 살고 있다고 했지?'

그녀는 혁련미려의 말을 떠올리며 안개를 빠져나갔다.

대여섯 채의 전각을 빙 돌아가자 담장이 나왔다. 혁련미려가 말한 고위급 간부들이 살고 있다는 곳.

소영령은 담장 안쪽의 인기척을 살펴보고는 아무런 기척도 느껴지지 않자 밤새처럼 담장을 넘어갔다.

겉보기로는 안쪽과 바깥쪽이 별다르게 보이지 않았다. 그러나 매화나무 뒤에 몸을 숨긴 소영령은 숨소리조차 조심하지 않을 수 없었다.

천외천가의 중심부가 지척인 것이다.

'일단 저곳부터.'

전면에 세 채의 전각이 보인다. 고풍스런 전각 주위에 허리굵은 정원수들이 자태를 뽐내며 심어져 있다.

오랜 세월 사람의 손에 가꾸어진 듯하다. 전각의 주인이 상당한 위치에 있는 자라는 말.

소영령은 세 채의 전각 중 가운데 전각의 주인을 첫 번째 표적으로 삼았다. 그곳의 주인이 누구든 소영령에게는 단순히 하나의 목표가 기거하는 곳에 불과했다.

잠시 후, 소영령은 소리없이 방문을 열고 유령처럼 방으로 스며들었다.

건너편 침상에 반듯하게 잠들어 있는 사람이 보였다. 흰머리로 보아 제법 나이가 든 자인 듯했다.

그녀는 모든 기척을 죽인 채 잠든 자의 머리맡으로 다가가 조용히 내려다봤다.

치켜 올라간 눈썹, 굳게 다물린 입. 강직한 인상을 지닌 육

순가량의 노인이었다.

노인에게서 상당히 강력한 기운이 느껴진다. 십이정한녀와 비교해 봐도 윗길의 공력. 천외천가에서 상당히 중요한 인물인 듯하다.

첫 희생자로는 적당해 보였다.

'죽음을 억울해하지 마라. 앞으로 많은 사람이 그대의 뒤를 따라갈 테니까.'

소영령은 침상 앞에 서서 천천히 손을 쳐들었다.

'정한녀의 한 맺힌 원혼에 그대의 목숨을 바쳐라!'

그때였다. 소영령에게서 일어난 한기를 느꼈는지 노인이 갑자기 눈을 떴다.

"누……?"

찰나, 하얀 손 그림자가 노인의 가슴 위로 떨어졌다.

퍽!

피하고 자시고 할 틈도 없었다.

"헉!"

희디흰 소수가 가슴 위에 떨어지자 노인의 눈이 부릅떠지고 입이 쩍 벌어졌다.

소영령은 심장이 얼어버린 노인을 놔둔 채 전각을 빠져나왔다.

그로부터 일각.

소영령은 양쪽 전각을 방문하고, 세 구의 시신을 뒤로한 채 더 깊은 곳을 향해 몸을 날렸다.

이제 시작이었다.

천외천가는 소수의 공포에 떨어야 할 것이었다.

한 맺힌 여인들의 원혼을 위해!

소영령이 일곱 번째 희생자를 뒤로하고 전각을 빠져나올 즈음이었다.

혁련호운이 천선곡의 입구에 도착했다.

그는 주위를 둘러보다 경비무사의 시신을 발견하고는 이를 악물었다.

"젠장, 벌써 들어갔군."

그나마 다행이라면 경비무사들의 시신이 아직 저들에게 발견되지 않았다는 것이었다. 들어간 시간이 그리 오래되지 않았다는 뜻.

그는 머뭇거리지 않고 안개 속으로 들어갔다.

자신은 천외천가와 싸우기 위해 온 것이 아니었다. '령'이라는 여인의 안전을 위해 온 것일 뿐이었다. 하기에 행동이 조심스러울 수밖에 없었다.

힘들게 진세를 통과한 혁련호운은 곧바로 은밀한 곳을 찾아보았다.

안쪽의 지리를 잘 모르는 이상, 함부로 움직이면 오히려 '령'에게 피해만 끼칠 뿐이었다.

시간이 지나면 어떤 식으로든 그녀의 행적이 밝혀질 터. 일단은 숨어서 상황을 지켜보는 게 최선이었다.

그렇게 조심스레 움직이며 숨을 만한 곳을 찾을 때다. 절벽 쪽에서 자라는 천년 고목의 중간 부분에 시커먼 공동이 보였다.

즉시 그곳으로 다가간 혁련호운은 공동 안을 살펴보았다. 공동 안쪽은 한 사람이 숨어 있기에는 부족하지 않을 정도로 넓었다. 게다가 천외천가의 일각이 한눈에 들어왔다.

'좋았어, 하늘이 나를 도와주는 것 같군.'

혁련호운은 그 안으로 들어가서 등을 기대고 하늘을 올려다보았다.

눈을 흩뿌려 놓은 듯 수억 개의 별이 구름처럼 흐르고 있었다.

'제발 아무 일 없어야 할 텐데.'

무사히 나가기만 하면 무릎을 꿇고라도 자신의 마음을 말할 것이었다.

자신의 마음을 받아주지 않으면 발을 붙잡고라도 매달릴 작정이었다.

그것도 못하게 하면…… 죽을 때까지 따라다닐 생각이었다.

'쳇, 누구 고집이 센가 한번 해보자고!'

어스름이 밀려드는 묘시 초.

장로 순우민의 시비인 미추는 순우민의 방을 바라보다 고개를 갸웃거렸다.

'왜 대답이 없으시지?'

항상 이 시간이면 잠에서 깨어 차를 시키는 순우민이다. 지금쯤이면 자신을 불러야 정상이었다.

'오늘은 깊이 잠 드셨나?'

하지만 그렇게 생각하기에는 순우민의 버릇이 너무나 일정했다.

차를 시키지 않는 날은 한 달에 한 번 있을까 말까한 일이었다.

"저, 장로님. 차를 가져왔는데요."

더 이상한 점은, 부르지는 않더라도 자신의 말에 대답은 해야 하는데, 벌써 두 번 불렀는데도 대답이 없다는 것이었다.

미추는 조금 더 기다리고는, 용기를 내 문을 슬며시 열어보았다.

침상에 누워 있는 순우민이 보였다. 한데 조금 이상했다. 평소와 달리 천장을 향해 눈을 부릅뜨고 있는 것이 아닌가.

엄습하는 두려움에 미추의 목소리가 떨려나왔다.

"자, 장로…… 님?"

그녀는 떨리는 가슴을 한 손으로 누르고 가까이 다가가 보았다.

그때였다. 미동조차 하지 않는 순우민의 얼굴에 하얗게 서리가 끼어 있는 것이 보였다.

"서, 설마……?"

더 가까이 다가간 그녀는 순우민의 얼굴을 만져 보았다.

한겨울 얼음보다 더 차가운 기운. 손끝이 얼어붙는 듯했다.

와장창!

미추는 손에 들고 있던 찻잔을 바닥에 떨어뜨리고 머리를
움켜쥐었다.

"아악!"

순우민의 죽음이 알려진지 일각이 지나기도 전이었다.

천선곡을 경비하는 천수당의 무사들이 간부들을 찾아 상황
을 확인했다.

곧 여기저기서 시신이 발견되었다는 소식이 전해졌다.

그 수가 열에 이르자 심장을 짓누르는 침묵이 천외천가를
뒤덮었다.

"가주님, 급히 드릴 말씀이 있습니다!"

순우연은 호위장인 여곤의 목소리에 몸을 일으켰다.

여곤이 해가 뜨기 전에 자신의 잠을 깨우는 경우는 일 년에
한 번 있을까 말까 한 일이었다. 그만큼 급한 일이 발생했다는
뜻.

침상에 걸터앉은 순우연은 옷매무새를 가다듬으며 방문을
바라보았다.

"무슨 일이냐, 여곤?"

"곡 내에 자객이 침입했사옵니다."

"자객?"

눈살을 찌푸린 순우연의 목소리가 나직하게 가라앉았다.

"확인된 피해는?"

"그게… 아직 정확한 상황이 파악되지 않고 있사옵니다."

"무슨 대답이 그리 어설픈가?!"

순우연의 목소리에서 분노가 묻어 나왔다.

여곤이 머뭇거리며 대답했다.

"지금까지 확인된 희생자만도 열 명이 넘어서……."

순우연이 벌떡 일어났다.

"뭐야?!"

잠들어 있던 애첩 홍랑이 눈을 뜨고 어리둥절한 표정을 지었다.

그때 여곤의 보고가 이어졌다.

"순우민 장로님조차 당하신 터라……."

심각성을 느낀 홍랑이 자리에서 일어나 순우연의 몸에 장포를 걸쳐 주었다.

순우연은 홍랑이 장포를 걸쳐주는 데도 방문만 노려보았다.

"숙부가 자객에게 당했단 말이냐?"

"그렇습니다, 가주."

"안으로 들어와라, 여곤."

말상의 무표정한 중년 무사가 고개를 숙인 채 안으로 들어오더니 무릎을 꿇었다.

"당한 사람이 누구누구더냐?"

여곤이 나머지 아홉 명의 이름을 말했다.

"장로님을 비롯해서, 영선당의 순우각 당주, 비각(秘閣)의 천가호령이 셋……."

순우연의 얼굴이 싸늘하게 굳었다.

"각 아우에 비각의 천가호령들까지 당했다고?"

하나같이 절정의 경지에 이른 고수들이다. 그런 고수들이 하나둘도 아니고 열 명이 죽었다고 한다. 게다가 그들이 전부가 아닐지도 모르는 상황. 심각한 타격이 아닐 수 없었다.

'천하를 향한 일보를 내딛기 하루 전이거늘, 이런 엉뚱한 일이 발생하다니.'

아무리 평정을 찾았다지만, 아들이 당한 것에 마음이 착잡하던 터다. 한데 또 형제들이 당했다.

스멀거리며 끓어오르는 분노에 순우연의 목소리가 차가워졌다.

"현재 상황은?"

"천수당과 천밀당의 무사들이 곡 내를 샅샅이 뒤지고 있습니다."

"천승원의 장로들 중 돌아가신 분은 한 분뿐이더냐?"

그때 딱딱하게 굳은 얼굴의 순우기정이 갈포의 중년인과 함께 방 안으로 들어왔다.

"곡의 경비무사를 비롯해 현재까지 모두 스물여섯이 죽었습니다. 한데… 민 숙부뿐만 아니라 창 숙부도 당했다는 연락입니다, 가주."

순우기정의 말에 순우연의 이가 악다물렸다.

"창 숙부마저? 대체 누가 들어왔기에 그분들이 소리도 지르지 못하고 돌아가셨단 말인가?!"

갈포의 중년인, 천밀당주 순우격이 조심스럽게 입을 열었다.

"아무래도… 신녀가 들어온 것 같습니다."

순우연의 얼굴이 경악으로 일그러졌다.

"신… 녀가?"

"모두 극한의 음기에 당했는데, 세 구의 시신에서 소수가 발견되었습니다."

순우연이 냉기를 풀풀 날리며 이를 갈았다.

"그 계집이 감히 이곳에 들어와서 사람들을 죽이고 있단 말이지? 일행이 있을 가능성은?"

순우기정이 대답했다.

"현재로선 혼자인 것처럼 보입니다. 사인이 모두 같습니다."

"찾아! 모든 사람을 동원해! 본 가를 완전히 뒤집어서라도 찾아내!"

"예, 가주!"

순우격이 고개를 숙이며 대답하고 밖으로 나가자 순우연이 순우기정을 바라보았다.

"천앙동을 열어라, 기정."

"그들로 하여금 신녀를 상대하게 하실 생각입니까?"

"신녀는 유사도 단독으로는 이기지 못한 고수다. 본 가의 사람들이 그 계집을 발견할 수 있을지는 몰라도 잡을 수는 없어. 지금 본 가에서 소수로 그 계집을 잡을 수 있는 사람들은 그들뿐이야."

천앙동의 괴인들을 제외하면, 천가에서 일대일로 신녀를 상대할 수 있는 사람은 두세 명뿐이다. 그중 한 사람인 대장로는 밖에 나가 있는 상태. 그렇다고 가주가 직접 나서서 신녀와 싸울 수도 없는 일이었다.

"알겠습니다, 가주."

별다른 소리는 나지 않았다.

그러나 수백 명이 움직이며 소용돌이치는 기세는 그 어떤 소리보다도 혁련호운을 바짝 긴장시켰다.

'어떻게 된 거지?'

싸우는 소리가 들리지 않는 걸로 봐서 아직 발각된 것 같지는 않았다.

분명한 것은 어떤 일로 인해서 천외천가의 무사들이 곡 안을 급박히 돌아다니고 있다는 것이었다.

혁련호운은 슬며시 고개를 내밀고 고목이 갈라진 사이로 상황을 살폈다.

건물 사이사이로 갈의와 흑의, 청의를 입은 자들이 돌아다닌다. 건물의 지붕, 전각의 천장 사이, 바위틈, 나무 위, 어느 곳도 빼놓지 않고 곳곳을 살핀다. 그야말로 쥐구멍에 숨은 쥐 새끼까지 잡아낼 기세다.

'제기랄!'

조금 있으면 자신이 숨은 고목도 살펴볼 것 같았다.

문제는 당장 빠져나가기가 마땅치 않다는 것이었다.

혁련호운은 틈으로 밖의 상황을 살피며 언제라도 뛰쳐나갈 수 있도록 공력을 끌어올렸다.

아니나 다를까, 곧 서너 사람이 고목으로 다가왔다. 그들은 먼저 고목 주위의 바위 뒤를 살피더니 고개를 들어 고목을 올려다봤다.

"이봐, 저 나무는 가지도 몇 개 없어서 숨을 만한 곳이 없는 것 같네. 다른 곳을 살펴보세."

한 사람이 속삭이듯이 말했다. 그 말에 나무 위를 살피던 자들이 몸을 돌렸다.

혁련호운은 내심 안도하며 소리가 나지 않도록 조심하며 숨을 내쉬었다.

그런데 한 사람이 멈칫하더니 고개를 쳐들었다.

"이제 생각났는데 말이야, 저 위에 상당히 큰 구멍이 하나 있어. 어릴 때 저 나무 위에 올라가 봐서 내가 잘 안다네. 내가 올라가 볼 테니까, 자네들은 밑에서 대기하고 있다가 내가 위험해지면 도와주게."

혁련호운은 주먹을 와락 움켜쥐고는, 속으로 자신이 아는 온갖 쌍욕을 다 퍼부었다.

'빌어먹을 새끼! 나쁜 놈! 자라 같은 놈! 왜 하필 지금 그 생각이 나는 거야!'

하지만 욕만 하고 있을 때가 아니었다. 발각당하면 상대를 최대한 빨리 때려눕히고 이곳을 벗어나야 했다. 머뭇거리다

적에게 포위당하면 끝장이었다.

'어디 올라오기만 해봐라! 내 네놈의 대갈통을 예쁘게 부숴 주마!'

혁련호운은 이름도 모르는 무사를 향해 이를 갈며 그가 올라오기만을 기다렸다.

바로 그때였다.

"자객이다!"

계곡 안쪽 멀리서 외마디 외침이 터져 나왔다.

동시에 막 나무 위로 몸을 날리려던 자도 휙 몸을 돌렸다.

"발견했나 보군, 가세!"

혁련호운은 그들이 떠나가는 것을 보며 마음이 다급해졌다.

멀리서 소란스런 소리가 들린다. 그녀가 쫓기는 듯했다.

'제기랄!'

그는 무사들이 보이지 않자 곧바로 구멍에서 뛰쳐나왔다.

3

날이 밝아올 무렵, 제갈진문과 우경 진인, 팽철, 허운자가 천무단 고수들을 호위로 거느리고 영풍산장으로 찾아왔다.

"잘 쉬셨나 모르겠소."

좌소천은 담담한 표정으로 그들을 맞이했다.

"염려 덕분에 잘 쉬었습니다. 화산의 상황은 어떻습니까?"

"후우, 아직도 정리 중이오. 워낙 널린 시신이 많은 바람에……."

제갈진문은 말을 하면서도 좌소천의 표정을 살폈다.

어젯밤에 벌어진 공전절후의 격전은 아침이 된 지금도 무림맹 사람들 사이에서 뜨거운 논쟁거리였다.

후방에 남아 있어 직접 보지 못한 제갈진문이 묻자 우경 진인이 무거운 표정으로 말했다.

자신과 막상막하의 접전을 벌렸던 자의 팔을 자르고, 같은 경지의 고수 둘을 상대했다고. 그러면서 아마 좌소천도 상당한 내상을 입었을 거라 했다.

한데 그렇게 큰 내상을 입은 것처럼 보이지는 않는다.

'도대체가……'

그는 속으로 혀를 내두르면서도 겉으로는 태연히 말했다.

"밤새 본 맹의 장로들이 의견을 모았소."

좌소천은 담담한 표정으로 듣기만 했다.

"천무단 일백 명 중 스물일곱 명이 죽고 오십여 명이 크고 작은 부상을 입었소이다. 게다가 사신당의 피해가 워낙 많아서……."

제갈진문이 말꼬리를 늘이더니 고개를 저었다,

"당분간은 적을 치기가 힘들 것 같소. 해서 인원을 보강한 후 적을 치기로 했소."

그럴 거라 생각했다.

당장 쫓아가려면 무림맹도 전멸을 각오해야 한다. 적이 아직 다 나오지 않았음을 알면서도 그리할 수는 없었을 터였다.

물론 방법이 없는 것은 아니었다. 제천신궁을 앞세우면 그나마 나을 테니까.

하지만 그것도 마뜩치 않았을 것이다. 결국 제천신궁의 꼬리만 쫓아가는 신세가 될지 모르는 일. 자존심 때문에라도 반대하는 사람들이 많았을 게 분명했다.

"적은 종남에 있소?"

"위남에는 소수만 남고 대부분이 종남에 있다 하오."

"지원무사들이 오려면 얼마나 걸리겠소?"

좌소천의 질문에 제갈진문이 목소리를 낮췄다.

"천무단은 사흘이면 도착하오만, 나머지 사람들이 보충되려면 한 달은 걸릴 것 같소."

"한 달이라……."

이차 출정한 무사들이 도착하려면 아무리 빨라도 열흘은 걸린다. 반면에 적은 이삼 일 사이에 천선곡을 나설 것이다.

물론 그들이 곧바로 공격하지는 않을 게 분명하다. 그들 역시 엄청난 피해를 입은 상태, 숨 고를 시간이 필요할 테니까.

그래도 한 달은 너무 길었다.

"보름으로 줄여보시오. 한 달은 아무리 생각해도 너무 불안하오."

좌소천의 말에 제갈진문이 미간을 좁혔다.

좌소천의 말을 이해하지 못하는 것은 아니었다. 자신 역시 한 달이라는 시간을 너무 길게 봤다.

다만 문제가 되는 것은 무림맹의 특성이었다. 각자가 너무 멀리 떨어져 있다 보니 무사들을 모으기가 쉽지 않았다.

"그게 그리 쉽지가 않소."

제갈진문이 씁쓸한 표정을 지으며 고개를 젓는다.

좌소천은 그런 제갈진문을 똑바로 바라본 채 못을 박듯 말했다.

"보름. 그 기한을 넘기면 뒷일은 아무도 장담할 수 없게 흐를 것이오."

"으음……."

제갈진문의 입에서 침음성이 흘러나오자, 듣고만 있던 팽철이 눈살을 찌푸렸다.

"놈들도 엄청난 타격을 받았지 않은가? 한데도 놈들이 보름 사이에 움직일 거라 생각하는 건가?"

"그건 아무도 모르는 일이오. 다만 그럴 가능성이 많고, 그럴 경우 무림맹과 저희가 곤란에 처할 것이기 때문이지요."

"그럼 확실한 것도 아니군."

그때다. 동천웅이 눈을 치켜뜨고 나직이 손을 저었다.

"너는 빠져라."

"백부님……."

"수천 명의 목숨이 걸린 일이다. 만약의 경우를 생각하고 움직여도 어떻게 될지 모르는데, 뭐? 확실한 것이 아니라고? 그러다 사람들이 몽땅 죽으면 네가 살려낼 거냐?"

"그건 그렇지만……."

팽철이 슬그머니 고개를 돌린다.

그제야 좌소천이 우경 진인을 바라보았다.

"조금 서둘러 대비해서 나쁠 것은 없다고 봅니다. 최소한 최악의 경우만은 막을 수 있을 테니 말입니다."

일리가 있다 생각했는지 우경 진인이 고개를 끄덕였다.

"알겠네. 내 맹주령을 보내서라도 그리해 보겠네."

그 후로 잡다한 세부 사항에 대해 이야기를 나누었다.

공손양이 내상을 치료하느라 참석하지 못한 것이 조금 안타까웠지만, 다행히 별다른 마찰 없이 이야기가 마무리되었다.

그리된 데에는 동천옹의 힘이 컸다. 가끔씩 불거져 나오는 팽철의 말을 그가 다 막았으니까.

그렇게 제갈진문과 우경 진인 등이 돌아가고, 아침이 밝았을 때였다.

공손양이 운기행공을 마치고 좌소천을 찾아왔다.

좌소천은 제갈진문과 나눈 사항에 대해 모두 말해주고 이차 출정 무사들이 왔을 때를 대비해 이야기를 나누었다.

그런데 두 사람이 이야기를 나눈 지 한 시진가량이 지났을 즈음이었다. 천이당의 정보원이 몇 장의 서신을 가지고 영풍산장으로 찾아왔다.

"주군, 천이당에서 서신을 가져왔습니다."

"들어오시오, 도 호법"

안으로 들어온 도유관의 손에는 작은 봉투가 들려 있었다.

좌소천은 그 안의 서신을 꺼내 하나씩 읽어보았다.

신양을 비롯한 각 지부 등에서 전해온 것이었다.

대부분이 신양에서 보내온 것이었는데, 그 주된 내용은 이 차출정에 관한 것이었다.

그거야 이미 진행될 일이었으니 새로울 것도 없었다. 의외라면 사도철군이 직접 나섰다는 것 정도였다.

"의외로군요. 사도성주께서 전마성을 비우고 직접 나오다니 말입니다."

"백리 군사가 부추겼을 것이오."

"하긴 주군의 위명이 하늘 높은 줄 올라가면, 철혈마제의 이름이 묻힐 거라는 걸 너무나 잘 알 테니 그럴 수밖에 없었을 겁니다. 물론 사도 성주님도 원했을 테지만 말입니다."

"좌우간 그가 직접 나섰다면, 전마성의 숨은 고수들도 상당수 나왔을 것이오. 지금 상황으로 봐서는 잘된 일, 군사는 지급으로 연락을 취해서 출정을 서두르라 하시오."

"알겠습니다, 주군."

한데 그때, 고개를 숙인 공손양의 표정이 살짝 굳어졌다.

봉투에서 빼낸 예닐곱 장의 서신이 바람에 밀리며 중간쯤 있던 서신의 글자가 드러났다. 그곳에 쓰인 글자는 불과 열 글자 정도.

문제는 그곳에 적힌 한 사람의 이름이었다.

"주군, 아래쪽에 있는 것은 장안에서 온 소식 같습니다. 한 번 보시지요."

뜬금없는 말에 좌소천의 눈도 밑에 있는 서신을 향했다.

주지에서 혁련미려 아가씨를 발견…….

"미려 누님이……?"
좌소천은 위쪽의 서신을 치우고 그 서신을 집어 들었다.
죽 읽어가던 좌소천의 눈이 한곳에서 멈췄다.

…천선곡에서 탈출했다고 합니다. 저희는 아가씨를 호위하여
일단 장안으로 모시고…….

좌소천의 표정이 굳어졌다.
'혼자서 천선곡을 탈출했단 말인가?'
그것은 많은 것을 의미했다.
천선곡은 기문진이 펼쳐져 있어 사람이 드나들 수 없다고
했다. 그러한 곳을 빠져나왔다면 입구를 막은 기문진을 알고
있다는 말이다. 처음부터 알았든 나중에 알았든.
그리고 상당한 시일을 그곳에서 보낸 만큼, 그녀는 천선곡
의 내부 상황도 알고 있을 터였다.
물론 손자기가 모든 것을 밝혔다. 하지만 그의 말이 정확한
지는 아무도 모르는 상태. 혁련미려의 말을 들으면 손자기에
게 얻은 정보가 정확한지 알 수 있을 터였다.
혁련무천의 딸이라는 위치를 떠나 그녀는 아주 중요한 정보
를 소유한 중요 인물이라는 말이다.

"어떻게 생각하시오?"

공손양이 어찌 그녀의 중요성을 모를까.

"당장 그녀를 만나서 손자기의 정보와 대조해 봐야 합니다."

"하지만 이곳으로 데려오는 것은 너무 위험하오."

천외천가에 비상이 걸려 있을 게 분명했다. 아마 태백산 일대는 물론이고, 장안 역시 그들의 눈이 번뜩이고 있을 것이었다.

"제가 적당한 사람을 추려 보내도록 하겠습니다."

좌소천이 미간을 좁히고는 나직이 말했다.

"차라리 내가 직접 갔으면 하오만."

화들짝 놀란 공손양이 급히 말렸다.

"그건 안 됩니다, 주군! 주군께서 움직인 걸 적이 알면 총력을 다해 암격하려 할 것입니다."

틀린 말은 아니었다. 좌소천도 모르지 않았다.

한데 기이하게도 마음이 끌렸다. 마치 뭔가가 자신을 끌어당기는 것처럼.

"오래 걸리지는 않을 것이오. 미려 누님에게 미안한 마음도 전하고 싶고 말이오."

공손양도 좌소천과 혁련미려 간의 사이에 대해서 어느 정도 알고 있었다. 그래도 좌소천이 직접 간다는 것은 너무 위험했다.

"주군!"

"비천사룡과 호법들을 데려갈 것이오. 놈들이 모두 종남을 내려온다 해도 충분히 빠져나올 수 있으니 걱정 마시오."

그것은 사실이었다. 천하에서 좌소천이 몸만 빠져나오겠다면 누가 막을 수 있을 것인가. 게다가 거리도 얼마 되지 않아 서둘면 하루에 오갈 수 있을 것이었다.

공손양은 말릴 만한 이유가 마땅히 없자, 아예 좌소천이 장안에 간다는 전제하에 계획을 짰다.

"호법들 중 몸이 성한 사람은 넷뿐입니다. 그들만으로는 안심할 수 없습니다. 정 가시겠다면 몇 사람 더 데리고 가십시오."

상대적으로 무공이 떨어지는 관추룽과 언자홍은 중상을 입어 부상이 낫는다 해도 무공을 펼칠 수 있을지 모를 정도였고, 사인학도 상당히 깊은 상처를 입은 상태였다. 게다가 이자광 역시 상처 입은 전하련을 보호해 준다고 설치다가 제법 깊은 내상을 입었다.

그러다 보니 당장 좌소천을 따라갈 수 있는 사람은 도유관과 능야산, 종리명한, 홍려운뿐이었다.

"인원이 너무 많으면 적들의 눈에 띌 수밖에 없소. 무리요."

"많이 데려가라는 것이 아닙니다. 열 명 정도만 더 뽑겠습니다. 만일 그들을 데려가시지 않겠다면, 저도 보내 드릴 수 없습니다."

작심했다는 듯 강경하게 말하는 공손양이다.

좌소천은 쓴웃음을 지으며 고개를 끄덕였다.

"알겠소. 그들을 데려가겠소."

공손양은 밖으로 나가 사람들을 모으기 시작했다.

묵령천의 사람들 중 목영운, 목영락, 누하진, 증위경, 능수산까지 다섯. 그리고 패천단의 적수옹, 황신양과 구포방의 황보충, 무천단의 영호단을 비롯해 전마성의 사도진무까지 비교적 젊은 사람으로 다섯을 골랐다.

그중 사도진무는 스스로 가겠다며 나서서 공손양으로 하여금 고민을 하게 했다. 하지만 나쁠 것 없다는 생각에 공손양은 그를 호위대에 집어넣었다.

그렇게 공손양이 사람들을 모으며 동분서주하고 있을 즈음. 한줄기 은밀한 기운이 좌소천의 방으로 향했다.

'음? 누가……?'

좌소천은 자신의 방으로 접근하는 은밀한 인기척을 느끼고 찻잔을 내려놓았다.

매우 조심스런 움직임이다. 자신 외에는 무영자 정도만이 발견할 수 있을 정도의 은밀한 움직임.

'누군지 모르지만 대단하군.'

현재의 영풍산장이 어딘가. 절정고수들이 하찮게 느껴질 정도의 용담호혈이 아니던가.

좌소천은 접근하는 자가 다른 사람에게 들키지 않고 이곳까지 들어왔다는 것으로도 상대의 은신법을 인정하지 않을 수 없었다.

의외라면 살기가 없다는 것이었다.

"누군지 모르나, 좌모를 찾아왔으면 들어오시오."

그가 입을 열며 고개를 들 때다. 천장에서 나직한 목소리가 들려왔다.

"주군, 접니다."

기천승의 목소리다.

좌소천의 눈이 반짝 빛을 발했다.

태백산에 있어야 할 사람이 왔다.

임무를 마쳤다는 것인가?

그렇다면 그것은 그것대로 좋은 일이었다.

"내려오십시오, 기 단주."

좌소천의 말에 먼지를 뒤집어쓴 기천승이 천장을 교묘히 가르고 소리없이 내려왔다.

바닥에 내려선 기천승을 본 순간 좌소천의 표정이 굳어졌다.

창백한 얼굴. 왠지 부자연스러워 보이는 몸놀림.

어지간하면 표를 내지 않을 기천승이다. 한데 감출 수 없다는 것은 그만큼 부상이 심하다는 뜻.

또한 그러한 몸으로 급히 찾아왔다는 것은 그만큼 다급한 일이 있다는 말이다.

하지만 당장은 기천승의 몸이 먼저였다.

"일단 이야기는 잠시 미루고 몸부터 봅시다. 그리 앉아보십시오."

"아닙니다. 그전에 먼저 드릴 말씀이 있습니다."

대체 자신의 몸을 돌보는 것보다 급한 일이 뭐란 말인가?

"대체 무슨 일인데……?"

"혁련미려 낭자가 천선곡을 탈출했습니다."

좌소천이 희미하게 미소를 지었다.

"그건 알고 있습니다. 그래서 장안으로 가려던 중이지요. 그러니 앉아서 손을 내밀어보십시오."

"제 부상은 그녀를 구하던 중에 생긴 것입니다. 도중에 헤어졌는데 다행히 무사하게 벗어난 것 같군요."

"음? 기 단주가?"

의외의 말이었다. 그러나 태백산에서 정보를 모으던 기천승이 아니던가. 그런 그가 혁련미려를 만나는 것은 충분히 가능한 일이었다.

문제는 그다음이었다.

그의 이야기가 계속되면서 좌소천의 입가에서 웃음이 사라졌다. 특히 순우무궁의 이야기가 나오고, 정체를 알 수 없는 고수들의 출현에 대한 이야기가 나오자, 좌소천도 자세를 바로하고 귀를 기울였다.

"…결국 그들에게 부상을 입고 상처를 치료하던 중에 혁련호운을 만났습니다."

'그렇지. 호운도 태백산으로 간다고 했지.'

그때다. 왠지 모를 기이한 느낌에 좌소천의 표정이 굳어졌다.

좌소천의 표정이 굳어진 게 단순히 혁련호운 때문이라 생각했는지 기천승은 계속 말을 이었다.

"그는 여자를 구하러 천외천가에 간다고 했습니다. 한데 그의 말로는, 그 여자 역시 자신에 비해 하수가 아니라 했습니다. 그 말을 듣고 속하는 문득 한 사람이 생각났습니다."

순간 좌소천의 터져 나오려는 목소리를 억눌렀다.

혁련호운의 무위는 자신이 잘 안다. 이십대 초반의 나이에서 그와 비슷하거나, 그보다 강한 여인이 몇이나 될 것인가.

자신이 아는 한 오직 한 사람뿐.

"신… 녀?"

좌소천의 잇새로 흘러나오는 한마디가 가늘게 떨린다.

기천승이 모호한 표정을 지었다.

"확실한 것은 아닙니다만, 그 정도 무위를 지닌 데다 천외천가와 원한을 가질 여자가 천하에 몇이나 되겠습니까?"

좌소천은 최대한 마음을 진정시키려 노력하며 나직이 물었다.

"그녀를… 봤습니까?"

"보지는 못했습니다."

그렇다면 아직 천외천가에 들어가지 않았을 수도 있었다.

서두른다면 만날 수 있을지도 몰랐다.

한데 정말 그녀가 신녀, 소영령일까?

그렇다면 혁련호운이 좋아하는 여인이 소영령이라는 말이

아닌가?

사실이라면 우연치고는 너무 공교로운 일이다.

두 번, 세 번 우연이 겹칠 가능성이 얼마나 될까?

어쩌면 아닐 수도 있다. 세상에 신녀만큼 강한 여인이 또 없으란 법은 없으니까. 당장 전하련만 해도 그렇다. 그녀가 신공절학을 얻었다면, 신녀만큼은 아니어도 혁련호운에게 뒤지지 않을 만큼 강해졌을 것이다.

그래도 또 모르는 일. 좌소천은 당장에라도 태백산으로 달려가 모든 것을 자신의 눈으로 확인하고 싶었다.

그러나 자신은 혼자가 아니다. 자신을 믿고 따르는 사람이 수천 명이다. 그들을 놔둔 채 확실치도 않은 일을 좇아 무작정 떠날 수는 없는 일이었다.

'아직 확실한 것은 아무것도 없다. 아직은……'

좌소천은 깊게 숨을 들이쉬고 화제를 돌렸다.

"내가 말한 것은 어느 정도나 알아보았습니까?"

"그날 전만 해도 태백산의 지리만 겨우 알아내었는데, 다행히 혁련미려를 만나 천선곡에 들어갈 수 있는 방법과 천선곡의 일부 상황까지 알아낼 수 있었습니다."

기천승이 품속에서 두툼한 책자를 꺼내 내민다. 귀퉁이가 피에 젖은 책자다.

좌소천은 몇 장 넘겨보기도 전에 가슴이 뜨거워졌다.

검붉은 피가 안쪽까지 깊숙이 배어 있다. 이 책자를 작성하고, 자신에게 가져오기 위해 죽음을 무릅쓴 혈투를 벌였을 기천승의 모습이 눈에 선했다.

"정말 수고 많았습니다, 기 단주."

"맡은 바 임무를 다했을 뿐입니다, 주군."

"내 다시 한 번 약속하겠습니다. 모든 일이 끝난 후 내 모든 것을 걸고 귀영문의 재건에 대해 최대한 협조할 것입니다."

"감사합니다, 주군."

"이제 쉬도록 하십시오."

깊은 생각에 잠겨 있을 때 공손양이 들어왔다.

"열 명의 호위를 뽑았습니다, 주군."

그의 말이 떨어지고 나서야 좌소천의 고개가 들렸다.

평소보다 깊게 가라앉은 눈이었다. 그러나 공손양은 별다른 이상을 느끼지 못하고 탁자 위에 시선을 두었다.

'응? 저 책은 뭐지?'

공손양의 눈이 탁자 위를 향하자, 좌소천은 책자를 공손양 앞으로 밀었다.

"기 단주가 가져온 것이오. 군사가 보관하시오."

기 단주라면 새로 생긴 궁주 직속 무영단의 단주 기천승을 말함이다. 공손양은 그의 임무에 대해 알고 있었기에 놀란 표정을 지었다.

"그가 왔습니까?"

"그렇소. 많은 것을 알아왔으니 상당한 도움이 될 것이오."

좌소천은 책자만 건네주고 더 이상 긴 이야기는 하지 않았다.

기천승이 혁련미려를 구하고, 그녀로부터 천선곡에 대한 것을 들었다는 걸 말하면, 자신이 장안으로 가야 할 이유가 그만큼 없어진다.

게다가 신녀에 대한 것은 더더욱 이야기할 수가 없었다.

아직 확실한 것도 아니었다. 만에 하나 아닐 수도 있었다. 하나 그보다는, 자신이 그 이야기를 했을 때 공손양이 어떻게 받아들일 것이냐 하는 것이 문제였다.

좌소천은 직접적인 이야기는 피하고 그냥 지나가듯이 물어보았다.

"군사, 만약의 경우, 목숨을 던져서라도 구하고 싶었던 사람이 죽을 위기에 처해 있다면 군사는 어떻게 하겠소?"

공손양은 뜬금없는 좌소천의 질문을 받고 책에서 눈을 뗐다.

"무슨 말씀이신지……?"

"말 그대로요. 자신의 목숨만큼이나 사랑하는 사람이 위기에 처해 있다면, 군사는 그를 구하기 위해서 모든 것을 버리고 달려갈 수 있겠소?"

공손양의 표정이 심각해졌다.

"저라면… 여러 가지를 생각해 볼 것입니다. 하지만……."

말을 흐린 그는 몇 번 미간을 찡그렸다 펴는 행동을 반복하더니, 쓰디쓴 웃음을 배어 물었다.

"그런 문제를 계산적으로 따지려는 제가 우습군요. 솔직히

말하겠습니다. 만일 제 부모형제가 그런 위기에 처해 있다면,
만사 제쳐 놓고 달려갈 것입니다."

"사랑하는 여인이라면 어떻겠소?"

"그게… 에……."

공손양이 말을 더듬으며 당황한 표정을 짓는다.

좌소천은 묘한 눈으로 공손양을 바라보았다.

슬며시 눈을 돌린 공손양이 대답을 얼버무렸다.

"아직 그런 여인이 없어서……."

나이 스물여덟, 초일류의 경지에 오른 고수이고, 이화산장
의 셋째 공자다.

어디 그뿐인가?

얼굴도 잘생겼다. 상사병에 걸린 만월평의 아가씨들이 수십
명은 될 거라는 소문이 돌 정도로.

그런 사람이 사랑 한 번 못해봤단다.

좌소천은 그런 공손양을 빤히 바라보았다.

"너무 그렇게 보지 마십시오. 아직 기회가 없어서 그런 것뿐
이니까 말입니다."

공손양의 너스레에 좌소천이 다시 물었다.

"만일 목숨을 걸만큼 사랑하는 여인이 생긴다면, 그 여인이
위험에 처한다면 어떻게 하겠습니까?"

공손양이 어깨를 한번 추켜올리더니, 생각할 것도 없다는
듯 대답했다.

"당연히 구하러 가야지요. 사랑하는 사람을 구하러 가는데

망설일 게 뭐 있겠습니까?'

그러고는 고개를 모로 꼬고 좌소천에게 넌지시 물었다.

"그런데 왜 그것을 묻는 것입니까?"

"별것 아니오. 그러한 일이 벌어졌을 경우 군사라면 어떻게 할까, 그냥 궁금해서 물어본 것뿐이오."

정말 별것 아니라는 표정이다.

조금 이상했지만 공손양은 더 이상 묻지 않았다. 그것이 아니라도 당장 할 일이 태산처럼 쌓여 있는 판이었다.

그때 좌소천이 자리에서 일어났다.

"출발할 준비는 되었소?"

"예, 주군. 잠시만 기다리십시오. 사람들을 데려오겠습니다."

공손양은 좌소천의 방을 나오며 고개를 갸웃거렸다.

정말 단순한 궁금증 때문에 물었을까?

갑작스런 질문에 당시는 미처 생각을 하지 못했다. 한데 기분이 찜찜했다.

'혁련미려는 장안에 있으니 그녀 때문에 물어본 것은 아닐 것이고…… . 끄응, 대체 왜 물었지?'

아무리 생각해도 그냥 물어본 것은 아닌 듯했다.

자신이 아는 한 그렇게 싱거운 좌소천이 아니었다.

'이상해. 분명 뭐가 있긴 있는 것 같은데…… .'

그때 방문 옆에 서 있던 종리명한이 싸늘한 표정으로 물었다.

"형님, 왜 그런 표정이시오?"

모르는 사람이 보면 영락없이 시비 거는 표정. 왜 그리 똥마려운 표정이냐, 그런 말투였다.

하지만 공손양은 그것이 평소 종리명한의 말투라는 것을 아는 몇 안 되는 사람 중 하나였다. 그는 오히려 잘되었다는 듯 눈을 빛내며 손짓을 해서 종리명한을 불렀다.

"명한, 너 나 좀 보자."

움찔한 종리명한이 눈을 가늘게 떴다.

사람들이 보기에는 한판 붙어보자는 것처럼 보이는 표정이다. 그러나 공손양은 그 표정의 의미를 당사자만큼이나 잘 알았다.

"불안해할 것 없다. 뭐 좀 부탁할 게 있어서 그러니까."

그제야 표정이 풀어진 종리명한이 공손양을 따라왔다.

"뭔데 그럽니까?"

공손양은 종리명한을 구석진 곳으로 데려갔다.

그러고는 사람의 눈이 뜸한 곳에 가서야 나직이 입을 열었다.

"주군과 함께 장안으로 가거든, 무슨 일이 있을 경우 즉시 나에게 알려야 한다."

"그거야 당연한 것 아닙니까?"

"만일 주군께서 아무에게 알리지 말라고 해도, 나에게만은 말해야 한다."

"예? 형님, 그건……."

당황하며 대답을 머뭇거리는 종리명한이다.

공손양이 그런 종리명한을 윽박지르며 벽으로 밀어붙였다.

"주군께 무슨 일이라도 생기면 네가 책임질 거냐? 응?! 책임질 수 있어?!"

"그건 아니지만……."

"그럼 하라는 대로 해. 다 주군의 안전을 위해서 하는 말이니까. 내가 쓸데없는 말이나 하는 사람 같아 보이면 안 해도 되지만."

그렇게까지 말하는데 차마 못한다고 할 수도 없는 일. 종리명한은 한숨을 내쉬며 고개를 끄덕였다.

"휴우, 알겠습니다, 형님."

그제야 공손양은 씩 웃으며 돌아섰다.

"가자, 주군께서 바로 출발하신다고 하니까 서둘러야겠다."

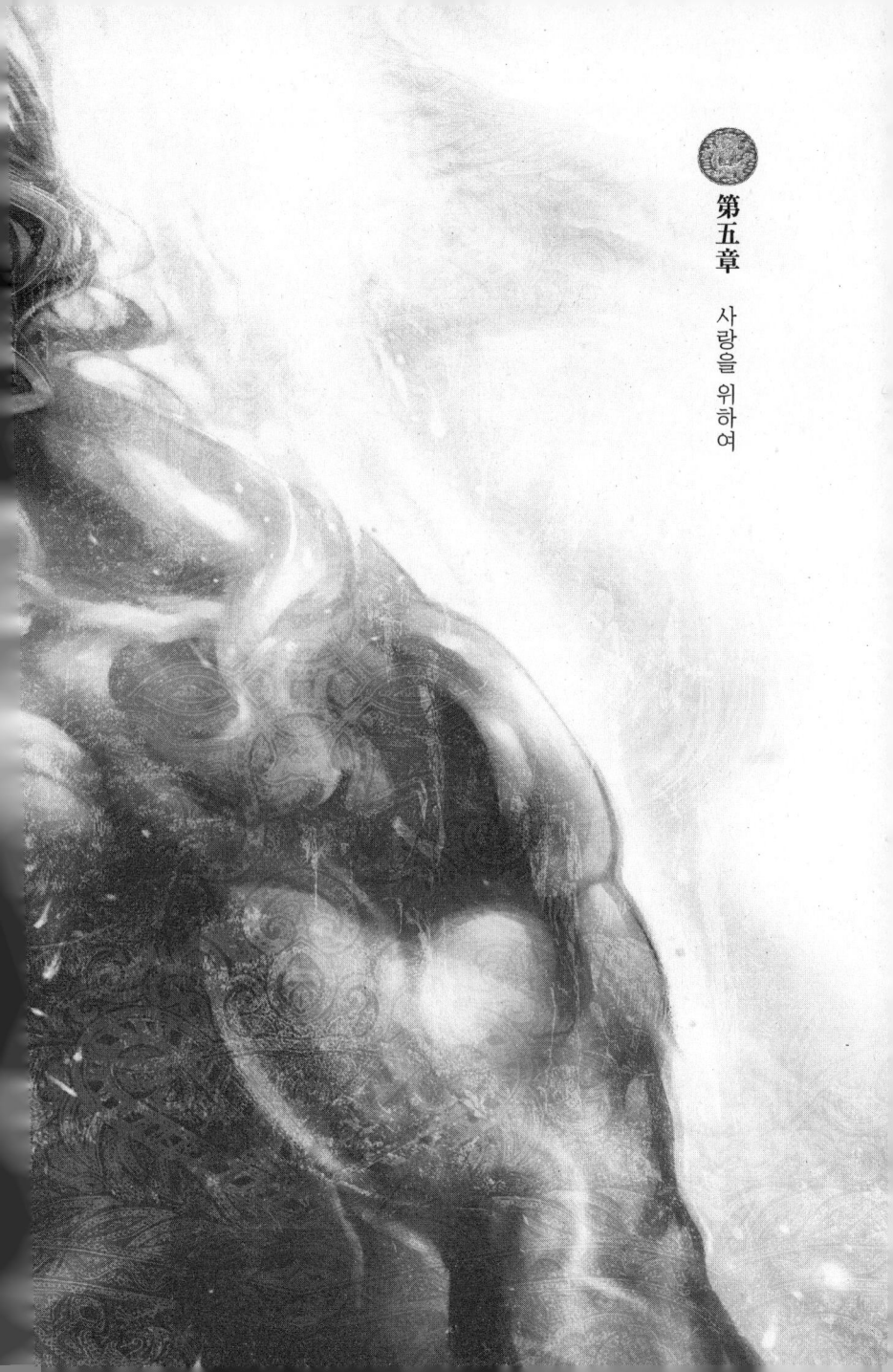

第五章

사랑을 위하여

絕對天王

1

천외천가의 역대 조상들이 잠들어 있는 천제각(天祭閣)은 그 규모가 여느 대전각 못지않게 컸다.

이층으로 된 건물은 아래층의 평수만도 이백 평에 달했다.

일층과 이층에 빽빽이 들어선 위패들은 그 수만도 수천. 가히 천외천가의 역사가 그곳에 그대로 잠들어 있는 듯했다.

소영령이 그곳에 은신한 것은, 새벽 어스름이 밀려올 무렵 열세 번째 살행을 성공한 후였다.

좀 더 많은 자들을 지옥으로 인도하고 싶었지만, 새벽 공기를 가르며 터져 나온 시비의 비명에 일단 몸을 피하지 않을 수 없었다.

그때만 해도 그곳이 천외천가의 신성 구역인 천제각이라는 것을 알지 못했다. 또한 천외천가의 무사들조차 함부로 들어 갈 수 없는 곳이라는 것도 몰랐다.

그곳이 그저 다른 곳보다 조용하고, 분위기가 엄숙해서 사람들이 쉽게 접근하지 않을 것 같아 택했을 뿐이었다.

게다가 천제각의 이층 천장은 온갖 목상(木像)들로 꾸며져 있어 몸을 숨기기에도 적합했던 것이다.

그렇게 몸을 숨긴 지 일각이 지나자 천외천가 무사들의 움 직임이 바빠졌다. 그러더니 시간이 갈수록 더 많은 무사들이 수색에 합류했다.

한데 이상하게도 무사들은 자신이 숨은 전각 안으로 들어오 지 않았다. 그저 전각의 호위무사로 보이는 자들만이 안을 세 세히 살피고 나갔을 뿐이었다.

그제야 그녀는 천외천가의 무사들이 위패가 손상되는 것을 염려해 조심하고 있다는 것을 알아챘다.

그나마 다행이라 생각한 그녀는 그사이 천장의 목상 뒤에 숨어서 소모된 공력을 회복했다.

절정고수 열세 명을 죽이는 일이 마냥 쉬운 것만은 아니었 다. 매번 전력을 다해 손을 썼기에 들키지 않고 그들을 죽일 수 있었다. 그런 만큼 그녀의 내력 소모도 만만치 않았던 것이 다.

문제가 생긴 것은 그곳에 몸을 숨긴 지 한 시진가량이 지났 을 때였다.

덜컹!

문이 거칠게 열리더니 누군가가 들어왔다.

절대지경에 오른 그녀조차 쉽게 움직임을 잡아낼 수 없을 만큼 심후한 내력을 지닌 자들이었다.

가만히 기운을 거두어들인 그녀는 촉각을 곤두세웠다.

그들이 이층으로 올라온다.

'모두 셋…….'

하나도 아니고 셋이나 된다.

오늘 자신의 손에 죽은 그 누구보다 강한 자들. 하나하나가 일전에 마주쳐 보았던 십암에 비해 그리 떨어지지 않게 느껴진다.

칼칼한 목소리가 비웃음처럼 들린 것은 그녀가 상대의 실력을 대충 가늠했을 때였다.

"향냄새와 계집의 살냄새는 확실히 달라. 클, 이곳에 있었군."

동시에 세 가닥 기운이 빠르게 주위를 휘돌았다.

금방이라도 자신을 발견하고 덮칠 것 같은 상황. 소영령은 그들이 다가오기를 기다리며 한천빙백소수공을 끌어올렸다.

그녀의 두 손이 백옥처럼 하얗게 빛나는 순간!

"퀠! 계집이 저기 있다!"

괴소와 함께 강력한 기운이 쐐기처럼 휘돌며 밀려들었다.

소영령은 좌측을 향해 가볍게 손을 털고는, 목상과 목상 사이를 빠져나갔다.

쾅!

뒤늦게 충돌음이 울리며 천장이 부르르 떨었다.

그사이 소영령은 목상 사이를 빠져나가 넓은 곳으로 나왔다.

그때다. 우측과 전면에서 두 사람이 동시에 달려들었다.

"계집! 목을 내놓아라!"

"클클, 네년이 갈 곳은 더 이상 없다!"

일순간 살을 에는 두 줄기 기운이 그녀를 덮쳤다.

하지만 소영령은 조금도 당황하지 않았다.

실전이라면 남 못지않게 치러본 그녀다. 그중에는 십암과 유사도 있었고, 유사보다 더 강한 좌소천도 있었다. 그들에 비하면 눈앞에 있는 자들은 한두 수 아래였다.

"흥!"

싸늘한 코웃음이 흘러나옴과 동시, 소영령의 두 손이 백색 광채를 뿜어냈다.

찰나 천제각 안에 서리가 내리기 시작했다.

"헛!"

"뭐야?!"

엄청난 한기에 대경한 두 사람은 전력을 쏟아내 소영령의 소수공에 맞섰다.

콰르릉!

뇌성이 울리며 전각이 흔들렸다.

쩌저저적!

백색 벼락이 떨어지며 대기가 갈기갈기 찢겨져 나갔다.

"허억!"

"으음……."

두 사람이 답답한 신음을 흘리며 뒤로 튕겨진 사이, 소영령은 신형을 틀어 창문 쪽으로 날아갔다.

그때다. 처음에 좌측에서 공격했던 자가 또다시 옆구리를 노리며 달려들었다.

"어림없는 짓!"

소영령은 조금도 당황하지 않고 삼 장을 연속으로 휘둘렀다.

눈보다 더 하얀 백색 소수가 그녀의 두 손에서 튀어나간 순간!

콰광!

허공이 터져 나가며 달려들던 자가 뒤로 튕겨졌다.

소영령은 그 틈을 놓치지 않고 창문을 부수며 밖으로 나갔다.

와장창!

그녀가 밖으로 나가자 여기저기서 외침이 터져 나왔다.

"자객이 천제각에서 나왔다!"

"잡아라!"

천외천가의 무사들이 소리치며 몰려든다. 언뜻 봐도 사오십 명은 되어 보인다.

'함정?'

뒤이어 세 사람이 그녀의 뒤를 따라 나오며 비웃음 가득한 조소를 흘렸다.

"클클클, 거우 밖으로 쫓아냈군."

"계집, 네 실력이 뛰어나서 벗어났다고 생각하느냐?"

"켈켈켈, 그래도 우리를 혼자서 뒤로 물러서게 했다는 것은 인정해 줘야 하지 않겠나?"

실력 때문에 놓친 것이 아니라는 뜻. 고의로 소영령이 나갈 수 있는 기회를 만들어줬다는 말이다.

소영령은 고개를 돌려 자신의 뒤에 내려선 사람들을 바라보았다.

셋 다 삼사십대로 보였는데, 칠흑 같은 흑의 장포를 입고 있었다.

뼈만 남은 것 같은 몸에 창백한 얼굴, 뚱뚱한 몸에 메기 같은 입, 머리끝이 뾰족한데다 낯이 붉어 홍당무처럼 보이는 얼굴. 하나같이 희한한 모습들이다.

그중 창백한 얼굴의 중년인이 소영령의 전신을 쓸어보며 킬킬거렸다.

"킬킬킬, 천앙동에서 나오기를 잘했어. 벗겨놓으면 진짜 끝내주겠는데?"

소영령은 천앙동이 어딘지 알지 못했다. 다만 분명한 것은 저들이 생각보다 강하다는 것이었다.

'어쩐지 지난바 실력에 비해서 쉽게 나가떨어진다 했더니.'

위패가 모셔진 제천각이 부서질까 염려되어서였을 것이다.

하지만 그녀로선 어쩔 수 없었다. 일단은 전각을 벗어나는 게 우선이었다. 행적을 들킨 이상 더 많은 사람이 몰려오기 전에 빠져나와야만 했으니까.

이러나저러나 선택은 하나뿐!

세 괴인에게서 고개를 돌린 그녀는 조금도 망설이지 않고 천외천가 무사들을 향해 신형을 날렸다.

"그대들의 목숨으로 정한녀의 한을 풀어주리라!"

동시에 세 명의 괴인도 그녀의 뒤를 따라 몸을 날렸다.

"계집! 너는 우리가 놀아주마!"

소영령은 뒤에서 그들이 빠르게 덮쳐 오는데도 오직 앞만 보며 두 손을 휘둘렀다.

일순간, 그녀의 두 손에서 가공할 한기가 서린 백색 장력이 전방을 향해 뻗쳤다.

쏴아아아아!

한겨울에 눈보라가 몰아치는 듯했다.

하늘에서 서리가 내리는 것만 같았다.

어지간한 절정고수도 몸이 굳어버릴 절대의 음한장력!

그녀의 한천빙백소수공이 휩쓸고 지나간 곳은 모든 것이 얼어버렸다.

"허억!"

"끄어어어!"

찰나간에 십여 명이 입을 쩍 벌린 채 몸을 떨며 무너져 내린다.

"네년이 어디서!!!"

뒤쫓아 몸을 날린 천앙동의 세 괴인은 노성을 내지르며 소영령을 덮쳤다.

순간, 쌍장을 휘둘러 전방을 휩쓴 소영령의 몸이 돌풍에 휘말린 듯 허공으로 쑥 올라갔다.

갑자기 그녀가 허공으로 솟구치자 세 괴인도 땅을 박차고 함께 솟구쳤다.

그때였다. 오 장 높이로 솟구친 소영령이 아래를 향해 두 손을 휘둘렀다.

찰나, 그녀의 두 손에서 십여 개의 백색 수영이 꽃처럼 휘날렸다.

눈을 뭉쳐 만든 것처럼 새하얀 소수에서 북해의 냉기보다 더한 한기가 밀려든다.

세 괴인은 눈을 부릅뜨고 악을 쓰며 소영령의 공격을 막았다.

"허엇!"

"이런, 젠장!"

"전력을 다해서 막아!"

하지만 전력을 다한 소영령의 한천빙백소수공의 위력은 그들의 상상보다 더 가공했다.

쩌저저저적!

얼어붙은 대기가 쩍쩍 갈라졌다.

창백한 빼빼의 얼굴이 일그러지고, 뚱뚱한 자는 두꺼비처럼 두툼한 손으로 소수를 막으려다 입을 떡 벌리고, 홍당무 대가리는 만월처럼 휘어진 칼을 휘두르며 사력을 다해 휘둘렀다.

쩌저정!

네 사람의 기운이 삼 장 허공에서 정면으로 부딪치자 얼음
벽이 쪼개지며 무너지는 듯했다.

찰나간에 대여섯 번의 공방이 오가고, 어느 순간, 뭉칠 대로
뭉친 네 사람의 기운이 사방으로 퍼져 나갔다.

콰르르룽!

뇌성이 일고 하얀 번갯불이 번쩍였다.

가공할 음한지기가 사방으로 퍼지며 떠오르는 태양빛이 식
어버렸다.

콰광!

"흐읍!"

"제기랄! 크윽!"

결국 소영령의 소수를 견디지 못한 세 사람이 삼 장 밖으로
튕겨져 나갔다.

소영령은 세 사람을 땅바닥에 뒹굴게 하고는, 부딪친 여력
을 이용해 십여 장 밖에서 지켜보고 있는 천외천가의 무사들
을 향해 날아갔다.

가슴이 턱턱 막혔지만 공격을 늦출 수는 없었다.

셋의 합공은 일시에 물리칠 수 있는 것이 아니었다. 그들에
게 묶이면 빠져나갈 수 없을지도 몰랐다.

쏴아아아!

또다시 거센 한기의 폭풍이 천외천가 무사들을 향해 밀려갔

다. 이미 소수공의 위력을 한번 본 무사들은 앞 다투어 뒤로 물러서고, 멋모른 채 달려들던 자들만이 소수공 아래 몸이 얼어붙어 힘없이 무너졌다.

"허어억!"

"무, 무슨 이런 무공이……!"

순식간에 대여섯 명이 무너지며 포위망이 엷어진다. 소영령은 일각이 무너지자 재빨리 그곳을 향해 몸을 날렸다.

그때였다.

"어림없다, 계집!"

건너편 건물 지붕 위에서 두 사람이 날아들며 소영령의 머리 위를 덮쳤다.

바닥을 뒹구는 세 사람보다도 강한 공세!

소영령은 다급한 와중에도 허공에서 몸을 뒤집으며 그들의 공격을 막기 위해 소수를 내뻗었다.

일수유의 순간!

콰광!

덮쳐들던 자들은 다시 허공으로 튕겨지고, 소영령은 삼 장 밖으로 날아갔다.

목구멍으로 비릿한 피냄새가 치밀어 오른다.

터질 것 같은 심장의 박동! 숨을 쉬기조차 힘들다.

소영령은 터져 나오려는 신음을 참기 위해 이를 악물었다. 머뭇거리면 나머지 셋까지 힘을 합칠 것이었다. 그리고 적들이 얼마나 모여들지 몰랐다. 당장만 해도 백여 명으로 늘어난

상황. 더 많은 사람들이 달려오기 전에 포위망을 빠져나가야
했다.

다행히 자신과 격돌한 두 사람도 상당한 충격을 받은 듯 바
로 공격하지 않는다.

그녀는 두 손에 한천빙백소수공을 모조리 쏟아 넣고 서쪽을
향해 몸을 날렸다.

"막아!"

"도망치지 못하게 해라!"

몇 사람이 기를 쓰며 소영령의 앞을 가로막았다. 하지만 그
들로서는 신녀 소영령의 앞을 가로막을 수 없었다.

한천빙백소수공은 그들이 막을 수 있는 무공이 아니었다.

소수가 떨어져 내릴 때마다 서너 명의 무사가 하얀 서리에
뒤덮여 죽어가고, 순식간에 포위망 한쪽이 뚫리며 틈이 보였
다.

머뭇거리면 다시 메워질 터. 소영령은 틈이 보이자 지체하
지 않고 신형을 날렸다.

사람들이 정신을 차리고 앞을 막으려 했을 때는, 이미 소영
령이 구멍 뚫린 포위망을 빠져나간 후였다.

"쫓아라!"

분노에 가득 찬 천앙동의 괴인들은 혈안을 번뜩이며 소영령
의 뒤를 쫓았다.

삼십 년을 오직 강해지기 위해 살아왔다.

그런 자신들이 다섯이나 나섰으니 계집 하나 잡는 것쯤은

손바닥 뒤집는 것처럼 쉬울 거라 여겼다. 하기에 조금 전만 해
도 계집을 잡아 천앙동에 집어넣었을 때를 상상하며 킬킬거렸
다.

다섯이나 나서게 한 가주가 얼마나 한심하게 보였던가.

—가주가 아직 우리의 실력을 모르는군.

그런데 잡기는커녕 오히려 부상을 당하다니!

"껍질을 벗겨 버리겠다, 계집!"

"한 점 한 점 포를 떠서 죽여 버리겠어!"

포위망을 벗어난 소영령은 전력을 다해 서쪽으로 날듯이 달
려갔다.

인근의 무사들은 대부분 천제각 쪽으로 모여든 상태. 그녀
의 앞을 가로막는 무사는 몇 되지 않았다.

그녀는 속도를 늦추지 않고 진로를 가로막는 적들을 향해
소수를 휘둘렀다.

심장이 얼어붙을 것 같은 가공할 한기!

백옥빛 소수가 번쩍일 때마다 무사들이 비명도 지르지 못한
채 사방으로 날아가며 꼬꾸라진다.

말로만 들었던 신녀의 가공할 신위!

공포에 질린 무사들은 감히 막을 생각도 못하고 그녀가 도
주하는 것을 지켜보는 수밖에 없었다. 그사이 신녀는 세 채의
건물을 지나 서쪽 계곡으로 접어들었다.

그 시각, 순우연이 순우기정과 함께 천제각에 도착했다.

"어떻게 되었느냐?"

순우기정의 질문에 천밀당의 부당주 요웅이 앞으로 나와 부복했다.

"서쪽으로 도주했습니다, 군사."

"천앙동에서 사람들이 나오지 않았더냐?"

"다섯이 나왔습니다만, 그들도 신녀를 막지 못했습니다."

순우연의 얼굴에 가벼운 놀람이 떠올랐다.

"다섯이서 그녀를 막지 못했다고?"

요웅이 간단하게 당시의 상황을 설명했다.

순우연과 순우기정의 표정이 굳어졌다. 신녀의 무위가 자신들의 예상보다 강하다는 것은 또 다른 사실을 의미했다.

신녀가 유사와 대등한 싸움을 벌였다 하지 않았던가. 그렇다면 사사의 무위 역시 자신들의 예상보다 강할 거라는 말이다.

신녀의 무위가 전보다 늘었다는 것을 모르는 그들은 당연히 그리 생각할 수밖에 없었다.

'좀 더 신중히 상대해야겠군.'

그나마 다행이라면, 놓치긴 했어도 다섯이서 신녀를 도망치게 했다는 것이었다. 적어도 천앙동의 괴인 열 명이면 사사 중 둘을 충분히 상대할 수 있다는 말.

그때 문득 든 생각에 순우연이 눈을 반짝였다.

"서쪽으로 도망쳤단 말이지? 그들이 쫓고 있느냐?"

"예, 가주."

"기정, 가자! 신녀가 그를 만날지도 모르겠다."

천제각은 천선곡의 서쪽에 치우쳐 있었다. 하기에 건물 세 채를 지나자 곧바로 나무와 기암괴석이 안개에 휘감긴 계곡이 나왔다.

소영령은 안개 낀 계곡이 나오자 일직선으로 달렸다.

진이 펼쳐져 있을지 모르지만 지금은 위험을 감수하지 않을 수 없었다. 양쪽은 거꾸로 꺾어진 백 장 절애. 뒤에선 삼십여 장의 거리를 두고 다섯 괴인이 쫓아오고 있다. 빨리 추적을 떨치고 운기를 해서 흔들린 내력을 진정시켜야 했다.

마음 같아서는 만년설이 있는 정상까지 가고 싶었다. 만년설의 한기라면 흔들린 한천빙백소수공을 보다 빨리 회복할 수 있을 테니까.

그러나 입구에 진을 펼쳐 놓은 자들이 뒤쪽이라 해서 그냥 놓아두었을 리가 없었다.

'공기가 차가운 동굴이라도 있으면 좋겠는데.'

마음이 조급해진 소영령이 안개를 헤치고 삼백여 장 정도 들어갔을 때다. 멀리서 물 떨어지는 소리가 났다.

'폭포?'

여름인데도 대기가 서늘하다. 이러한 곳의 물이라면 상당히 차가울 게 분명하다. 어쩌면 태백산 정상의 만년설이 녹아서 흘러내리는 물일 가능성도 있다.

차가운 기운이 서린 물이라면 내력을 회복하는데 상당한 도움이 될 터. 소영령은 물소리가 나는 곳을 향해 방향을 틀었다.

그렇게 백여 장이나 갔을까.

콰르르르……

한 줄기 굵은 물줄기가 바위를 가르고 칠 장 높이에서 떨어지는 게 보였다.

그 앞에 펼쳐진 드넓은 백색 암반. 그리고 그 위에 세워진 한 채의 정자. 용추폭, 천평암, 천평정이었다.

그야말로 보는 이의 입에서 절로 감탄이 터져 나올 만큼 운치있는 광경이었다.

하지만 소영령은 그런 운치를 감상할 여유가 없었다.

그녀는 폭포가 보이자 곧바로 천평정을 지나 용추폭으로 다가갔다.

맑은 물소리만큼이나 시원한 한기가 느껴진다. 폭포 위의 절벽으로 올라가 물줄기를 따라가면 몸을 숨길 수 있는 곳이 있을 것도 같다.

'한기가 강한 곳이면 더 좋겠는데.'

한데 그녀가 막 용추폭 아래에 도착했을 때다. 폭포 위에서 나직하면서도 묵직한 목소리가 들렸다.

"호오, 계집의 몸으로 대단한 기운을 지녔구나."

번쩍 고개를 쳐든 소영령의 눈에 한 사람이 보였다. 목소리의 주인은 자신이 올라가고자 하는 절벽 위에 서 있었다.

조금 전만 해도 없었는데 언제 나타났을까?

붉은 머리, 선이 굵어 강인하게 느껴지는 인상. 전신에서 정신을 억누르는 패도무쌍의 기운이 흘러나온다.

그 자리에 서 있는 것만으로도 질식할 것 같은 중압감이 느껴지는 자.

천해의 해주 공야황이었다.

'강하다!'

혁련호운은 바위 뒤에서 주먹을 움켜쥐었다.

고목나무에서 내려온 후 무사 하나를 때려눕히고 옷을 바꿔 입었다. 그러고는 자연스럽게 천외천가 무사들의 뒤를 따라와서 몸을 숨기고 상황을 지켜보았다.

하지만 천제각 앞에서 벌어진 싸움은 끼어들 틈이 없었다. 결국 그는 '령'이 가공할 소수공을 펼치며 괴인들의 공격을 물리치고 몸을 빼낸 후에야 겨우 그녀의 뒤를 따라붙을 수 있었다.

그때 그가 보였다. 붉은 머리카락을 길게 늘어뜨린 중년인이.

그를 본 순간, 혁련호운은 솜털이 곤두서고 심장이 주체할 수 없이 맥동쳤다. 짜릿한 긴장감이 머리끝에서 발끝까지 치달렸다.

머릿속에 번개가 떨어진 듯 경고가 울렸다.

―저자는 내가 감당할 수 있는 자가 아니다!

끝내 그는 이십여 장의 거리를 남긴 채 걸음을 멈추고 바위 뒤에 몸을 숨겨야만 했다.

'누굴까? 누군데 저리도 강한 기운을 뿜어내는 걸까?'

그가 부릅뜬 눈으로 쳐다보는 사이 붉은 머리의 중년인이 절벽 위에서 몸을 날렸다.

소영령은 뒤로 몇 걸음 물러서며, 깃털처럼 내려서는 공야황과의 거리를 십여 장으로 벌렸다.

그때 뒤쪽에서 차가운 목소리가 들려왔다.

"계집! 네년의 운도 여기가 끝이구나!"

천제각에서 마주친 괴인의 목소리였다. 밀려드는 기운으로 봐서 다섯이 모두 온 듯했다.

이제 곧 천외천가의 무사들도 몰려올 터. 소영령은 입술을 깨물고 전면만 바라보았다.

뒤로 돌아갈 수는 없었다. 앞으로 뚫고 가는 수밖에. 상대가 비록 자신보다 강한 자라 해도 이제 방법은 그것뿐이었다.

결심을 굳힌 소영령은 곧바로 몸을 날려 공야황을 공격했다.

용추폭을 그대로 얼려 버릴 것 같은 극음의 백옥빛 소수!

그녀의 공격에 바윗덩이 같던 공야황의 입술가로 가느다란 웃음이 떠올랐다.

"후후후, 아주 굉장해. 정말 멋진 무공이야!"

대기를 얼리며 다가오는 소수다. 한데도 그는 여전히 웃음을 지우지 않고 양손을 연달아 내질렀다.

순간 그의 양손에서 구름처럼 흘러나온 핏빛의 붉은 기운이 소수를 감싸고 휘돌았다.

우르르릉!

천평암이 뒤흔드는 우렛소리!

"으음……."

주르륵, 뒤로 밀린 소영령의 입에서 가느다란 신음이 흘러 나왔다.

공야황도 두 걸음 물러서더니, 소영령을 바라보며 뜻밖이라는 듯 탄성을 터뜨렸다.

"호오! 생각보다 더한 음한공이군. 본좌를 두 걸음이나 물러서게 하다니 말이야!"

한데 바로 그때, 한쪽에 지켜보던 천앙동의 괴인들이 소영령을 향해 달려들었다.

"그 계집은 우리 것이다!"

"비켜라!"

공야황의 두 눈이 좁혀지고 이마에 주름이 졌다.

그는 분노한 눈으로 천앙동의 괴인들을 바라보고는, 손가락을 갈퀴처럼 구부리고 허공을 찍었다.

"어디서 감히!"

순간 시뻘건 빛줄기가 일직선으로 뻗쳤다.

생각지도 못했던 공격! 빛줄기가 몸에 닿기도 전에 만 근의 압력이 전신을 짓누른다.

맨 앞에서 달려들던 창백한 얼굴의 백면괴는 다급히 검을 휘둘렀다.

"허억! 이런!"

하지만 공야황의 혈성마조(血星魔爪)는 그가 막을 수 있는 것이 아니었다.

쩌정! 쾅!

"크억!"

백면괴는 창백한 얼굴이 새파랗게 변한 채 뒤로 튕겨져 나갔다.

네 명의 괴인 역시 혈성마조의 여력에 급급히 몸을 세우고 뒤로 물러섰다.

공야황은 천천히 걸음을 옮겨 그들을 향해 다가갔다.

"감히 본좌의 흥취를 방해하다니! 죽고 싶어 환장한 놈들이구나!"

심혼을 뒤흔드는 은은한 노성.

걸음걸음에 거대한 기운이 밀려든다.

주춤거리며 물러서는 천앙동 괴인들의 얼굴이 참담하게 일그러졌다. 소영령에 이어 자존심이 또 한 번 뭉개졌다. 그것도 거부할 수 없는 두려움과 함께.

그때 멀리서 순우연의 목소리가 들렸다.

"모르고 저지른 죄, 용서해 주시지요, 해주!"

공야황이 걸음을 멈추고 계곡 아래쪽을 바라보았다.

순간이었다.

가슴을 조이며 바라보고 있던 혁련호운이 다급히 전음을 보냈다.

"령! 지금이야! 오른쪽 절벽을 넘어가!"

소영령의 면사가 흔들렸다.

뜻밖의 장소에서 들려온 뜻밖의 목소리.

'혁련호운!'

하지만 깊게 생각할 시간이 없었다. 붉은 머리가 천외천가의 무리에게 신경 쓰고 있는 지금이 아니면 언제 또 기회가 날지 몰랐다.

그녀는 남은 내력을 모조리 끌어올리고 우측 절벽을 향해 몸을 날렸다.

순간 고개를 돌린 공야황의 몸이 둥실 허공으로 떠올랐다.

"어딜 가려고?"

단숨에 소영령의 뒤를 따라잡은 그가 우수를 뻗고 빠르게 휘저었다.

일순간 대기가 뒤틀리며 소용돌이가 일었다.

바로 그때였다.

바위틈에 몸을 숨기고 있던 혁련호운이 번개처럼 날아들었다.

두 번의 기회는 아예 생각할 수도 없는 상황. 단 한 번에 상대를 모든 것을 결정지어야 한다.

혁련호운은 전력을 다해 천강무령수를 펼쳤다.

콰과광!

양강의 두 기운이 정면으로 충돌하자 굉음이 고막을 울렸다.

동시에 혁련호운의 신형이 부딪친 반탄력을 이용해 하늘 높이 솟구쳤다.

'크윽! 엄청나군!'

가슴이 턱 막힌 혁련호운은 이를 악물고 균형을 잡았다.

"쥐새끼가 제법이로구나!"

어쩔 수 없이 땅에 내려선 공야황이 노성을 내질렀다.

그사이 소영령에 이어 혁련호운의 신형도 절벽을 넘어갔다.

한데 기이했다.

공야황도, 막 천평암에 도착한 순우연도 그리 급하지 않은 표정이다.

"천하를 향한 출정을 앞두고 번거로운 일이 생겨 죄송합니다, 해주."

"아주 재미있는 계집이야. 무공도 굉장하고. 몸만 성했으면 사사도 장담하지 못하겠는걸?"

"그 계집이 바로 신녀입니다."

"신녀?"

공야황도 신녀에 대해 들었던 터다.

유사가 혼자서 이기지 못하자 흑암과 함께 손을 썼다고 했다. 그리고 한 번 보면 넋을 잃을 정도의 신비한 미모를 지녔다 했다.

"예, 해주. 오늘 그 계집에게 수십 명이 당했습니다. 아무래도 이삼 일 정도 출정을 늦춰야 할지도 모르겠습니다."

순우연의 말에도 공야황은 별다른 변화를 보이지 않았다. 그것은 그리 중요하지 않다는 듯.

"흠, 신녀란 말이지?"

절벽 너머를 바라보는 공야황의 얼굴에 가느다란 웃음이 걸렸다. 마치 재미있는 장난감이라도 생긴 것 같은 표정이었다.

순우연은 그 모습을 바라보며 이를 지그시 깨물었다.

두 숙부를 비롯해 오십여 명이 신녀에게 죽임을 당했다. 게다가 신녀로 인해 천앙동의 괴인들마저 해주에게 들키고 말았다.

마음 같아서는 뒤쫓아가서 처참하게 죽여 버리고 싶었다.

그러나 절벽을 넘어간 이상 더 이상은 자신이 관여할 수 없게 되었다.

절벽 너머는 천해의 대지. 자신조차 마음대로 행동할 수 없는 금지인 것이다.

'아쉽게 되었군. 신녀를 해주의 노리개로 넘겨주고 말다니……'

한편, 절벽을 넘어간 혁련호운은 눈이 휘둥그레졌다.

너무 파래서 오싹한 기분이 드는 호수가 절곡 끝에 펼쳐져 있다.

호수를 둘러싼 깎아지른 절벽, 그 중간에 걸쳐진 회색빛 안개. 보이는 모든 것이 가슴을 서늘하게 한다.

'제기랄! 누가 신비지처 아니라고 할까 봐!'

그는 속으로 투덜대며 앞으로 달려갔다.

붉은 머리가 쫓아오기 전에 내상을 입은 '령'을 찾아 이곳을 빠져나가야 했다. 가능할지는 모르지만, 일단은 최선을 다하는 수밖에 없었다.

한데 그가 호수 쪽으로 다가갈 때다. 나직한 전음이 고막을 두드렸다.

"여기예요. 왼쪽 위로 올라오면 바위틈이 있어요."

혁련호운은 방향을 바꿔 좌측 절벽 위로 몸을 날렸다.

십 장쯤 올라가자 아래쪽에서는 보이지 않던 바위 틈바구니가 드러났다.

그녀는 그 안쪽의 벽에 등을 기대고 앉아 있었다.

혁련호운은 틈바구니를 비집고 그녀 옆으로 다가갔다.

"괜찮소?"

소영령은 고개를 젓고 전음으로 말했다.

"아직은 견딜 만해요."

그제야 자신의 실수를 깨달은 혁련호운이 어색한 미소를 지으며 전음을 보냈다.

"일단 운기부터 하시오. 내가 호법을 서줄 테니까."

"내 걱정 말고 당신도 내상을 돌봐요. 호법이 필요할 정도는 아니니까."

혁련호운의 얼굴이 속을 들킨 아이처럼 붉어졌다.

단 한 번의 격돌로 단전이 흔들렸다. 당장 내상을 치료하지 않으면 나중에 상당한 고생을 할 것이었다. 물론 그것도 무사히 이곳을 빠져나갔을 때의 이야기지만.

"알겠소."

얼마나 시간이 지났을까.

소영령은 운기를 마치고 눈을 떴다.

내력은 그럭저럭 팔성 정도 회복된 상태. 완전하진 않지만 당장은 그것만으로 만족해야 했다. 더 이상 이곳에서 시간을 보낼 수는 없는 일이었다.

그가 언제 자신들을 찾을지 모르는 것이다.

마침 혁련호운도 운기를 마친 듯 보였다.

소영령은 전음을 보내고 몸을 일으켰다.

"그자가 찾아내기 전에 이곳을 벗어나요."

"그럽시다."

한데 두 사람이 바위틈을 나가 절벽 아래로 고개를 내밀었을 때다. 공야황의 웃음소리가 계곡을 울렸다.

"하하하하! 이제 나오는가?!"

소영령과 혁련호운은 이를 악물고 절벽 아래를 내려다보았다.

"제기랄!"

혁련호운의 입에서 쌍소리가 저절로 흘러나왔다.

붉은 머리의 중년인이 바위 위에 앉아 있다. 자신들의 위치를 알고도 기다린 듯하다.

오만한 행동.

문제는 그럴 만한 자격이 있는 자라는 것이다.

혁련호운은 이를 악물고 소영령을 바라보았다.

"절벽을 올라가면 어떻겠소?"

그 말에 소영령의 눈빛이 흔들렸다.

"절벽을 통해 빠져나갈 수 있는 곳이라면 이곳이 천 년간 신비에 싸여 있지 않았을 거예요."

옳은 말이었다. 그래서 더 답답했다.

혁련호운은 이를 지그시 악물고 고개를 돌렸다.

"그럼 내가 저자를 막을 테니 소저 먼저 나가시오."

"그럴 수는 없어요. 차라리 둘이 함께 쳐요. 시간을 끌면 다른 자들이 몰려올 거예요."

소영령은 전음을 보내자마자 절벽 아래로 몸을 날렸다.

"령!"

혁련호운도 다급히 그녀의 뒤를 따라 절벽에서 뛰어내렸다.

소영령과 혁련호운은 각자의 무위만 해도 천하에서 적수를 찾아보기 힘들 정도다.

그런 두 사람의 합공을 막을 수 있는 사람이 천하에 몇이나 될까.

하지만 공야황은 그들이 상상할 수 없을 정도로 강했다. 십 초를 나누기도 전에 두 사람이 밀리기 시작했다.

도무지 사람을 상대하는 것 같지가 않았다.

공야황의 전신에서 흐르는 붉은 기운은 한천빙백소수공으로도, 천강무령수로도 뚫지를 못했다.

자신들의 장기로도 상대를 어찌하지 못하니 두 사람은 답답하기만 할 뿐이었다.

그렇게 이십여 초가 지날 무렵, 쾅! 하는 소리와 함께 혁련호운의 몸이 튕겨졌다.

"크윽!"

"제법이다만, 그 정도로는 본좌를 어찌할 수 없다, 애송이! 하하하하!"

득의만만해서 대소를 터뜨리는 공야황이다.

소영령은 혁련호운이 일어날 시간을 벌기 위해 전력을 다해 공야황을 막아섰다.

"흥! 쉽지 않을 것이다!"

그러나 그녀 혼자서 공야황을 막기에는 역부족이었다.

공야황의 혈천마마공은 천고제일의 마공다웠다. 단숨에 몸을 얼려 버리는 한천빙백소수공도 소용없고, 바위조차 얼려서 부숴 버리는 소수공도 통하지 않았다.

콰르릉!

뇌성벽력이 절곡을 울린 순간, 소영령의 몸이 일 장 밖으로 나가떨어졌다.

"흐윽!"

동시에 그녀의 얼굴을 가리고 있던 모자와 면사가 벗겨졌다.

찰나, 재차 공격을 하려던 공야황이 움직임을 멈추고는 소영령의 얼굴을 바라보며 눈을 홉떴다.

"오오오! 소문은 진실을 반도 설명하지 못했었구나!"

그의 입에서 경악과 환희에 찬 목소리가 흘러나왔다.

그때 몸을 일으킨 혁련호운이 혼신을 다해 그를 공격했다.

내상으로 인해 반 정도의 위력밖에 보이지 않는 천강무령수다. 전력을 다해도 상대가 되지 않는데, 절반의 위력으로 상대가 될 리 만무하다.

그래도 어쩔 수 없었다. 자신이 죽더라도 '령'은 살아야 했다.

"소저! 먼저 떠나시오! 내가 이자를 맡겠소!"

이맛살을 찌푸린 공야황은 자신의 홍을 깬 것이 괘씸한지 혁련호운을 향해 신경질적으로 손을 휘둘렀다.

"가려거든 네놈이나 지옥으로 가거라!"

쾅!

"커억!"

다시 한 번 혁련호운의 몸이 형편없이 나뒹굴었다.

그 시간은 그리 길지 않았다. 하지만 소영령이 몸을 추스르고 일어나기에는 충분한 시간이었다.

이번에는 그녀가 공야황을 향해 달려들었다.

공야황은 혁련호운이 달려들 때와는 달리 입가에 웃음마저 띠고 그녀의 공격을 받아냈다.

"후후후후! 인간 세상에 너 같은 아이가 있을 줄은 꿈에도

몰랐구나!'

조금 전보다 많이 약해진 장력이다. 행여나 소영령이 다칠
까 봐 염려해서 손을 약하게 쓰는 듯하다.

사로잡겠다는 뜻.

소영령은 공야황의 마음을 짐작하고 참담한 마음이 들었다.

바로 그때, 호수 저쪽에서 물 위를 날듯이 달려오는 사람들
이 보였다. 모두 여덟. 하나같이 등평도수의 경공을 자연스럽
게 펼치는 고수들이다.

'사사와 십암!'

자신의 판단이 잘못된 것이 아니라면 분명 그들이었다.

그들이 도착하면 빠져나가기는커녕 둘 다 죽거나 잡힐 것이
분명한 일.

콰릉!

그녀는 공야황의 일장과 맞부딪친 후 그의 힘을 역이용해
뒤로 멀찌감치 물러났다. 그래 봐야 오 장이 조금 넘는 거리였
지만, 몇 마디 하기에는 부족하지 않은 시간이었다.

그녀는 비틀거리며 몸을 일으키는 혁련호운에게 빠르게 전
음을 보냈다.

"혁련 공자, 이자는 나를 죽이지 않으려 해요. 하지만 당신
은 달라요. 그러니 저들이 도착하기 전에 어서 이곳을 떠나
요!"

말도 안 되는 소리다. 자신이 이곳에 온 이유는 단 하나,
'령'을 구하기 위해서다.

하거늘 어찌 혼자 도망을 친단 말인가!

"그럴 수는 없소!"

"당신이 가야 나도 홀가분하게 몸을 빼내죠! 어서 가요!"

혁련호운은 이를 악물고 소영령을 쳐다보았다.

그럴지도 몰랐다. 자신만 없으면 몸을 빼낼 수 있을지도 몰랐다. 아니면 자신의 도주를 막기 위해 괴인이 움직일 경우, 잘하면 소영령이 도주할 수 있을지도 모르는 일.

이러나저러나 자신이 움직여야 소영령에게 도움이 된다는 말이다.

"좋소. 대신 저자가 나를 쫓아오면 당신이 가시오. 알겠소?!"

그의 전음에 소영령이 미미하게 고개를 끄덕였다. 그런 일이 벌어지지 않을 거라는 걸 알고 있는 그녀였지만, 지금은 그렇게 해서라도 한 사람이나마 살아야 했다.

그때 공야황이 그녀를 향해 다가오며 자신만만하게 말했다.

"신녀, 너는 절대 내 손에서 벗어날 수 없느니라."

찰나였다. 소영령은 남은 공력을 모조리 끌어올리고서 공야황을 향해 쇄도했다.

"지금이에요!"

그와 동시, 입술을 피가 나도록 깨문 혁련호운이 뒤로 신형을 날렸다.

그는 사랑하는 사람을 남겨놓고 도망치는 자신이 한없이 원망스러웠다. 아무리 그녀를 위해 도주하는 것이라지만, 힘이 없어 등을 보여야만 한다는 사실에 피눈물이 흐를 것 같았다.

2

탁!

책을 덮은 공손양의 눈에 곤혹스러움이 떠올랐다.

'이상하군. 주군께서 이 책을 보지 않으신 건가?'

그럴 수도 있었다. 기천승이 찾아온 때와 자신에게 책을 넘겨준 시각은 차이가 그리 크지 않았으니까.

그래도 의혹이 가신 것은 아니었다. 최소한 혁련미려를 만났다는 것, 천선곡의 출입에 대한 것을 알아냈다는 것 정도는 기천승이 보고했을 것이 아닌가 말이다.

그렇다면 혁련미려가 가지고 있는 정보는 당장 달려가야 할 정도로 중요한 것이 아니다. 게다가 단순히 혁련미려를 만나보고 싶어 만사 제쳐 놓고 장안으로 달려갈 좌소천도 아니다.

공손양이 의아한 것은 당연했다.

좌소천이 왜 급하게 장안으로 달려갔을까?

어디 그뿐인가? 한 가지 의혹이 일자 다른 것도 이상하게 느껴졌다.

왜 뜬금없이 사랑 타령을 하며 자신에게 이상한 걸 물었을까?

그때다. 공손양은 문득 든 생각에 책을 다시 펴고 마지막 부분을 살펴보았다.

혁련호운이 한 여인을 구하기 위해 천선곡으로……

동시에 좌소천의 목소리가 메아리처럼 뇌리에서 울린다.
―사랑하는 사람을 구하러…….
단순히 혁련호운의 상황 때문에 나온 말이 아닌 것처럼 느껴진다.
두 가지를 겹쳐 생각하는 것만으로도 가슴에 전율이 인다.
'아무래도 느낌이 이상해. 명한이의 소식을 기다리기보다는 사람을 장안으로 보내서 상황을 알아봐야겠어.'
유비무환이라 하지 않던가. 나중에 좌소천에게 혼나더라도 한순간의 방심으로 일이 더 커지는 것은 막아야 했다.
"밖에 누구 있소?"
"예, 군사!"
"가서 사인학 호법을 오라 하시오."
눈치 빠른 사인학이라면 자신이 원하는 것을 알아올 터였다.

3

신시 초.
십수 명의 무사가 장안성의 동문을 통과했다. 영풍산장을 출발한 좌소천 일행이었다.

장안성에 들어선 그들은 천이당 정보원의 안내를 받아 곧장 임시 지부로 향했다.

이각 후.

서문 쪽 허름한 장원에 들어선 좌소천은 천이당 향주 오금상과 함께 뒤쪽의 별채로 갔다.

오금상이 혁련미려를 부르려 하자 좌소천이 손짓으로 말렸다. 그러고는 방 앞으로 다가가 직접 안쪽에 대고 말했다.

"접니다, 미려 누님."

안쪽에서 숨 들이켜는 소리가 들렸다.

갑작스런 좌소천의 출현에 놀란 듯했다.

"소천… 이야?"

"예. 안으로 들어가도 되겠습니까?"

잠시 침묵이 이어진 후에야 힘없는 목소리가 들렸다.

"들어와."

최대한 담담한 표정을 지으려 입가에 웃음마저 띤 혁련미려다.

하지만 좌소천은 그녀의 표정이 진심이 아니라는 것을 너무나 잘 알고 있었다.

"어떻게 여기까지 왔어?"

"천이당의 연락을 받았습니다."

"만인을 다스리는 궁주가 너무 가볍게 행동하는 것 아니야?"

"누님을 만나러 오는 일이 어찌 가벼운 일이겠습니까?"

혁련미려는 좌소천을 뚫어지게 바라보더니, 눈을 내리깔며 나직이 말했다.

"참 대단해. 소천이 나이에 천하제일이라 불렸던 사람이 누가 있었을까?"

"좋은 분들을 만난 덕분이죠."

혁련미려는 입술을 질겅질겅 깨물었다.

가슴에 쌓인 말은 많은데 무슨 말을 먼저 꺼내야 할지 몰랐다. 그러다 보니 자꾸만 말이 헛돌았다.

"요즘 천외천가 때문에 세상이 시끄럽지? 그들에게 사람들이 많이 죽었다며?"

아직 화산에서 벌어진 일은 모르는 듯하다. 하긴 장원에만 있었으니 하루 전의 일을 모르는 게 당연한 것인지도 몰랐다.

"많은 사람이 죽었습니다. 절대 그냥 놔두어선 안 되는 자들입니다."

천천히 고개를 끄덕인 혁련미려가 고개를 들었다.

그녀가 머뭇거리더니 화제를 돌렸다.

"천선곡을 나오다가 순우무궁을 만났어."

"저도 들었습니다. 제정신이 아닌 것 같다고 하더군요."

혁련미려의 눈이 커졌다.

"어떻게… 안 거야?"

"기천승이라는 분을 아십니까?"

"기 대협? 알아! 그분이 처음에 나를 구해줬거든."

혁련미려가 반색하며 말하고는 고개를 갸웃거렸다.

"그런데 소천이가 어떻게 그분을 알지?"

"제가 천외천가를 조사하기 위해 보낸 분입니다."

"아……!"

혁련미려의 커다란 눈이 가늘게 떨렸다.

"그러고 보면… 내가 소천이 덕분에 살아 있는 거네?"

그녀는 탁자 위에 올린 손을 만지작거리더니 가슴에 쌓인 말을 하나씩 꺼냈다.

"아버지하고 오빠, 우리 가족들, 그대로 놔둔 거 고마워……."

제천신궁이 좌소천의 손에 넘어간 거야 이미 벌어진 일. 원망해 봐야 돌이켜질 것도 아니다. 혁련미려는 그 일보다 가족이 무사한 게 더 안심이 되었다.

"그분들에게 원한이 있어 제천신궁을 차지한 것이 아닙니다."

"그래도… 아버지하고 오빠한테 많이 서운했을 텐데……."

"이전에 받은 도움이 있는데, 어찌 제 서운함만 생각하고 그분들을 책할 수 있겠습니까?"

"그렇게 생각해 주면 고맙고……."

"저는 오히려 누님이 저를 원망하지 않는 것이 고마울 뿐입니다."

혁련미려의 입가에 쓴웃음이 맺혔다.

"나로 인해 소천이가 선우 숙부와 사매를 잃는 아픔을 겪었는데, 내가 어떻게 소천이를 원망할 수 있겠어."

사매, 소영령에 대한 말이 나오자 좌소천의 표정도 어두워졌다.

　아직 확인된 것은 아니지만 천외천가에 간 여인이, 혁련호운이 구하려 하는 여인이 그녀일지도 모르는 상황이 아닌가.

　그때 문득, 혁련미려도 혁련호운의 일을 알아야 할 것이라는 생각이 들었다.

　"호운이 천외천가를 찾아갔습니다. 궁으로 가시거든 말씀드려 주십시오."

　한껏 눈이 커진 혁련미려가 외치듯 물었다.

　"호운이가? 호운이가 왜 그곳엘 간 거지?"

　"좋아하는 여인이 생겼나 봅니다. 그런데 그 여인이 천외천가를 찾아간 것 같습니다. 호운이는 그녀를 구한다고 갔고요."

　"뭐? 맙소사! 거기가 어떤 곳인데……!"

　혁련미려는 안절부절못하며 엉덩이를 들썩거렸다. 그러다 한 사람이 떠오르자 좌소천을 바라보며 중얼거렸다.

　"신녀도 그곳에 갔는데……."

　"……."

　이번에는 좌소천의 입이 다물리고 눈 가장자리가 가늘게 떨렸다.

　"신녀… 라고 했습니까?"

　"응, 그녀는 말하지 않았지만, 내가 보기에는 신녀 같았어. 모자하고 면사를 썼는데, 무공이 기 대협보다 훨씬 강했거든. 언뜻 보이는 눈도 소문으로 들었던 것처럼 너무 아름다웠고.

게다가 소문으로 들었던 것처럼 극음의 기운이 알게 모르게 흘러나오는데…….”

혁련미려의 말이 이어질수록 좌소천의 표정도 바위처럼 굳어졌다.

그럴지 모른다 생각했다. 확신은 없지만 느낌이 그랬다.

그래도 속으로는 제발 그녀가 아니기만 빌었다.

한데 혁련미려의 말대로라면 그녀가 바로 신녀, 소영령임이 분명하지 않은가!

그렇다면 한시가 급한 상황이다.

바위처럼 굳어진 좌소천의 표정에 쩍쩍 금이 갔다.

‘영령, 어쩌자고 그곳엘 갔단 말이냐?!’

혁련미려는 좌소천의 지나친 반응에 의아한 표정을 지었다.

“왜… 그래?”

이를 악문 좌소천의 잇새로 이지러진 목소리가 신음처럼 흘러나왔다.

“그녀가 바로…… 신녀가 바로… 제 사매, 영령입니다, 누님.”

“…맙소사! 어찌 그런……!”

혁련미려의 방을 나온 좌소천은 하늘을 올려다봤다.

소영령의 얼굴만큼이나 맑은 구름이 서쪽으로 빠르게 흐른다.

저 구름을 타고 가면 태백산까지 금방 갈 수 있을 것만 같다.

아직 무사할까? 혹시 다치지는 않았을까?

설마… 늦은 것은 아니겠지?

이제 자신이 택할 수 있는 길은 오직 하나뿐이다.

'내가 간다. 조금만 기다려라, 영령!'

물론 몰래 떠나지는 않을 생각이다. 밝힐 것은 밝히고 갈 것
이다.

자신의 마음을 알아주는 이 하나 없더라도!

세상이 자신을 향해 손가락질하더라도!

'여령은 이해해 주겠지.'

좌소천은 고개를 내리고 저만치 정원에 서 있는 도유관을
불렀다.

"도 호법, 사람들을 모아주시오. 할 말이 있소."

"예, 주군!"

잠시 후.

사람들이 다 모이자 좌소천이 자신의 뜻을 밝혔다.

"사매가 태백산 천외천가에 들어가서 위험에 처했소. 해서
나는 즉시 사매를 구하러 태백산에 다녀와야 하오. 그대들은
이곳에서 기다리다가, 내가 모레 아침까지 오지 않거든 곧바
로 영풍산장으로 돌아가도록 하시오."

사람들은 머리 위에 벼락이라도 떨어진 것마냥 멍한 표정으
로 좌소천을 바라보았다.

능야산이 다급히 말렸다.

"너무 위험합니다, 주군!"

사도진무가 말도 안 된다는 듯 소리쳤다.

"그게 무슨 말씀입니까? 사매를 구하러 태백산에 가겠다니 요? 걱정되는 마음을 모르는 바는 아니오만, 당장 전쟁을 앞둔 상황에서 수장이 그러한 일로 위험을 자초하겠다니요?"

"나로 인해 많은 아픔을 겪은 사매요. 나는 가지 않을 수가 없소."

"하아, 이거 참……."

사도진무의 말을 모르는 것은 아니다. 그러나 그녀를 그대 로 놔둘 수는 없는 일이다.

선우 백부가, 영령이 그리된 것은 결국 자신 때문이 아니었 던가.

설령 최악의 경우 이미 죽었다 해도, 가지 않은 상태에서 그 소식을 듣는다면 평생 죄의식 속에서 살아가야 할 터였다.

"너무 걱정할 것 없소. 비천사룡이 함께 가니 조심만 한다면 큰 위험은 없을 것이오."

그 말에 능야산이 자리에서 일어섰다.

"그럼 저희도 함께 가겠습니다, 주군."

도유관이 가느다란 눈으로 능야산을 흘겨보았다.

"그거야 당연한 일이 아닙니까? 호법이 괜히 호법입니까? 당연히 따라가서 주군을 지켜야지요."

적수웅과 황신양, 황보충, 영호단이 고개를 끄덕이며 자리를 박찼다. 그러자 묵령천의 사람들도 일제히 자리에서 일어났다.

"천외천가에 가는데 저희가 빠질 수는 없지요."

남은 사람은 사도진무뿐.

그는 난감한 표정으로 좌소천을 바라보더니, 한숨을 내쉬며 자리에서 일어났다.

"도대체 좌 궁주의 마음을 알다가도 모르겠습니다. 일 년도 안 돼 천하제일패의 자리에 오르실 정도로 냉철한 분이, 이제 한 여인을 구하기 위해 모든 것을 잃을지도 모를 모험을 하시려 하다니 말입니다."

좌소천의 입가에 고소가 맺혔다.

"사랑하는 사람 하나도 제대로 지켜주지 못하는 놈이, 천하를 얻은들 무슨 소용이 있겠소?"

그 말에 도유관이 평소의 그답지 않게 씩 웃었다.

"사도 공자, 저는 그래서 더 주군을 존경합니다. 사랑하는 사람을 위해 천하제일의 지위를 버릴 사람이 하늘 아래 몇이나 있을 거라 생각합니까?"

"하지만 그로 인해 좌 궁주의 신상에 이상이라도 생긴다면, 얼마나 더 많은 피가 강호를 적실지……."

사도진무가 말을 길게 끌며 고개를 저었다.

그러자 항상 입을 무겁게 닫고만 있던 황신양이 조용히 입을 열었다.

"그게 꼭 그렇지만도 않습니다."

"무슨 뜻이오?"

"별 탈 없이 궁주님의 사매를 구할 수 있다면 이후의 상황도 큰 변화가 없을 것입니다. 아니, 오히려 적에 대한 것을 더 많이 알게 될 테니 그 또한 성과라 할 수 있겠지요."

"문제는 그러지 못할 경우가 아니겠소?"

"그럼 저들도 그만한 타격을 받게 될 것입니다. 종남에 있던 자들마저 천선곡으로 되돌아가야 할지 모를 정도로 말입니다."

좌소천과 호위대를 곤경에 빠뜨리기 위해선 천외천가 역시 엄청난 희생을 치러야 한다. 그리되면 종남의 적도 얼마간은 움직이기가 힘들 것이다.

상황이 장기전이 될 수도 있다는 말.

황신양의 말을 이해한 사도진무의 눈이 반짝였다.

'흠, 그것도 나쁘지만은 않군.'

천하정세만을 뜻하는 것이 아니다. 정말 좌소천에게 무슨 일이 생긴다 해도, 전마성으로서는 손해 볼 것이 하나도 없는 것이다.

전마성과 철혈무제가 그 자리를 차지하게 될지도 모르는 일이 아닌가.

"좋소. 그럼 나도 가겠소."

결국 그도 고개를 끄덕이며 자리에서 일어났다.

한편, 종리명한은 돌아가는 상황을 지켜보며 표정이 굳어졌다.

'이, 이런! 공손 형님이 우려한 게 바로 이 일이었나?'

공손양은 자신에게 상황을 알리라 했다.

하지만 너무 급작스럽게 일이 벌어졌다.

천이당의 정보원들을 통해 말을 전하고 싶어도, 좌소천이 서두르고 있으니 시간이 날지 모를 판국이다.

'여유가 있을지 모르겠네.'

그때 좌소천의 목소리가 들렸다.

"정 그렇다면 함께 가지요. 한시가 급하니 바로 출발하겠소."

'젠장!'

좌소천이 호위대와 함께 임시 지부를 떠난 지 한 시진 후.

태양이 서쪽으로 완연히 기운 유시 무렵, 사인학이 말을 타고 장안에 도착했다.

그는 골목길을 세 번이나 헛돌고 난 후에야 천이당 임시 지부를 겨우 찾을 수 있었다.

"제길, 이렇게 구석에 있으니 찾기가 어렵지."

말에서 내린 사인학이 문을 두드리자, 문이 조금 열리더니 한 사람이 삐죽 머리를 내밀고는 좌우를 둘러본 후 조용히 물었다.

"무슨 일로 오신 거요?"

사인학은 호법패를 그의 코앞으로 내밀고는 자신의 정체를 전음으로 밝혔다.

"궁주님의 호법인 사인학이라 하오. 궁주님께선 안에 계시오?"

천이당의 무사는 눈을 가늘게 뜨고 호법패와 사인학을 번갈아 보았다.

호법패는 진품인 것 같았다. 그런데 호법이 궁주의 행방을 모른다 하니 의심이 되는 것이다.

사인학은 무사의 눈빛에 담긴 의미를 알아채고 눈을 부라렸다.

"혹시 다른 사람에게서 들었는지 모르겠는데, 내가 성질이
좀 지랄 같소. 해서 꾸물거리는 사람을 보면 석 달 열흘간 고
생을 시켜야 마음이 좀 풀린다오. 당신은 어떻소? 본래 꾸물거
리는 성격이오?"

흠칫한 무사는 그제야 사인학이라는 이름이 생각났다는 듯
재빨리 문을 열어주었다.

"정이라 합니다. 상황이 상황이니만큼 조심할 수밖에 없었
습니다. 이해해 주시기 바랍니다."

사인학은 고개 숙인 그의 뒤통수를 노려보고는 장원 안을
둘러보며 미간을 찌푸렸다.

"장원이 조용하군."

"영풍산장에서 오신 분들은 지금 안 계십니다."

막 장원으로 들어가던 사인학이 고개를 갸웃거렸다.

"안 계신다고? 그럼 화산으로 돌아가셨소? 이상하네. 오면
서 보지 못했는데……."

"그게 아니라, 어디를 가시는 것 같았습니다."

사인학의 미간이 꿈틀거렸다. 그때 공손양의 말이 귓속에서
맴돌았다.

"만일 주군께서 어디로 간지 모르겠거든, 혁련미려를 만나서
무슨 이야기를 나누었는지 알아보아라."

사인학은 그 말이 떠오르자 곧장 정이에게 물었다.

"혁련 낭자는 어디 계시오? 좀 만나봐야겠는데……."

정이가 멈칫하더니 조심스럽게 입을 열었다.

"그 일은 제 마음대로 할 수 있는 일이 아닙니다. 지부장님께 말씀드려 보겠습니다."

결국 사인학은 오금상을 통해 혁련미려를 만났다.

그리고 일각 만에 그녀의 방을 뛰쳐나와 다시 말을 타고 정신없이 영풍산장으로 달렸다.

"미치겠군! 대체 어떻게 돌아가는 판이야?!"

사인학이 영풍산장에 도착한 것은 저녁 어스름이 몰려올 무렵이었다.

공손양은 뛰듯이 안으로 들어온 사인학의 말에 입가로 가져가던 찻잔을 떨어뜨리듯 내려놓았다.

"신녀가 바로 주군의 사매였다고?"

"예, 형님."

먼지를 수북이 뒤집어쓴 사인학이 급히 혁련미려에게 들은 이야기를 늘어놓았다.

그동안 공손양은 파문이 일고 있는 찻잔을 바라보며 눈동자조차 움직이지 않았다.

이야기를 끝낸 사인학이 엉덩이를 들썩거렸다.

"형님, 뭔가 조치를 취해야 하지 않겠습니까?"

"조치라… 무슨 조치를 취해야 할까? 당장 사람들을 이끌고 태백산으로 쳐들어갈까?"

"그거야……. 아이구, 답답해!"

당장 가슴을 칠 것처럼 답답해하는 사인학이다.

공손양은 천천히 고개를 들고 그런 사인학을 바라보았다.

"사랑하는 사람을 구하기 위해 자신의 모든 것을 버릴 생각마저 하신 주군이다. 그런 주군을 위해 내가 할 수 있는 일이 뭐가 있을까? 나는 그것부터 찾아볼 생각이다, 인학."

"형님! 그렇게 태평하게 있다가 주군께 일이 생기기라도 하면……."

공손양이 조용히 웃었다.

"나라고 해서 어찌 걱정되지 않겠느냐? 하나… 그분은 하늘이시다. 천 년 강호사 이래로 가장 큰 하늘 말이다. 너는 주군을 믿느냐? 나는 주군을 믿는다만."

"무, 물론 나도 믿지요."

"그럼 기다려라. 아무리 급한 일이 있어도, 주군은 결코 앞만 바라보고 달려가는 분이 아니시니까."

"하지만……."

"물론 뭔가 대비를 하긴 해야겠지. 주군께서 계시지 않는 동안 흔들림이 있어서는 안 되니까. 가서 오행대의 대주분들과 장로님들을 모시고 와라."

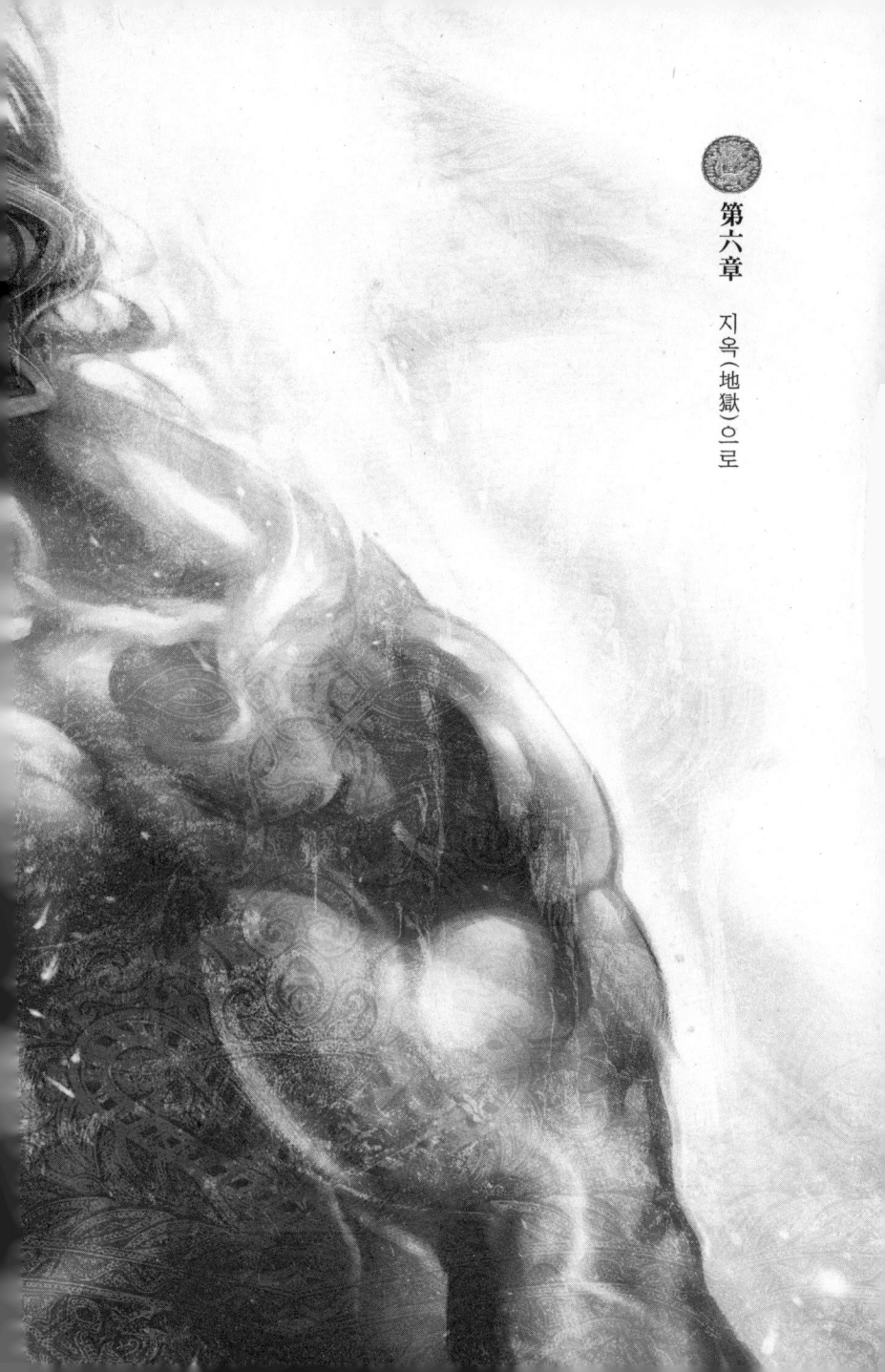

第六章

지옥(地獄)으로

기천승이 조사한 자료는 세밀하고도 정확했다.

그는 약초꾼들이나 다닐 법한 은밀한 길을 찾아놓았다. 거기에 더해 때로는 절벽에 가로막히고, 넓이가 오 장 정도 되는 작은 협곡도 있는, 상당한 경공술을 익힌 자만이 이동할 수 있는 길도 찾아놓았다.

좌소천은 기천승이 남긴 책자의 내용을 더듬으며, 태백산에서 오랫동안 살아온 사람처럼 자연스럽게 나아갔다.

정말 좌소천이 태백산에 처음 와보는 걸까?

의문이 들 정도로 거침없는 좌소천의 발걸음이다.

뒤를 따라가는 호위대들은 그런 좌소천의 거침없는 움직임에 왠지 마음이 편안해졌다.

적지에 들어온 것이 아니라 놀러온 기분이 들 정도였다. 갑자기 적을 만나도 담담할 것만 같았다. 심지어 주위에서 들려오는 자연의 소리가 정겹게만 느껴졌다.

그렇게 바람 소리, 풀벌레 소리, 밤새들의 울음소리를 벗 삼아 나아간 지 얼마나 되었을까. 빠르게 나아가던 좌소천이 바위 능선에 올라서더니 갑자기 걸음을 멈췄다.

뒤따르던 사람들도 뒤에 늘어서서 앞을 바라보았다.

저 멀리 칼날처럼 솟구친 수십 개의 봉우리가 보름달 아래 병풍처럼 늘어선 곳이 보였다.

좌소천은 그곳을 바라보며 나직이 입을 열었다.

"비천사룡만이 나와 함께 안으로 들어갈 것이오. 나머지 분들은 입구 근처에서 기다리도록 하시오."

"주군."

도유관이 그럴 수 없다는 듯 한 걸음 나서자 좌소천이 고개를 저었다.

"최대한 은밀하고 빠르게 움직여야 하오. 사람이 많으면 그럴 수가 없소."

그러고는 두말 않고 몸을 날렸다.

깎아지른 절벽 사이에 펼쳐진 안개 바다.

그곳의 경비무사는 모두 이십사 명. 전에 비하면 두 배로 보강이 된 상태였다.

그래 봐야 좌소천과 비천사룡이 그들을 쥐도 새도 모르게 처리하는 데는 숨 몇 번 쉬는 시간밖에 걸리지 않았다.

좌소천은 경비무사들을 단 한 명만 남겨놓고 모두 처리하고는, 주위의 동향을 살펴보았다.

아직 누구도 입구의 상황을 모르는 듯 아무런 움직임도 느껴지지 않았다.

그제야 좌소천은 살려놓은 경비무사의 마혈을 풀어주었다.

정신을 차린 경비무사가 고개를 들자 좌소천이 물었다.

"시끄럽게 한다면 나는 그대를 죽일 수밖에 없다. 하나 묻는 말에 대답만 잘하면 살 수도 있을 것이다. 선택은 네가 해라. 내 질문에 대답하겠는가?"

경비무사는 파르르 몸을 떨더니 이를 악물고 고개를 끄덕였다.

좌소천은 경비무사의 아혈을 풀어주었다.

"어제오늘, 천외천가에 누군가가 침입한 일이 있었지 않은가?"

경비무사의 고개가 쳐들렸다.

"있었습니다."

"침입한 자는 어떻게 되었지?"

"그, 그게… 정확히는 모릅니다. 금지로 들어가서…….."

"금지? 정확히 말해봐라."

경비무사는 어차피 모든 것을 포기한 듯 자신이 아는 것을 순순히 다 털어놓았다.

그러기를 일각.

좌소천은 경비무사의 수혈을 짚어놓고 회색빛 안개를 바라보았다.

신녀가 천외천가의 장로와 중견 고수들 수십 명을 죽이고 금지인 천해의 대지로 들어갔다고 한다. 와중에 누군가가 그녀를 도와주었다고 하는데 정확한 정체는 아무도 모른다고 했다.

문제는 그 이후였다. 경비무사의 말대로라면, 천해에 들어간 신녀가 어떻게 되었는지 아무도 아는 사람이 없다고 한다.

죽었는지, 살았는지.

'제발 살아만 있어라, 영령.'

좌소천은 소원을 빌 듯이 보름달을 한 번 바라보고는, 안개속으로 들어가기 전에 비천사룡에게 전음을 보냈다.

"내가 먼저 들어가서 진세를 약화시킬 것이오. 그러니 나중에 들어오도록 하시오."

금룡이 멈칫하는가 싶더니 고개를 끄덕였다.

그제야 좌소천은 어둠에 휩싸인 안개 속으로 발걸음을 옮겼다.

진을 통과하는 방법은 기천승의 책자를 보고 이미 숙지한 터였다. 문제는 비천사룡이 제대로 뒤를 따라올 수 있느냐 하는 것이었다.

좌소천은 그 문제를 해결하기 위해서 천천히 안개 속을 걸어가며 진세의 형태를 살펴보았다.

이십여 걸음을 옮기자 대충 진세가 머릿속에 그려졌다.

한데 한 가지 진이 아니었다. 자신이 잘못 안 것이 아니라면 두 가지 진이 혼합된 진세였다.

'하나는 귀원칠곡진(歸元七曲陣)이 분명한데, 나머지 하나를 잘 모르겠군. 진무진(眞霧陣) 형태인데…….'

아닐지도 모르지만 걱정할 것은 없었다. 안개를 생성시키는 진무진 형태의 진은 대부분 사람의 눈을 가리는 것이 목적이지, 목숨을 빼앗을 정도로 위험하지는 않았다. 그리고 실제로 이곳에 설치된 진도 귀원칠곡진을 감추기 위한 것이 목적인 듯 보였다.

일단 결론이 내려지자, 좌소천은 귀원칠곡진의 중심을 이루는 일곱 개의 바위로 접근해 하나씩 건곤신권으로 내려쳤다.

마지막 일곱 번째 바위가 모래처럼 부서져, 무너져 내린 순간, 안개가 출렁이는 듯하더니 살갗에 스미던 기이한 기운이 사라졌다.

이제 안개는 더 이상 천선곡의 방패 역할을 할 수가 없게 된 상태.

"이제 들어와도 되오."

좌소천의 전음에 비천사룡이 안개 속으로 들어왔다.

잠시 후.

입구를 손쉽게 통과한 좌소천과 비천사룡은 천선곡의 내부 모습이 눈앞에 드러나자 걸음을 멈추고 상황을 살펴보았다.

전체적인 모습은 혁련미려의 설명과 크게 다르지 않았다.

군데군데서 타오르는 화톳불에 끝도 보이지 않게 펼쳐진 건물들이 보인다.

고목과 건물들이 어우러져 오랜 세월의 흔적이 느껴진다.

한데 그 건물 사이사이에서 흘러나오는 경비무사들의 기운이 제법 삼엄하다.

신녀의 침입 이후 경계를 강화한 듯하다.

좌소천은 눈보다 감각을 더 믿고 움직였다.

천해가 있다는 서쪽 계곡 끝까지 가려면 십 리는 더 들어가야 한다고 했다. 그곳까지 가는 동안 천외천가의 경비에게 들키지 않아야 한다.

"무슨 일이 있어도 목적지에 도착할 때가지 들켜서는 안 되오. 만일 들키거든 최대한 빨리 상황을 처리하시오. 그도 안 되면 다른 사람을 위해 입구 쪽으로 가도록 하시오. 알겠소?"

좌소천의 전음에 금룡이 침중한 목소리로 대답했다.

"알겠습니다, 궁주."

좌소천은 금룡의 대답을 뒤로하고, 솜에 물이 스미듯 어둠 속으로 몸을 날렸다.

절벽 쪽은 화톳불이 거의 비치지 않았다.

경비무사들도 건물을 주로 지키고 절벽이나 외진 곳은 가끔 순찰만 돌 뿐이었다.

좌소천은 순찰무사들이 지나간 사이, 절벽의 음영을 이용해 빠르게 안쪽으로 이동했다.

그렇게 삼백여 장을 들어가자 십여 그루 고목이 하늘을 가렸다.

천외천가의 역사를 증명하듯 장정 대여섯 사람이 둘러야 겨우 손을 맞잡을 듯한 고목이었다. 좌소천은 그중 가지가 바깥쪽으로 뻗은 고목 위로 올라가 전면을 둘러보았다.

그때다. 어디선가 미약한 기운이 느껴졌다.

전면 건물 쪽에서 느껴지는 기운이 아니었다. 자신의 오른쪽, 고목이 밀집한 곳에서 느껴지는 기운이었다. 숨이 미약하고 고르지 못한 것이 부상을 입은 듯 느껴진다.

"궁주, 누군가가 고목에 은신하고 있습니다."

금룡도 느꼈는지 전음을 보내왔다.

"내가 살펴볼 테니 주위를 경계하시오."

좌소천의 명령에 비천사룡이 우측으로 바람처럼 사방으로 날아갔다.

좌소천은 그사이 기운이 느껴지는 고목으로 접근했다.

천선곡 내에 부상자가 은밀히 숨어 있을 이유는 하나뿐이다. 그가 천외천가의 사람이 아니라는 것.

바람처럼 소리없이 고목 위로 다가간 좌소천의 눈에 제법 큰 구멍이 보였다. 구멍 안은 바깥보다 훨씬 어두웠지만, 그러한 어둠으로는 좌소천의 눈을 가리지 못했다.

구멍 안에 앉아 있는 누군가가 보였다.

초췌한 모습, 흐트러진 머리카락 사이로 보이는 창백한 얼굴. 심각한 부상을 입은 듯 숨소리가 낮게 가라앉아 있었다.

그가 무엇을 느꼈는지 천천히 고개를 든다.

일순간 좌소천의 눈이 파르르 떨렸다.

'호운!'

경악한 좌소천은 재빨리 구멍 안을 향해 전음을 보냈다.

"호운! 나다, 소천!"

고개를 들던 혁련호운의 몸이 거세게 떨렸다.

"혀… 엉."

들릴 듯 말 듯 가늘게 흘러나오는 목소리. 그 말을 내뱉는 것이 그리도 힘든지 혁련호운의 입술이 잘게 떨린다.

좌소천은 손을 내밀어 혁련호운의 몸을 밖으로 끄집어냈다. 그러고는 주위를 자신의 기운으로 감싸고 혁련호운의 맥문을 통해 내력을 흘려 넣었다.

잠깐 사이 혁련호운의 몸 상태를 살펴본 좌소천의 표정이 무겁게 가라앉았다.

정체를 알 수 없는 사이한 기운이 혁련호운의 몸에 가득 차 있다. 뜨거운 듯하면서도 섬뜩함이 느껴지는 기운이다.

문제는 그로 인해 혁련호운의 혈맥과 장기가 심하게 훼손되었다는 것이었다.

'이게 대체 무슨 기운이지?'

좌소천은 미간을 찌푸린 채 일단 혁련호운의 몸에 부드러운 기운을 흘려 넣어 기력을 북돋아주었다.

혁련호운의 입이 열린 것은 반 각가량이 지나서였다.

"그만… 해, 형."

"어찌 된 일이냐, 호운?"

"그자… 정말 무서운 자였어."

누굴 만난 걸까? 누가 혁련호운의 가슴에 공포를 심어준 걸까?

혁련호운의 말이 이어졌다.

"그녀를……. 구해줘, 형."

어렵게 말을 잇는 혁련호운의 입에서 선홍빛 피가 흘러나왔다.

좌소천은 다급히 그의 몸을 앉히고 명문혈에 손을 얹었다.

"일단 네 몸부터 안정시켜라. 내가 도와줄 테니 몸 안의 이상한 기운을 밀어내."

그러나 혁련호운은 마른기침을 뱉어내며 고개를 저었다.

"쿨룩, 소용… 없어. 이미 엉망이 되어버렸어. 그자의 기운이 스며들었을 때만 해도 견딜 만했거든? 그런데 시간이 갈수록 그자의 기운이 내 내력을 잡아먹고……. 내부를… 갈기갈기 찢어놓더라고. 이곳에서 내상을 치료하고 그녀를 구하려 했는데……."

혁련호운은 소영령이 공야황을 막는 동안 절곡을 빠져나왔다. 천만다행으로 폭포 근처에 사람이 없었다. 아마도 공야황을 믿고 모두 철수한 듯했다.

내심 안도한 혁련호운은 근처에 몸을 숨기고 내상을 치료하려고 했다. 혈맥에서 기이한 기운이 느껴진 것은 바로 그때였다.

괴이한 기운은 내상을 치료하기 위해 끌어올린 그의 기운을 흡수하며 빠르게 온몸으로 퍼져 나갔다. 그러더니 어스름이 몰려올 즈음에는 몸을 가누기 힘들 정도로 만들어 버렸다.

다급해진 혁련호운은 날이 어두워지자 그곳을 빠져나와 입구 쪽으로 이동했다. 그곳에 있다가는 아무런 시도도 해보지 못하고 그 자리에서 죽을 것만 같았다.

그는 그렇게 의미없이 죽고 싶지 않았다.

몸을 치료하고 '령'을 구해야만 했다. 그 가능성이 단 일 할밖에 되지 않을지라도 할 수 있는 데까지 최선을 다해야만 했다.

하지만 그도 잠시, 천선곡을 빠져나가기도 전에 전신혈맥이 터져 나가는 고통이 밀려왔다.

그는 하는 수없이 새벽에 숨었던 고목의 구멍에 몸을 밀어넣고, 몸속에 깃든 괴이한 기운을 몰아내려 전력을 다했다.

그 결과 그의 몸은 더 이상 내력을 끌어올릴 수도 없는 상황이 되어버렸다.

"크크… 크크, 나는 이제 틀렸어…….."

자조의 웃음을 흘리는 그의 몸이 잘게 떨린다. 점점 많은 핏물이 그의 입술을 비집고 흘러나온다.

좌소천도 모르지 않았다. 그가 아는 한 혁련호운의 몸은 당장 고개를 처박고 죽는다 해도 하등 이상할 것이 없는 상태였다.

"호운, 포기하지 마라! 절대 포기하면 안 돼!"

"나도… 그러고 싶어, 혀… 엉."

"잠시만 참아라, 호운."

좌소천은 백룡을 향해 고개를 돌렸다. 그가 있는 곳은 기운으로 감싸여 있지 않았기에 전음으로 말하는 수밖에 없었다.

"백룡, 당신이 호운을 밖에 데려다 주시오. 그리고 그들에게 즉시 호운을 영풍산장으로 데려가라 하시오."

영풍산장에 있는 장로들이라면 혁련호운의 몸에 깃든 괴이한 기운의 정체를 알 수 있을지도 모른다.

문제는 그곳까지 갈 동안 견딜 수 있느냐 하는 것이었다. 그러나 지금으로서는 그 외에 다른 방법이 없었다.

"예, 궁주."

다가온 백룡이 조심스럽게 혁련호운의 몸을 안아 들었다.

그 모습을 보고 금룡이 급히 물었다.

"어떻게 하시려는 겁니까?"

좌소천은 백룡에게 내린 명령을 말하고는 그 이유를 설명해 주었다.

"밖으로 내보내 영풍산장으로 보낼 생각이오. 장로님들이라면 호운을 치료할 방법을 찾을 수 있을지도 모르는 일이 아니겠소?"

그 말에 금룡의 표정이 굳어졌다. 백룡이 혁련호운을 안고 밖에 나갔다 오려면 적지 않은 시간이 걸릴 것이었다. 한데 좌소천이 과연 그때까지 기다려 줄 것이냐 하는 것이 문제였다.

"궁주, 그럼 백룡이 갔다 올 때까지 이곳에서 기다리실 생각이십니까?"

"아니오. 이곳에서 시간을 너무 지체했소. 조금 힘들어지더라도 바로 출발합시다."

혁련호운까지 만나고 나니 마음이 조급해지지 않을 수 없었다.

게다가 지금은 한 사람의 고수보다 시간을 아끼는 것이 더 중요한 상황이었다.

좌소천은 그 말만 하고는, 백룡이 혁련호운을 안고 고목을 떠나자 즉시 방향을 서쪽으로 잡고 신형을 날렸다.

금룡은 한숨을 내쉬며 하는 수없이 그 뒤를 따라갔다.

2

"정말 예쁜 계집이야."

공야황은 붉게 물든 눈으로 침상에 누워 있는 신녀를 훑어보았다.

붉은 안개가 옅게 깔린 방.

홍옥으로 만들어진 침상에 백색 속옷만 입은 신녀는 눈이 부실 정도로 아름다웠다. 그나마 정신을 잃어 눈을 감고 있는 게 다행이라는 생각이 들 정도였다.

만일 신녀가 눈을 뜨고 있다면, 자신조차 부동심을 유지하기 힘들지 몰랐다.

누워 있는 그 자체로 세상을 뒤엎을 만한 유혹. 그런 여인이 신녀였다.

"세상에 이런 계집이 있었다니."

천해의 여자 이백여 명 중 절세미인이라 해도 부족하지 않은 여인이 수십 명은 되었다. 그러나 그 모든 여인을 합쳐도 신녀와는 비교가 되지 않았다.

공야황은 난생처음 여인이라는 존재에 흥미가 동했다.

혈천마마공은 여인을 가까이해서는 안 되는 무공. 하기에 수십 년 동안 금욕적인 생활을 해왔다.

한데 눈앞에 누워 있는 신녀를 바라보고 있으니 욕망이 저 밑바닥에서 꿈틀거리며 철벽보다 더 단단한 껍질을 깨고 기어 나오려고 한다.

자신의 의지를 배반하고 쿵쿵 뛰는 심장의 박동.

붉게 물든 공야황의 눈빛이 출렁였다.

마음 한구석에서 피어난 유혹이 한 번쯤 여인을 취해도 되지 않겠느냐며 속삭인다.

─그냥 취해. 까짓 거 공력 좀 손해 보면 어때? 남자로 태어나서 저런 여인을 놔두는 게 병신이지.

자신도 그러고 싶다. 그러고 싶어 미칠 지경이다.

문제는 조금 손해 보는 정도로 그치지 않는다는 것이다. 단한 번 욕망을 풀고 말 것이라면 몰라도, 눈앞의 여인을 취하면 절대 한 번으로 그칠 수 없다는 것을 그는 아는 것이다.

결국 신녀를 취하기 위해선 자신의 모든 것을 내놓아야 할지도 모른다는 말.

공야황은 그것이 마음에 걸렸다.

"크크크, 나의 마음이 흔들리다니. 태백산의 만년설보다 더 차갑게 얼어붙은 내 심장을 이렇듯 뛰게 만들다니. 아주 신선한 느낌이야."

보고 있으면 더 이상 견딜 수 없을 것 같은 기분.

공야황은 이를 지그시 악물고 몸을 돌렸다.

"천하를 취하고 난 후 너를 갖겠다, 신녀."

3

쿠르르르…….

밤하늘을 울리며 절벽 위에서 굵은 물줄기가 떨어져 내린다.

좌소천은 용추폭을 보고 융중산의 초려에서 본 족자의 구절 중 일부를 떠올렸다.

천년 피어난 안개를 뚫고 들어가니,
그곳이 바로 신선들이 산다는 무릉도원이 아니던가.
세상에 다시없을 기화이초(奇花異草) 만발하고,
하늘과 맞닿은 절벽은 병풍이 되어 끝도 없구나.
내 갈 곳 어디인가. 우자(愚者)는 세월도 잊고 걸었도다.
그렇게 용추(龍湫)를 넘어 무저(無低)의 바다를 건너니,
그곳에 세상 저곳으로 들어가는 커다란 구멍이 하나 있더라.

우자여, 그대는 아는가.

그곳이 바로 지옥의 입구라는 것을……

그는 그 구절이 천해로 들어가는 길을 가리키는 것이라 생각했었다.

한데 역시나 자신의 짐작대로였다.

그렇다면 다른 구절 역시 천해에 관련된 것일 터였다.

소영령을 구할 확률이 그만큼 커졌다는 말.

'제갈진우, 오늘 영령을 구할 수만 있다면, 그대와의 모든 원한은 한 점 티끌도 남기지 않고 모두 잊을 것이다.'

희망을 품은 좌소천은 용추폭(龍湫瀑)의 폭포 소리를 뛰어넘어 절곡을 따라 안으로 들어갔다.

얼마나 들어갔을까, 묵빛 호수가 눈앞에 드러났다.

호숫가로 간 좌소천은 호수 저 너머를 바라보았다.

직경이 칠십 장은 되어 보이는 호수 건너편은 높이를 알 수 없는 깎아지른 절벽이었다.

한데 천선곡 안이라는 것 때문인가, 아니면 누가 들어와도 상관없다는 자신감 때문인가. 어디에서고 경비무사의 기운이 느껴지지 않았다.

대신 불길하게 느껴지는 사이한 기운이 전신에 스멀거리며 스며들었다.

"호수를 건너갈 거요. 지금부터가 본격적인 천해의 요처라 할 수 있소. 각자 조심하시길 바라겠소."

귀청을 울리는 전음에 호수 건너편을 바라보던 금룡과 적룡, 청룡의 얼굴이 바위처럼 굳어졌다.

그들도 느끼고 있는 것이다. 건너편에서 전해지는 사이한 기운의 불길함을.

하지만 이제와 물러설 수는 없는 일. 그들은 좌소천이 호수를 향해 신형을 날리자 뒤를 따라 호수로 뛰어들었다. 마치 지옥을 향하는 심정으로.

좌소천과 삼룡은 섬뜩하리만치 물결 한 점 없는 수면을, 마치 빙판 위를 미끄러져 나아가듯이 달렸다.

그러다 어느 순간, 물 위에서 걸음을 멈춘 그들은 앞을 바라보며 숨을 멈췄다.

절벽과 호수가 맞닿은 부분. 그곳에서 커다란 동굴이 아가리를 벌리고 세상을 빨아들일 듯이 숨을 쉰다.

쉬이이이……. 후우우우웅…….

사자(死者)의 혼령을 빨아들이는 소리가 이러할까.

숨구멍으로 스미는 괴이한 기운에 오싹하니 소름이 돋는다.

지옥의 입구가 정말로 있다면, 바로 이곳일 것이었다.

'제갈진우가 그렇게 느낀 것도 당연하군.'

그러나 언제까지 바라만 보고 있을 수는 없는 일. 좌소천은 숨을 깊게 들이쉬고 다시 앞으로 나아갔다.

과연 영령이 이 안에 있을까?

아직도 살아 있을까?

그럴 것이다. 아니, 그래야만 했다.

'제발 살아만 있어라, 영령! 내가 반드시 구해줄 테니까!'

동굴 안은 생각보다 어둡지 않았다.

안쪽 깊은 곳에서 비치는 미약한 빛이 동굴 벽과 수면에 반사되어 그럭저럭 사물을 분간할 정도는 되었다.

완벽한 어둠이 존재할지 모른다 생각했는데, 그 정도면 좌소천 같은 절대고수에겐 대낮이나 마찬가지였다.

그렇게 얼마나 갔을까. 동굴 안으로 이어진 호수의 물은 삼십여 장을 더 들어간 후에야 끝이 났다.

좌소천과 삼룡은 물 위를 벗어나 바위에 올라서자마자 동굴 벽의 음영 속에 몸을 감추고 안쪽을 살폈다.

인기척은 여전히 느껴지지 않았다. 괴이하게 생각될 정도였다.

하지만 좌소천은 긴장을 늦추지 않고 벌레의 움직임까지 신경을 썼다.

'제갈진우가 남긴 글대로라면, 이곳의 입구 역시 기문진과 기관으로 막았다 했다.'

제갈진우와 천외천가 사이에 얽힌 사연을 알지는 못한다. 과거에 입었다는 은혜가 무엇인지도 모른다. 다만 분명한 것은, 그가 천외천가를 위해 몇 가지 일을 해주었다는 것이다. 그게 무엇이든.

한데 왜 족자에다가 천해의 비밀을 적어놓은 것일까?

좌소천이 짐작할 수 있는 이유는 한 가지뿐이었다.

나중에서야 자신이 한 일에 대해 회의감을 느낀 듯했다. 어쩌면 천해를 본 후 천외천가가 결코 정의로운 집단이 아니라는 것을 알았을지도 몰랐다.

어찌 되었든, 현재의 좌소천에게 제갈진우가 남긴 글은 한 줄기 빛과도 같았다.

좌소천은 그 빛줄기를 따라 움직였다.

동굴 벽에 사오 장 간격으로 박힌 야광옥을 따라 사십여 장을 들어가자 수라상이 새겨진 거대한 석문이 보였다.

좌소천과 삼룡은 그 석문의 오 장 앞에서 걸음을 멈추었다.

"이곳에서 대기하시오. 내가 석문을 열겠소."

좌소천이 먼저 전음을 보내고 곧장 석문으로 다가갔다.

수라의 입에 손을 넣고 세 번째 이를 잡아당기니 지옥세상이 열리도다.

섬뜩한 그 문구 역시 초려의 족자에 쓰여 있던 것이었다.

좌소천은 그 문구대로 움푹 들어간 수라의 입에 손을 넣었다.

순간 뭔가가 만져졌다. 수라의 이였다. 모두 여섯 개.

그는 오른쪽에서 세 번째 이를 붙잡고 천천히 잡아당겼다.

쿠르르…….

미미한 진동이 일며 석문이 천천히 움직였다.

좌소천과 삼룡은 신경을 곤두세운 채 옆으로 밀려나는 석문을 바라보았다.

석문은 다섯 자가량 옆으로 밀려나다 멈추었다.

좌소천은 조금도 머뭇거리지 않고 안으로 들어갔다. 삼룡도 다급히 그 뒤를 따라 석문을 통과했다.

석문 안쪽은 자연 동굴을 인위적으로 깎아 만든 통로였다.

언제 적이 나타날지 모르는 일. 좌소천과 삼룡은 벽에 바짝 붙어 빠르게 이동했다.

한데 기이하다. 삼십여 장을 가도록 아무도 나타나지 않는다. 이곳이 정말 천해가 맞는지 의문이 들 지경이다.

하지만 그도 잠시, 갑자기 걸음을 멈춘 좌소천의 눈이 부릅떠졌다.

바짝 뒤따르던 삼룡 역시 좌소천의 뒤에 멈춰 서서 입을 쩍 벌리고 눈을 휘둥그렇게 떴다.

"마, 맙소사!"

눈앞에 직경이 백 장 정도 되는 거대한 광장이 펼쳐져 있다.

사면은 깎아지른 절벽이고, 까마득히 높은 천장에는 구멍이 하나 뚫려 있다. 그 구멍으로 보이는 별빛이 유난히 찬란하다.

실로 엄청난 광경!

밑동이 직경 백 장이나 되는 거대한 호리병과 같은 지형이었다. 태백산 안에 이러한 곳이 있다는 것을 누가 알 수 있을까.

'천 년의 세월 동안 아무도 몰랐던 것이 당연하군.'

그러나 언제까지 바라만 보고 있을 수도 없는 일. 좌소천은 곧바로 마음을 가라앉히고 전면을 살펴보았다.

깎아지른 절벽 밑에 벌집처럼 뚫린 수십 개의 동굴. 그곳에서 사이한 기운이 흘러나온다.

영령이 만일 이 안에 있다면, 저 많은 동굴 중 어딘가에 있을 것이다.

문제는, 저 많은 동굴들을 일일이 확인할 수가 없다는 점이다.

그러기 전에 적에게 발각되어 생사를 가르는 싸움이 벌어질 테니까.

이를 지그시 악문 좌소천은 동굴 중에서도 유난히 강한 기운이 흘러나오는 곳을 찾아보았다.

얼마나 지났을까. 좌소천이 고개를 돌려 삼룡을 바라보았다.

"이곳부터는 나 혼자 들어갈 것이오. 그대들은 여기에서 기다리다가, 만약에 무슨 일이 생기면 그때 움직이시오."

"궁주, 괜찮겠습니까?"

"저 안에선 혼자 움직이는 것이 차라리 낫소."

틀리지 않은 말이었다. 네 사람이 동시에 안으로 들어간다면, 적에게 들킬 확률도 그만큼 높아진다.

금룡도 그 사실을 알기에 적극적으로 만류하지는 않았다.

"알겠습니다. 하나 소란이 일면 바로 들어가겠습니다."

좌소천은 고개만 한 번 끄덕이고는 곧바로 신형을 날렸다. 유난히 강한 기운이 흘러나오는 곳 중 하나를 택해서.

물론 그곳에 소영령이 있을 거라고는 생각지 않았다. 하지만 고위 인물이라면 소영령이 어떻게 되었는지, 어디에 있는지 정도는 알 것이 분명했다.

좌소천이 택한 동굴은 왼쪽에 외따로 떨어져 있는 일곱 개의 동굴 중 하나였다.

자신이 택한 동굴로 유령처럼 스며들어 간 좌소천은 무진도를 뽑아 들었다.

간간이 야광옥이 박힌 동굴은 생각보다 깊었다. 인위적으로 파낸 동굴로 보였는데, 단순히 기거하기 위해 만든 동굴인 듯했다.

그렇게 십여 장가량 안으로 들어갔을 즈음, 동굴이 꺾어지는 곳에서 첫 번째 인기척이 느껴졌다.

누군가가 동굴 안에서 나오고 있었다.

좌소천은 동굴이 꺾어지는 곳으로 조심스럽게 접근해서 인기척이 가까워지기를 기다렸다.

어느 순간, 한 사람이 불쑥 나오더니 좌소천을 향해 몸을 돌렸다. 삼십대로 보이는 장한이었다.

"누구⋯⋯?"

장한의 눈이 커진 순간!

서걱!

좌소천은 추호도 망설이지 않고 무진도를 휘둘렀다.

삼십대의 장한은 눈만 크게 뜬 채 비명도 지르지 못하고 무너졌다.

좌소천은 무너져 내리는 삼십대 장한을 재빨리 끌어당겨 한쪽에 처박아놓고, 다시 걸음을 옮겨 안쪽으로 들어갔다.

가장 강력한 기운이 느껴지는 곳은 동굴 끝에 있는 석실 안에서였다. 그곳까지 남은 거리는 십여 장 정도. 그는 그 거리를 가는 동안 좌우 석실에서 나오는 자 셋을 더 베었다.

그렇게 동굴 끝에 있는 석실 앞에 멈춰 섰을 때였다.

"누가 감히 허락도 없이 이곳에 들어온 것이냐?"

석실 안에서 나직한 책망과 함께 끈적끈적한 기운이 밀려왔다.

좌소천은 대답 대신 석실 안으로 들어갔다.

가부좌를 튼 채 앉아 있던 중년인이 말없이 들어선 좌소천을 노려보았다.

"네놈은 누군데……?"

그의 말이 끝나기도 전이었다.

좌소천이 한 발 앞으로 내딛는가 싶더니 무진도를 휘둘렀다.

순간 한 줄기 번개가 중년인을 향해 쭉 뻗었다.

전력을 다한 절공참의 일도!

"헛!"

중년인은 급살 맞은 표정을 지으며 뒤로 몸을 튕겼다.

시뻘건 피가 그의 어깨에서 뿜어지며 팔 하나가 바닥에 툭 떨어졌다.

동시에 좌소천의 좌수가 중년인을 덮쳤다.

입을 떡 벌린 중년인은 남은 우수를 뻗어 좌소천의 좌수에
맞섰다.

퍽!

"커억!"

벽으로 처박힌 중년인의 입에서 억눌린 신음이 흘러나왔다.

좌소천은 그제야 손을 멈추고는 무심한 눈으로 중년인을 바
라보았다.

"묻겠다. 오늘 신녀가 천해에 들어왔는가?"

"크, 크, 외부인이었던가? 죽일 놈. 네놈이 감히 이곳이 어딘
줄 알고……."

팔이 잘리고 내부가 진탕되어 혈맥이 터졌을 것이거늘, 조
금도 기가 죽지 않은 표정이다.

좌소천은 묵묵히 그에게 다가갔다. 그러고는 아무런 말도
하지 않고 무진도의 칼등으로 중년인을 후려쳤다.

촌각도 아까웠다. 설령 상대가 자신을 악마로 여긴다 해도,
소영령의 위치를 알기 위해서는 무슨 짓이라도 할 것이었다.

퍽! 퍽!

좌소천은 고통을 극대화시키는 혈만을 골라 후려쳤다.

내력을 실어 내부 깊숙한 곳까지 고통이 파고들게 때렸다.

그렇게 십여 대를 후려치자 중년인의 얼굴이 서서히 일그러
졌다.

중년인, 마흔대 부대주 갈수격은 삼혼관(三魂關) 중 마혼관(魔魂關)을 실질적으로 책임지고 있는 자였다. 그는 그 자리에 오르기까지 사람이 겪을 수 있는 온갖 고통을 겪으며 수련을 해왔다.

하기에 팔이 잘리고 근육이 잘게 부서지는 고통 정도는 신음 소리 한 번 안내고 참아낼 자신이 있었다.

그러나 그때는 살 수 있을 거라는 희망이 있었기에 고통을 참아낼 수 있었다.

처참한 고통 이후에 죽음만이 있다는 것을 알고 당하는 고통은 그때의 고통과 또 달랐다.

더구나 죽어도 상관없다는 듯 무표정한 얼굴, 무심한 눈빛으로 후려치는 좌소천이다. 아무런 질문도 없이.

그 모습이 갈수격을 더욱 두렵게 했다.

"크윽, 차라리… 그냥 죽여…….'

퍼벅! 퍽!

"이… 악마 같은…….'

퍽! 퍽! 퍽!

"커억, 제발… 죽여…….'

퍽! 퍽!

한참 만에야 질문이 떨어졌다.

"신녀가 들어왔나?"

퍼벅!

"들어왔…….'

갈수격의 입에서 대답이 절로 나왔다.

좌소천은 매질을 멈추고 무심히 물었다.

"죽었나?"

"살아… 있다."

"어디 있지?"

처음서 끝까지 고저없는 목소리에 변함이 없다.

갈수격은 덜덜 떨리는 몸으로 겨우 입을 열었다.

"해주님이… 데리고……."

좌소천은 소영령이 살아 있다는 말에 환호라도 지르고 싶었다. 그러나 환호는 그녀를 구한 다음에 질러도 충분했다.

"해주의 거처는 어디지?"

갈수격의 눈동자가 폭풍을 만난 배의 돛처럼 흔들렸다.

"그, 그건……."

"어차피 그대가 아니어도 말해줄 사람은 많아. 그러니 말을 하고 안 하고는 그대의 자유다. 단, 말해주면 고통없이 죽여주지."

갈수격이 힘들게 눈을 들어 좌소천을 바라보았다.

질펀한 핏물 위에서 버둥거리는 그의 몸짓이 처절하기만 했다.

"설마… 바깥세상 놈들이… 다 네놈처럼 독한 것은… 아니겠지?"

"너희들이 나를 이렇게 만들었다. 차라리 이곳에서 천년만년 살 것이지, 왜 밖으로 나왔단 말인가?"

"그런… 가?"

갈수격의 흔들리던 눈동자가 안정을 찾았다. 이제 곧 편안하게 죽을 수 있다는 생각에 모든 것을 포기한 듯했다.

"해주님의 거처는 오른쪽 제일 큰 동굴에……."

좌소천은 그가 말하는 동굴이 어디인지 대충 짐작할 수 있을 듯했다. 아주 강한 기운이 느껴지던 동굴이 몇 곳 있었다. 오른쪽 제일 큰 동굴이라면 그중 하나였다.

좌소천은 그가 그 말을 끝으로 입을 닫자, 약속대로 사혈을 찍어 갈수격을 고통없이 죽였다. 그러고는 미련없이 몸을 돌려 석실을 나왔다.

생각보다 쉽게 영령의 상황과 해주의 거처를 알아내긴 했지만, 진정한 위험은 이제부터가 시작이었다.

잠시 후.

동굴 입구에 도착한 좌소천은 벽에 몸을 붙이고 광장의 상황을 살펴보았다.

해주의 거처가 있는 동굴까지는 삼십여 장 정도.

밤이 늦은 시각이라서 그런지 오가는 자가 보이지 않았다.

동굴에서 나온 좌소천은, 자신이 마치 천해의 사람인 양 자연스럽게 움직였다.

완전히 패쇄된 이곳에 외부인이 들어왔다는 것을 아무도 모르는 상황. 아마 누가 본다고 해도 별다른 의심을 하지 않을 터였다.

한데 때마침, 그가 삼십여 장을 걷는 동안 한 사람도 광장으로 나오지 않았다.

하늘이 그를 돕는 것 같았다.

해주의 거처가 있다는 동굴에 도착한 좌소천은 조금도 머뭇
거리지 않고 태연히 안으로 들어갔다.

그러나 그것은 겉모습일 뿐, 그의 모든 신경은 극도로 곤두
선 상태였다.

어찌 그러지 않으랴.

안으로 들어가면 다시 나올 수 없을지도 모른다.

영령을 구하지 못하고 헛되이 목숨을 잃을지도 모른다는 말
이다.

당연히 천하의 좌소천조차 한 걸음 한 걸음이 조심스러울
수밖에 없었다.

그렇게 이십여 장이나 들어갔을까. 좌소천의 미간이 찌푸려
졌다.

주위의 여느 동굴보다 크고 화려한 해주의 동굴은 길이도 길
었고, 벽에는 온갖 조각들이 새겨져 화려하게마저 느껴졌다.

한데 기이했다.

해주의 동굴이라면 당연히 뛰어난 자들이 지키고 있을 거라
생각했다. 느껴지는 기운 자체가 여느 동굴보다 강했으니까.

하지만 생각과 달리 동굴 안에는 사람이 보이지 않았다. 동
굴의 끝에 거의 다 이를 때까지.

좌소천은 그게 더 불안했지만, 그렇다고 걸음을 멈추지는

않았다.

　쿠르르르…….
　석실의 문이 열리자 옅게 깔린 붉은 안개가 두 눈에 가득 찼다.
　일순간 석실 안을 바라보던 좌소천의 눈이 거세게 떨렸다.
　붉은빛을 발하는 홍옥 침상 하나. 그 위에 백색 속옷을 입은 여인이 눈을 감은 채 누워 있다.
　인간 세상의 여인이라기에 믿을 수 없을 정도로 아름다운 얼굴. 그러면서도 자신에게는 그저 귀엽게만 보이는 모습.
　분명 소영령이었다.
　"영령……."
　좌소천은 소영령을 뚫어지게 바라보며 석실 안으로 들어갔다.
　눈을 감고 있다는 것은 정신을 차리지 못하고 있다는 말이었다. 그런 소영령을 보고만 있을 수는 없는 일이 아닌가.
　한 걸음, 두 걸음.
　소영령에게 가까워질수록 좌소천의 가슴도 뛰었다.
　'일어나라, 영령. 깨어나라, 깨어나서 나를 봐라. 제발 나를 보고 기억을 되찾아라, 영령!'
　그러나 소영령이 누워 있는 홍옥 침상 앞에 도착한 순간, 좌소천은 소영령에게서 느껴지는 사이한 기운에 표정이 딱딱하게 굳어졌다.

'이, 이건… 호운에게서 느껴지던 기운?'

저 기운으로 인해 호운의 몸이 엉망이 되었다. 비록 호운에게 깃든 기운보다는 약하다지만 안심할 수는 없는 일.

좌소천은 급히 손을 뻗어 소영령의 손목을 잡았다.

맥문을 통해 진기를 흘려 넣던 그의 이마에 주름이 졌다.

'이상하군. 같은 것 같으면서도 달라. 내부를 장악하기는 했는데, 피해는 끼치지 않고 있어.'

다만 문제는, 그로 인해 소영령이 정신을 차리지 못하고 있다는 것이었다.

좌소천의 마음이 다급해졌다.

빨리 이곳을 빠져나가서, 무슨 일이 벌어지기 전에 소영령의 몸에 깃든 사이한 기운을 몰아내야만 했다.

'서둘러야겠어!'

좌소천은 오른손으로는 소영령의 목 뒤로 한 손을 넣어 어깨를 잡고, 왼손으로는 다리를 잡고 들어 올렸다.

손바닥에 전해지는 뭉클한 느낌. 한없이 부드러운 소영령의 몸이 구름처럼 안겨들었다.

바로 그때, 가공할 기운이 뒤쪽에서 밀려들었다.

"누구도 이곳에 들어와서는 안 된다 했거늘, 웬 놈이 감히!"

곧이어 나직한 노성이 좌소천의 귀청을 터뜨릴 듯이 울렸다.

좌소천은 목소리만으로도 상대의 무위를 짐작하고, 정체마저 유추할 수 있었다.

'그다! 손자기 말했던 천해의 해주, 공야황!'

노성은 바로 옆에서 지른 듯 귀청을 울렸지만, 그가 아직 석실에 들어온 것은 아니었다.

좌소천은 재빨리 소영령을 등 뒤로 돌려 업고 그녀의 옷자락을 앞으로 해서 단단히 묶었다.

그 순간 공야황이 석실 앞에 나타났다.

붉게 달아오른 바위와 같은 표정. 부동심을 지녔다는 그가 소영령으로 인해 극한의 분노를 드러내고 있었다.

"이놈! 그녀를 내려놓아라!"

그의 목소리가 석실을 무너뜨릴 듯이 흔들었다.

하지만 좌소천은 소영령을 내려놓지 않았다.

상대가 강하다는 것을 모르지 않았다. 상대는 혼자 몸으로 싸워도 이길 수 있을까 싶을 정도의 고수다.

그러나 싸우다 보면 다른 사람들이 몰려올 것이다. 아니, 어쩌면 지금도 몰려오고 있을 게 분명했다. 그리되면 영영 소영령을 데리고 나갈 수 없을지도 몰랐다.

소영령을 놔두고 갈 수는 없는 일이었다. 절대로!

그나마 다행이라면, 상대가 자신이 누군지 아직 모르고 있다는 것이었다.

"내 말이 안 들리느냐?!"

또다시 노성을 내지른 공야황이 석실로 들어서며 손을 뻗을 때였다.

좌소천이 앞으로 날아가며 무진도를 빼 들었다. 순간!

번쩍!

묵빛 벼락이 붉은 안개를 가르고 공야황을 향해 뻗쳤다.

전력을 다한 천공멸혼(天空滅魂)!

공야황의 표정이 급변했다.

생각지도 못했던 가공할 위력의 도세!

공야황은 다급히 신법을 펼쳐 좌소천의 일도를 피했다.

찰나!

천공멸혼을 펼치던 기세 그대로 좌소천의 신형이 번개처럼 석실을 빠져나갔다.

뒤늦게 속았음을 안 공야황은 극한의 분노를 참지 못하고 좌소천의 뒤를 따라 신형을 날렸다.

"어디서 감히 잔머리를!"

좌소천은 그가 따라오든 말든 쏘아진 살처럼 통로를 달렸다.

사람들이 몰려오기 전에 빠져나가야 한다. 입구가 막히면 빠져나갈 길이 없다.

'아무리 빨리 반응했어도 아직 막히지는 않았을 것이다.'

그런데 소영령을 업어서인지 거리가 조금씩 가까워진다.

팔 장의 거리가 육 장, 오 장으로 가까워지자 공야황의 숨소리가 목덜미 뒤에서 들리는 듯하다.

"네놈은 절대 이곳을 빠져나갈 수 없다!"

그때다. 동굴 입구에 거의 도착한 좌소천이 한 발을 축으로 삼아 휙 몸을 돌렸다.

"그건 두고 봐야 알겠지!"

동시에 무진도가 다시 벼락을 뿜어냈다.

공야황은 뜻밖의 공격에 급격히 몸을 틀며 쌍장을 떨쳤다.

묵빛 벼락과 시뻘건 혈장이 마주친 순간!

콰르릉! 쩌정!

동굴이 흔들리며 벽면에 새겨진 조각들이 쩍쩍 갈라졌다.

좌소천은 작심하고 펼친 일격인 반면, 공야황은 경황 중에 펼친 반격이었다.

그 바람에 공야황은 혈천마마공을 칠성밖에 끌어올리지 못한 상태. 실력이 대등한 절대고수가 공력의 차이를 보였으니 결과가 좋게 나올 리 없었다.

무진도의 도세에 뒤로 튕겨진 공야황의 얼굴이 더욱더 붉어졌다. 자신이 밀렸다는 게 믿어지지 않는다는 눈빛이다.

그사이 좌소천은 충돌의 반탄력을 이용해 광장으로 날아갔다.

"이, 이런 일이!"

공야황은 도무지 믿을 수가 없었다.

비록 칠성의 공력이라지만, 그 정도면 사사라 해도 함부로 받을 수 있는 공격이 아니다. 한데 상대는 자신을 밀려나게 하고, 그 힘을 역이용하기까지 한다.

그는 광장으로 날아가는 좌소천을 보며 곤혹한 표정을 지었다.

"대체 저놈이 누군데 이리도 강하단 말인가?"

묘하게도 그 바람에 분노가 상당 부분 가라앉았다.

이미 광장에는 무슨 일인가 싶어 수십 명이 나와 있는 상태. 개중 십암 중 몇이 보이고, 은사(隱師)와 광사(狂師)도 자신들의 거처를 나서고 있었다.

그는 분노를 가라앉히고 동굴을 나섰다.

'흥! 어디 재롱을 더 부려봐라!'

한편, 좌소천도 상당한 충격을 받은 상태였다.

등에 업은 소영령을 보호하기 위해 내력의 일부를 돌렸기 때문이다. 하지만 아무런 표도 내지 않고 자신의 앞을 막는 적을 향해 무진도를 휘둘렀다.

등에 소영령을 업은 상태인데도 그의 움직임은 거침이 없었다.

무진도가 휘둘러질 때마다 어둠이 갈기갈기 찢기고 진저리 치며 터져 나간다.

쩌저저적! 콰광!

항거할 수 없는 거력이 담긴 도세!

순식간에 그의 앞을 막은 천해의 무사 십여 명이 신음을 흘리며 무너져 내렸다.

"놈을 막아라!"

"크억!"

"허억!"

좌소천의 도는 거기서 멈추지 않았다.

줄기줄기 쏟아지는 묵빛 벼락!

좌소천이 공격을 한 지 얼마 되지 않아 삼십여 명이 쓰러졌다.

바로 그때, 세 명의 중년인이 좌소천을 향해 날아들었다.

그들에게서 뿜어지는 기세가 전신을 짓누른다.

비천사룡보다도 강해 보이는 자들!

'십암인가?!'

사사는 아니다. 그렇다면 십암 중 셋일 가능성이 컸다.

좌소천은 십성 공력이 실린 무진도를 들어 맨 앞에 날아드는 자를 가리켰다.

무진도의 도첨에서 묵광이 번쩍이고, 무애일광이 펼쳐졌다!

쾅!

"허억!"

일성 굉음과 함께 날아들던 자가 신음을 토하며 허공으로 튕겨졌다.

가슴에서 폭죽처럼 터져 나오는 시뻘건 선혈!

나머지는 둘. 게다가 뒤에선 공야황이 다가온다.

좌소천은 십암 중 둘을 향해 마주 쇄도하며 무진도를 종횡으로 그었다.

천망회류참이 펼쳐지며 십여 줄기 묵광이 전면을 덮쳤다.

콰르릉! 콰광!

서너 번의 벽력음이 연이어 광장을 뒤흔들었다.

사방으로 퍼져 나가는 강기의 소용돌이!

그와 동시, 십암 중 둘, 마암(魔暗)과 철암(鐵暗)이 와락 일그러진 표정을 지은 채 뒤로 주르륵 물러섰다. 적지 않은 충격을 받았는지 입가에 핏물마저 보인다.

좌소천도 주춤거리며 두어 걸음 물러섰다. 그의 얼굴도 계속된 충격에 해쓱해졌다.

소영령을 업고서, 그것도 내력을 둘로 나눈 상태로 공야황의 일격을 받고, 십암 중 셋을 상대한다는 것은 좌소천으로서도 힘들 수밖에 없는 일이었다.

그러나 절대적으로 해야 할 일이 있는 사람에게는 없는 힘도 생기는 법이었다.

"차앗!"

좌소천은 머뭇거리지 않고 천해로 들어서는 입구를 향해 신형을 날렸다.

그와 동시, 두 인영이 유령처럼 좌소천의 머리 위로 날아들었다.

"케케케. 감히 본 해에 들어오다니, 간덩이가 부은 놈이로구나!"

"어딜! 네놈은 절대 이곳을 빠져나갈 수 없다!"

좌소천은 이를 악물고 신형을 멈추지 않았다.

절대경지의 고수들, 십암보다 더 강한 자들이다.

빼빼 마른 몸에 턱이 뾰족한 백발노인과 커다란 덩치에 검은빛이 나는 피부를 지닌 노인. 둘 다 화산에서 만났던 마사와 유사에 비해 약한 자들이 아니다.

'이번에는 사사 중 둘인가?'

분명 그런 듯했다.

한데 바로 그 순간, 공야황의 목소리가 광장을 울렸다.

"뒤에 있는 신녀가 다치지 않도록 해라!"

수하들이 죽어가는 와중에 내려진 명령이다.

신녀에 대한 미련을 버릴 수 없다는 강력한 의지.

그의 목소리가 울리자 좌소천을 공격하려던 두 사람의 기운이 갑자기 약해졌다.

그 차이는 그리 크지 않았다. 그러나 그 작은 차이가 좌소천에게 천금 같은 기회를 만들어주었다.

좌소천은 허공에서 떨어져 내리는 두 사람을 향해 전력을 다한 일도를 펼쳤다.

멸악천궁참(滅惡天穹斬)!

어둠이 잘게 부서지며 사사 중 두 사람, 은사(隱師)와 광사(狂師)를 덮쳤다.

"헛! 그건?!"

"흡!"

눈앞을 가득 메운 검강의 파편!

은사와 광사의 입에서 경악성과 헛바람 빠지는 소리가 절로 터져 나왔다.

콰과과광!

세 사람의 기운이 정면으로 부딪치며 그 여파가 십여 장 내의 모든 것을 휩쓸었다.

"크악!"

"으헉!"

찰나간에 십여 명이 강기의 광풍에 휩쓸려 지옥의 강을 건넜다.

덕분에 전면의 포위망이 뚫린 상황.

좌소천은 목구멍에서 기어오르는 혈류를 억누르고 재차 신형을 날렸다.

끈질긴 좌소천의 도주에 공야황조차 질린 탄성을 내뱉었다.

절대고수 세 사람과 그에 근접한 세 사람이 막아섰다. 한데도 그들의 공격을 물리치고 여전히 몸을 날리는 좌소천이 아닌가.

"참으로 강하고도 지독한 놈이로다!"

그러나 좌소천은 그의 탄성에 대답해 줄 여유가 없었다.

은사와 광사가 또다시 공격을 해오고 있는 것이다.

"네놈은 누군데 멸악천도를 아는 것이냐?!"

멸악천도를 아는 자가 또 있었던가?

의문이 일었지만, 지금 중요한 것은 그것이 아니었다.

좌소천은 아무런 대꾸도 하지 않고 통로를 향해 신형을 날렸다.

삼룡이 입구에서 튀어나온 것은 바로 그때였다.

"궁주! 저희가 막겠습니다! 어서 피하십시오!"

소란이 이는 순간 기회를 봐서 뛰어들 생각이었다. 하지만 워낙 갑작스런 상황 전개에 뛰어들 틈이 없었다.

그러던 차, 세 절대고수의 격돌로 인해 포위망이 뚫리고 기회가 온 것이다.

삼룡은 좌소천이 달려오자 무기를 뽑아 들고 마주 달렸다.

한데 삼룡이 일찍 가세하지 않은 바람에 일이 묘하게 흘렀다. 은사와 광사는 물론이고, 공야황마저 그들을 천해의 인물로 착각하고 여유를 부린 것이다.

"켈켈켈, 목숨을 걸고 그놈을 막아라!"

"네놈은 더 갈 곳이 없다! 순순히 신녀를 내놓아라!"

한데 그때였다. 좌소천은 등 뒤에서 느껴지는 꿈틀거림에 눈을 부릅떴다. 소영령이 깨어난 것 같았다.

연속된 충격이 그녀의 정신을 깨운 것이었지만, 지금은 그 이유를 생각할 정신이 없었다.

좌소천은 그녀가 깨어났다는 것만으로도 반가워서 급히 소리쳤다.

"영령아! 깨어났느냐?!"

―영령아!

그 말이 벼락이 되어 소영령의 뇌리를 뒤흔들었다.

자신을 그렇게 부를 수 있는 사람은 세상에 오직 한 사람뿐이다.

'오! 맙소사!'

충격이 너무 커서 이곳이 어딘지, 왜 이곳에서 좌소천의 목소리가 들리는지 의문조차 들지 않았다.

"오, 오빠? 소… 천 오빠?"

벼락은 소영령의 뇌리에만 떨어진 것이 아니었다.

좌소천의 머릿속에도 떨어졌다. 환희의 벼락이었다.

"너! 이제 기억을 찾았구나!"

"어, 어떻게 오빠가……?"

그러나 두 사람이 이야기를 나누기에는 상황이 너무 다급했다.

"조금만 기다려라. 곧 밖으로 나갈 테니까! 내 목을 꼭 잡아!"

옷자락으로 묶은 것과 스스로 움직일 수 있는 것과는 하늘과 땅 차이였다.

소영령이 좌소천의 몸에 꼭 달라붙자 움직임이 훨씬 편해졌다.

더구나 소영령이 서서히 내력을 일으키고 있는 상태.

빠져나갈 수 있는 가능성 역시 더 커졌다.

'좋았어!'

그 순간, 삼룡이 눈앞에 다가오고, 뒤의 은사와 광사도 오 장 간격까지 뒤쫓아왔다.

좌소천은 삼룡에게 재빨리 전음을 보냈다.

"놈들이 그대들은 자기편으로 알고 있소. 나를 치는 척하면서 놈들을 공격하시오!"

그 말에 삼룡이 무기를 들어 좌소천을 향해 쇄도했다.

동시에 은사와 광사가 괴소를 흘리며 좌소천의 등을 공격했다.

찰나였다. 좌소천과 삼룡이 서로를 스쳐 가는 듯하더니, 은사와 광사를 향해 전력을 다한 공격을 쏟아냈다.

"허엇! 이놈들이!"

"무, 무슨 짓이냐!"

절대의 경지에 오른 두 사람과 그에 근접한 무위를 지닌 삼룡이다.

오 장의 간격이 좁혀지는 것은 찰나의 순간이었다.

콰과과광!

"크윽!"

난데없는 날벼락에 은사와 광사의 신형이 뒤로 튕겨졌다.

좌소천을 향하던 공격의 방향을 바로 바꾸었다지만, 완벽하게 방어할 수 있을 정도는 아니었다.

상당한 충격을 받은 듯 뒤로 튕겨진 두 사람의 얼굴이 와락 일그러졌다.

옆구리와 어깨 부위에서 핏물이 스멀거리며 배어 나온다.

그 광경을 보고, 여유있게 따라오던 공야황이 노성을 내지르며 몸을 날렸다.

"이제 보니 한패가 있었구나!"

그는 삼룡이 상대할 수 있는 자가 아니었다. 넷이라면 한동안 버틸 테지만, 셋이라면 십여 초 버티기도 버거울 터였다.

그사이 동굴의 통로 입구에 도착한 좌소천은 소영령을 내려놓았다.

"잠깐만 기다려라. 저 사람들을 구해올 테니까."

"오빠……."

"걱정 마라! 천하에서 나를 어떻게 할 수 있는 사람은 아무도 없다!"

좌소천은 호쾌하게 한 소리 내질러 소영령을 안심시키고 삼룡을 향해 날아갔다.

반대편에서 천해의 공야황이 날아온다. 삼룡의 급습에 충격을 받고 튕겨 나간 은사와 광사도 분노에 찬 표정으로 다시 공격할 태세다.

좌소천은 삼룡의 뒤로 날아가며 급히 전음을 보냈다.

"금룡! 당신은 즉시 두 사람과 함께 뒤로 빠져서 영령을 데리고 이곳을 빠져나가시오!"

좌소천의 전음에 금룡의 몸이 멈칫했다.

"궁주……?"

"어서!"

하지만 금룡의 흔들림은 찰나에 불과했다.

그는 도리어 좌소천을 향해 소리쳤다.

"아닙니다! 가실 분은 당신입니다. 주군을 지켜야 할 우리가 아닙니까?! 어서 가십시오!"

그사이 공야황이 코앞에 닥쳤다.

"뒤로 물러서시오!"

일갈을 내지른 좌소천은 무진도에 십성 공력을 흘려 넣고 공야황을 향해 마주쳐 갔다.

공야황 역시 좌소천을 무시하지 못하고 구성의 혈천마마공을 끌어올렸다.

일순간 두 사람의 기운이 광란의 폭풍처럼 휘몰아치면서 일대가 아수라장이 되어버렸다.

콰르르릉! 콰과광!

그 여파에 은사, 광사는 물론이고, 모든 사람들이 황급히 뒤로 몸을 뺐다.

눈 깜짝할 새에 오 초의 공방을 주고받은 두 사람은 공간이 터져 나가는 충격에 각자 칠팔 장 뒤로 날아갔다.

좌소천은 통로의 입구까지 물러나서, 근처에 있는 삼룡에게 소리쳤다.

"금룡! 명을 듣지 않겠다는 것이오?!"

"저희가 도주한다 해도 천선곡을 벗어날 수 없을 것입니다! 하지만 당신은 저희와 다릅니다! 그래도 모르시겠습니까?!"

바락바락 소리친 금룡이 호탕한 웃음을 터뜨렸다.

"하하하! 형제들아! 우리 함께 주군을 위해 이곳에서 뼈를 묻자! 어떠냐! 멋진 죽음이 아니겠느냐?!"

"대형! 그거야 당연한 임무가 아닙니까!"

"그럽시다, 까짓 거! 죽음을 두려워한데서야 어디 무사라 할 수 있겠습니까?!"

"들으셨습니까!"

그때 멀찌감치 밀려났던 공야황과 은사, 광사, 십암 중 넷이 좌소천 등을 향해 빠르게 다가왔다.

금룡이 좌소천을 바라보며 외쳤다.

"뭐 하십니까? 정녕 저희들의 죽음을 헛되이 만들 생각이십니까?!"

'멍청한 작자! 지금이라도 가란 말이야!'

좌소천이 대답하기도 전이었다.

금룡과 적룡, 청룡이 전면으로 나섰다.

"통로의 좁은 입구에서 저들을 막으면 더 오래 버틸 수 있을 것입니다. 그사이 이곳을 빠져나가십시오!"

틀린 말은 아니었다. 적어도 십여 초는 더 견딜 수 있을 것이다. 그 시간이면 통로를 빠져나가기에 족한 시간이었다.

물론 자신이 막는다면 훨씬 더 오래 견딜 터였다. 그러나 금룡의 말대로, 그들만으로는 천선곡을 빠져나가기가 쉽지 않다는 것이 문제였다.

게다가 자신 역시, 천해의 절대고수들 손에서 무사히 벗어날 수 있을지 장담할 수 없었다.

좌소천은 도저히 삼룡의 의지를 꺾을 수 없다는 걸 알고 몸을 돌렸다.

결심이 선 이상 망설일 것이 없었다.

그는 재빨리 소영령을 업고 허공에 대고 소리쳤다.

"그대는 멍청이요, 금룡!"

"하하하하! 그래도 조금은 멋진 멍청이지요!"

한 사람을 구하기 위해 세 사람을 잃을 판이다.

누가 더 귀중한 사람인가 하는 것은 문제가 아니다. 다음에 또 이런 일이 있다면 그는 똑같은 선택을 할 것이 분명하다.

좌소천으로선 그 점이 삼룡에게 미안하기만 했다.

'정말 미안하오, 금룡, 적룡, 청룡!'

그가 그들을 위해 할 수 있는 일은 오직 하나뿐이었다.

이곳을 무사히 빠져나가는 것!

좌소천은 눈시울이 찡해지는 것을 느끼며 이를 악물고 신형을 날렸다.

"이놈! 어딜 도망가는 것이냐!"

뒤에서 공야황의 목소리가 들린다.

곧이어 삼룡과 천해의 고수들 간에 격전이 벌어지며 악다구니가 터져 나온다.

통로를 울리는 소리가 고막을 두들긴다.

가슴이 찢어지는 듯하다.

'내 죽을 때까지 오늘의 일을 잊지 않으리다!'

그렇게 통로를 달린 그가 입구의 석문을 열고 호수를 향해 달려갈 때였다.

석문 안쪽 통로에서 공야황의 노성이 터져 나왔다.

"어림없는 짓! 신녀만은 꼭 되찾고야 말겠다, 이놈!"

'삼룡이 벌써 당했단 말인가?'

그렇지는 않을 것이다.

아무리 공야황이 강하다 해도, 사사와 십암 중 몇이 함께 손을 썼다 해도 삼룡 역시 단 몇 초 만에 꺾일 정도로 약하지 않다.

공야황 등도 상당한 충격을 받은 상태. 삼룡이 통로를 막고 싸우면 십여 초는 견딜 수 있을 것이다.

더구나 그들은 목숨을 내던진 사람들.

아마 공야황은 삼룡의 처리를 수하들에게 맡기고 곧장 자신을 쫓아오고 있는 것일 터였다.

신녀, 소영령을 빼앗기 위해서!

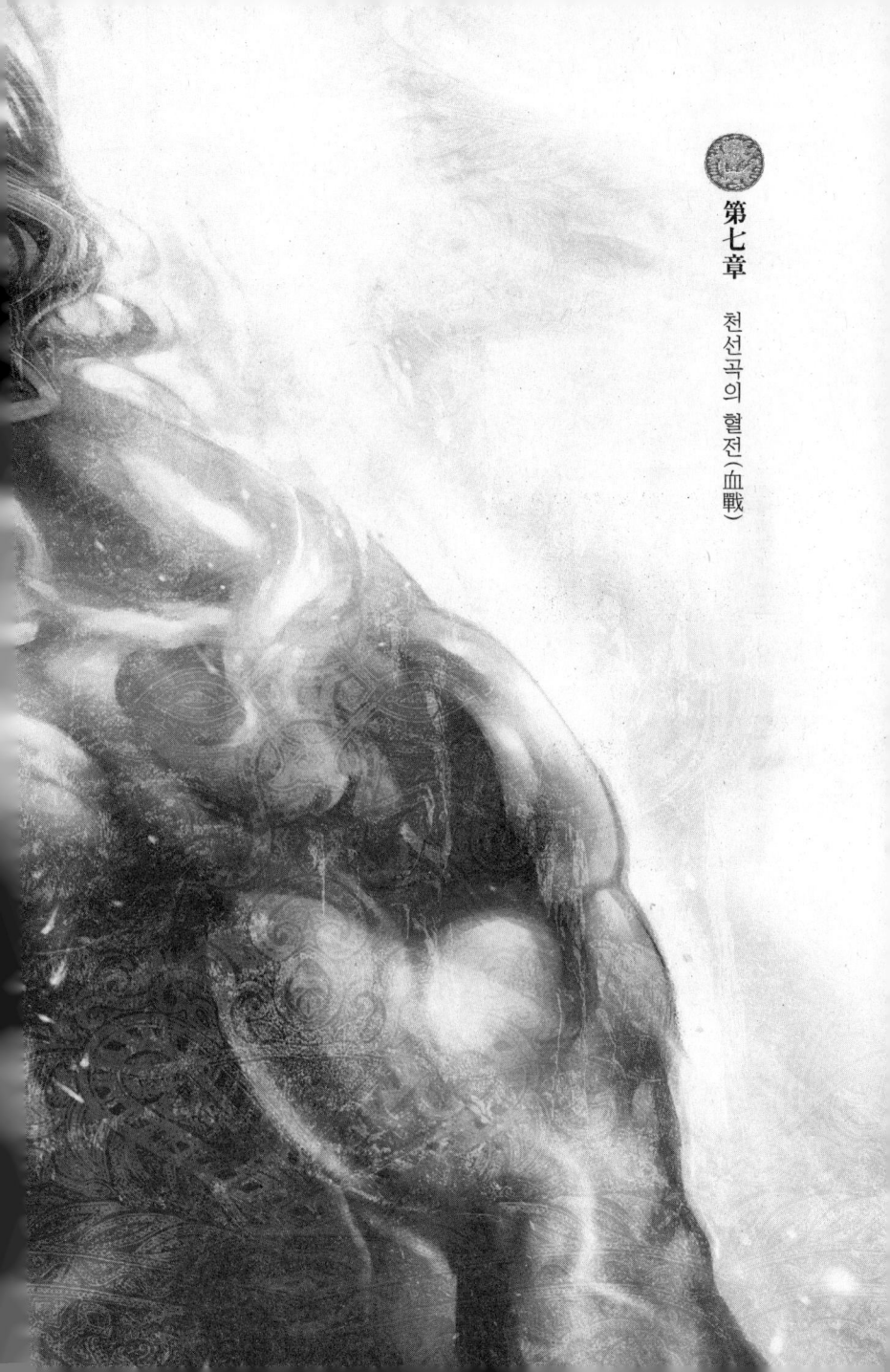

第七章

천선곡의 혈전(血戰)

絕對天王

소영령을 업은 좌소천은 단숨에 호수를 건넜다.

등에서 뜨거운 물기가 느껴졌다.

우는 것인가?

'왜 우느냐, 영령아. 울지 마라.'

그녀는 더 이상 천하를 공포에 떨게 했던 냉혹한 신녀가 아니었다. 좌소천의 등에서는 그저 다리 다친 물새를 보고 눈물 흘리던 연약한 소영령일 뿐이었다.

"미안해요, 오빠. 저 때문에 저분들이……."

"네가 미안해할 것 없다. 미안해해야 할 사람은 나지, 네가 아니다."

"그래도 저 때문에 저 안에서 나오지 못했잖아요."

"너 때문이 아니다. 나 때문이지. 그게 그들의 임무였으니까."

오직 궁주를 지키기 위해 수십 년을 살아온 사람들. 그게 비천사룡이다. 그들은 오늘 죽을지 몰라도, 그들의 모습은 좌소천의 가슴에 영원히 남아 있을 것이었다.

좌소천은 호수를 건너자 물줄기를 따라 용추폭 쪽으로 달려갔다.

뒤에서 여전히 공야황의 기운이 느껴진다. 호수를 건너는 사이 두 사람 사이의 거리가 이십여 장으로 좁혀진 상태.

그나마 다행인 것은, 공야황이 혼자서 쫓아오고 있다는 것이다. 소리를 지르면 천외천가가 깨어날 텐데도 그러지를 않는다.

아마 거리가 가까워지자 자신 혼자서도 잡을 수 있다 생각한 듯했다. 아니면 천외천가에 천해의 변을 알리기 싫었을지도 몰랐다.

'저자가 소리를 지르면 천선곡이 깨어난다. 방법을 찾아야 돼!'

좌소천은 몸을 날려 용추폭의 절벽에서 천평암으로 날아 내렸다.

그때였다.

"주군! 접니다!"

도유관의 전음이 들리더니 세 사람이 천평정의 구석진 어두운 곳에서 뛰어나왔다. 도유관과 능야산과 백룡이었다. 나중에 혼나더라도 도저히 밖에서 기다리고만 있을 수 없어 들어온 듯했다.

어쩌면 눈앞의 세 사람 외에 나머지도 모두 들어와 있을지 모르는 일.

순간, 그들을 본 좌소천의 눈빛이 반짝 빛을 발했다. 자신의 명을 어겼지만, 지금은 그것을 따질 때가 아니었다.

"영령아, 너는 저 사람들과 함께 이곳을 빠져나가라."

"오빠는?"

"나는 공야황을 막고 상황을 봐서 몸을 빼내겠다."

"오빠……."

소영령의 안타까운 목소리가 귓전을 맴돈다.

하지만 그녀를 설득시키기에는 시간이 없었다.

공야황의 가공할 기운이 용추폭을 뒤덮은 채 밀려드는 것이다.

"기껏 도망간 것이 여기더냐?!"

좌소천이 다급히 도유관에게 소리쳤다.

"도 호법, 그대들은 영령을 밖으로 데려가시오. 나가거든 즉시 나머지 사람들과 함께 영풍산장으로 돌아가도록 하고!"

좌소천은 등에 업힌 소영령을 황급히 도유관에게 건네주었다.

"소천 오빠……."

"주군, 저희도……."

소영령과 도유관이 동시에 좌소천을 불렀다. 그러다 곧 하얇게 질린 표정으로 허공을 올려다보았다.

회색빛 어둠이 출렁인다.

전신을 짓누르며 밀려오는 가공할 기운!

맙소사! 이건 자신들이 어찌할 수 있는 기운이 아니다.

그때 좌소천의 다급한 목소리가 빠르게 고막을 울렸다.

"천외천가가 깨어나기 전에 어서 가시오! 그대들이 가야 내가 마음 놓고 싸울 수 있소. 영령, 무슨 말인지 알지?"

도유관은 그제야 상황이 생각보다 더 급하다는 것을 깨달았다.

천외천가가 아무리 강하다 해도 좌소천을 잡아둘 수는 없을 터. 문제는 자신들과 소영령이었다.

"알겠습니다, 주군. 소저, 실례하겠습니다."

소영령의 기다란 속눈썹이 잘게 떨렸다.

도유관의 등에 업히면서도 그녀의 눈은 좌소천을 떠나지 않았다.

자신이 혁련호운에게 했던 말을 그대로 좌소천이 한다.

어떤 결과가 나올지는 아무도 모른다.

하지만 자신은 가지 않을 수가 없다. 자신이 좌소천에게 도움 줄 수 있는 것은 그것밖에 없으니까. 혁련호운처럼.

'그래요, 오빠. 갈게요! 가서 기다릴게요! 꼭 돌아오셔야 돼요!'

도유관은 소영령을 업자마자 전력을 다해 몸을 날렸다. 그 뒤를 능야산과 백룡이 뒤따랐다.

순식간에 어둠 속으로 사라지는 네 사람이다.

홀가분해진 좌소천은 무진도를 빼 들고는 전 공력을 끌어올린 채 전면을 바라보았다.

천평암을 뭉개 버릴 것 같던 가공할 기운이 좌소천의 기운과 부딪치며 사방으로 퍼져 나간다.

칠 장 높이에서 떨어지던 용추폭이 공야황의 기운에 사방으로 흩어진다.

자욱이 피어나는 물보라!

허공에서 천천히 내려서는 공야황의 표정이 무겁게 가라앉았다.

경악과 분노와 곤혹감이 가득한 눈빛.

좌소천의 강함은, 그로 하여금 소영령에 대한 욕망조차 뒤로 미루게 했다.

"네놈은 대체 누구더냐?"

좌소천은 무진도를 옆으로 늘어뜨린 채 담담히 말했다.

시간을 끌어야 했다. 조금이라도 더 시간을 끌면 도유관 등이 소영령을 데리고 밖으로 나가는데 도움이 될 터였다.

"귀하가 천해의 해주, 공야황이오?"

"그렇다. 본좌가 바로 공야황이니라."

"나는 천소라 하오."

좌소천이 장난하듯이 과거에 썼던 가명을 말해주었다.

"천소?"

공야황의 눈이 찌푸려졌다.

"참으로 대단하구나. 이름조차 처음 들어본 자가 본좌를 이리도 놀라게 하다니."

"귀하도 대단하오. 아마 오제 구마 육기라 해도 귀하 앞에선 이름을 자랑할 수 없을 거요."

공야황의 눈빛이 묘하게 번뜩였다.

"후후후후, 그딴 놈들은 결코 본좌의 적수가 아니다."

"내가 생각해도 그럴 것 같소."

"본좌는 지금껏 천하에 적수가 없을 거라 생각했다. 하나… 이제 생각을 바꿔야 할 것 같구나."

"세상에는 뜻밖으로 강한 사람이 많소. 아마 나 외에도 그대의 적수가 될 사람이 몇 더 있을 거요."

"흥! 과연 그럴까?"

"물론이오. 순우연만 해도 충분히 그대의 적수가 될 테니까 말이오."

공야황의 눈매가 꿈틀거렸다.

인정할 수 없다는 눈빛이었다.

"아마 그대가 순우연의 모든 것을 알게 되면 내 말을 이해할 수 있을 것이오."

마치 자신이 순우연을 잘 알고 있다는 듯 말하는 좌소천이다.

공야황의 눈빛이 흔들렸다.

"그래도 그는 나의 적수가 될 수 없다. 그는 나의 하인일 뿐이니까."

"글쎄, 그도 과연 그렇게 생각할 거라 보시오?"

생각보다 공야황이 더 깊숙이 끌려온다.

지금쯤 도유관 등은 천외천가의 건물이 밀집한 곳에 도착했을 터. 좌소천은 보다 더 담담한 말투로 공야황을 대화의 함정에 끌어들였다.

"듣자니 순우연이 비밀리에 키우는 고수들이 엄청나다고 하더이다. 천해에서는 그 사실을 알고 있소?"

"물론이지. 후후후, 그는 결코 우리의 눈을 속일 수 없다."

"그럼 사령이라는 괴물에 대해서도 알고 있겠구려."

"사령?"

"모르오? 약물로 만든 괴물인데 말이오. 그들말고도 알려지지 않은 초절정의 고수들이 상당히 많다고 하던데… 천앙동이라는 곳에 말이오."

공야황이 차갑게 굳은 눈으로 좌소천을 노려보았다.

"그들은 알고 있다. 저번에 봤지."

"그들이 사사와 십암을 견제하면 천해도 천외천가를 마음대로 하기가 쉽지 않을 것이오."

"그건 네가 걱정할 것이 아니다. 너는 네 목숨부터 걱정해야 할 것이야."

공야황이 더 길게 말할 것 없다는 듯 혈천마마공을 더욱 강하게 끌어올렸다.

하지만 좌소천은 조금도 동요하지 않고 그의 말에 태연히 대꾸했다. 몇 마디 하는 시간이면 도유관 등이 건물 하나를 무사히 지나칠 수 있을 것이었다.

"하긴 내가 천해와 천외천가의 동상이몽을 걱정할 필요는 없겠지. 하나……."

좌소천이 여전히 담담한 말투로 말꼬리를 길게 끌자, 공야황의 전신에서 퍼져 나오던 혈천마마공이 슬며시 잦아들었다.

'뭘 모르는 건가, 아니면 자신감인가?'

좌소천은 그 모습을 바라보며 말을 이었다.

"천해와 천외천가가 밖으로 나가서 싸우면, 세상이 그만큼 더 피로 물들 것이 아니겠소? 나는 그것이 걱정될 뿐이오."

"후후후, 쓸데없는 걱정을 하는군. 순우연은 나의 하인일 뿐이다. 주인과 하인은 싸우지 않지. 다만 잘못을 저지른 하인을 벌 줄 뿐. 본좌는 천하를 차지한 후 그의 잘잘못을 따질 것이다."

"천하를 아시오? 돌아다녀 봤소? 천하는 그대가 생각하는 것보다 더 넓소. 그것을 모르는 한 당신은 절대 천하를 차지할 수 없소."

지금까지와 달리 비아냥거리는 듯한 말투다.

공야홍의 차갑게 가라앉은 눈에서 분노의 혈광이 흘러나왔다.

"건방진 놈이……!"

그때였다. 용추폭 너머에서 두 줄기 기운이 빠르게 밀려들었다.

절대의 기운, 은사와 광사의 기운이다.

'금룡, 적룡, 청룡……. 끝내……!'

그들이 달려온다는 것은 삼룡이 무너졌다는 뜻.

좌소천의 이가 악물렸다.

"해주! 아직 놈을 잡지 못했습니까?"

곧이어 카랑카랑한 목소리가 들려오며 은사와 광사가 천평암을 향해 날아들었다.

공야황이 멈칫하더니 고개를 들었다.

찰나! 좌소천이 늘어뜨리고 있던 무진도를 들어 올리며 전력을 다해 허공을 내리그었다.

연이어 펼쳐지는 절공참과 벽뢰참광!

콰아아아아아!

대경한 공야황이 혈천마마장을 휘둘렀다. 일순간 핏빛 붉은 장벽이 어둠을 감쌌다.

우르르릉!

쭉 뻗어나가는 묵빛 번개에 붉은 장벽이 쩌적 갈라지고, 천평암 일대가 지진이라도 난 듯 흔들렸다.

공야황은 팅겨지듯 이 장을 물러서고, 폭풍에 휘말린 것처럼 다시 허공으로 솟구치는 은사와 광사다.

그 틈을 이용해 좌소천도 뒤로 신형을 날렸다.

좌소천이 혼자인 것을 본 은사와 광사가 급히 물었다.

"해주, 신녀는 어떻게 되었습니까?"

"천외천가는 왜 조용한 것입니까?"

공야황은 그제야 자신이 좌소천의 계책에 휘말려 쓸데없는 시간을 보냈다는 걸 알고 대노해 소리쳤다.

"이놈! 내 반드시 네놈을 갈아 마시고 말 것이니라!"

그의 목소리가 천선곡을 뒤흔들며 메아리치는 사이, 좌소천은 뒤돌아보지 않고 전력을 다해 계곡을 빠져나갔다.

자신과 공야황의 기운이 충돌하며 잠자던 천선곡을 깨웠다. 이제 곧 천외천가의 무사들이 벌 떼처럼 움직일 것이다.

별일만 없다면 지금쯤 도유관 등은 천선곡을 빠져나가고 있을 터. 이제 자신만 빠져나가면 되었다.

안개 사이로 비치는 희미한 달빛 아래 천선곡의 광경이 한눈에 들어온다.

좌소천은 절벽에 붙어 빠르게 움직였다.

수십 채의 건물에서 수백 명의 무사가 쏟아져 나온다.

하나하나는 일초지적도 되지 않는 자들. 하지만 발이 묶이면 보다 더 강한 자들이 달려들 것이다. 그러면 뒤따라온 공야황과 천해의 고수들에게 가로막힐 수밖에 없다.

좌소천은 빠르게 움직이면서도 최악의 경우를 염두에 두고 긴장을 늦추지 않았다.

하지만 모든 것이 그의 뜻대로 흐르지만은 않았다.

"웬 놈이냐?!"

절벽 가에 세워진 건물을 지나가는데 갑자기 고함이 터져나왔다.

좌소천은 개의치 않고 앞으로만 치달렸다.

"침입자로구나!"

앞쪽에서 노인의 칼칼한 목소리가 들리더니 한 사람이 창문을 통해 나왔다.

번쩍!

순간 무진도가 묵광을 번뜩이며 허공을 횡으로 갈랐다.

"헉!"

밖으로 나온 노인은 다급히 검을 들어 도광을 막았다.

쩡!

도자기 깨지는 소리가 나며 노인이 비틀거리며 물러섰다.

손에 들린 검은 반쪽이 난 상태. 노인의 얼굴이 경악으로 얼룩졌다. 자신이 형편없이 밀렸다는 게 믿어지지 않는다는 표정이다.

좌소천은 틈을 주지 않고 다시 무진도를 휘둘렀다.

허공을 길게 가르는 절공참의 일도!

스걱!

살이 잘리는 절삭음과 함께 노인의 몸이 힘없이 옆으로 쓰러졌다.

"이, 이런……!"

그 시간은 그리 길지 않았다. 그저 숨 두어 번 쉬는 시간에 불과했다. 하지만 그사이에 십여 명의 무사가 모여들었다.

누군가가 소리쳤다.

"침입자가 저기 있다!"

우려하던 상황!

좌소천은 전면을 향해 쇄도하며 무진도를 휘둘렀다.

일도에 전면을 막아서던 네 명의 무사가 힘 한 번 못써보고 무너졌다.

그럼에도 무진도는 멈추지 않고 좌우를 휩쓸었다.

비명과 병장기 부서지는 소리가 어우러지고, 십여 명이 피를 뿌리며 어둠 속으로 튕겨져 나갔다.

그야말로 순식간이었다.

뒤늦게 달려온 사람들은 그 광경을 보고 자신들도 모르게 흠칫, 뒤로 물러났다.

순간 좌소천은 망설이지 않고 어둠을 향해 몸을 날렸다.

"어딜!"

그때 또 지붕 위에서 일갈이 터져 나왔다.

내뻗는 검첨에서 넘실거리는 시퍼런 검기. 절정의 경지에 이른 검수 둘이 지붕 위에서 몸을 날리며 덮쳐든다.

좌소천의 무진도가 허공을 둥글게 휘감았다.

쩌저정!

두 자루 검이 부서지며 사방으로 튀고, 덮쳐들던 두 검수의 몸이 쩍 갈라지며 피분수가 뿜어졌다.

"꺼억!"

"크억!"

하늘에서 쏟아지는 비명과 피분수!

아래쪽에 있던 자들은 쫓을 생각도 못한 채 질린 표정으로 소리만 질렀다.

"놈이 천수각으로 넘어간다!"

"쫓아라!"

그사이 좌소천은 방향을 틀어 바람처럼 건물 하나를 넘었다. 그러고는 사람들이 보이지 않자 계곡 입구를 향해 전력을 다해 신형을 날렸다.

신법이 워낙 빠른데다 어둠이 그의 몸을 가려주는 상황이다. 천외천가의 무사들은 그의 그림자조차 잡지 못했다.

단 세 번의 도약으로 고목나무가 있는 곳을 통과한 좌소천의 눈에 자욱한 안개에 휩싸인 입구가 보였다.

'다행히 영령은 무사히 밖으로 나간 것 같군.'

지금까지 보이지 않는 걸로 봐서 그런 듯했다.

좌소천은 속으로 안도의 숨을 쉬며 입구로 다가갔다.

바로 그때, 하늘이 무너지기라도 하는 것처럼 가공할 기운이 밀려들었다. 익숙한 기운! 공야황에게서 뿜어지는 기운이었다.

"기껏 온 것이 여기인가?!"

아니나 다를까, 공야황의 묵직한 음성이 허공을 떨어 울리는가 싶더니 어둠이 붉게 물들었다.

콰아아아아!

속은 것에 분풀이라도 하겠다는 듯 전력을 다한 일격!

좌소천은 이를 악물고 무진도를 들어 하늘을 가리켰다.

도첨이 미미하게 떨리며 묵빛 검강이 그물처럼 퍼져 나갔다.

콰르르릉!

좌소천과 공야황의 기운이 얽혀들자, 주위의 나무와 바위들이 부서지며 먼지가 구름처럼 피어올랐다.

연이은 뇌성벽력!

강기의 폭풍우가 사방으로 몰아친다!

그 광경이 어찌나 흉험한지 뒤늦게 달려온 은사와 광사조차 둘의 싸움에 끼어들지 못했다.

십여 초가 흐르는 사이, 십암에 속한 자들로 보이는 자들 셋이 포위망에 가세했다.

이제 곧 폭음에 놀란 천외천가의 무사들마저 격전장으로 달려올 것이다. 마음이 다급해진 좌소천은 공야황과 대치한 상태에서 입구 쪽으로 이동했다.

"흥! 오늘 네놈은 여기서 죽을 것이다!"

광사와 함께 입구 쪽을 막고선 은사가 그 모습을 보고는 코웃음을 쳤다. 공야황도 차가운 웃음을 흘리며 좌소천과의 거리를 좁혔다.

"후후후후. 천소, 네 운명도 여기가 끝이구나."

좌소천은 묵묵히 주위를 둘러보며 무진도를 쥔 손에 힘을 주었다.

공야황과 은사, 광사가 삼재의 형태로 포위한 상황이다.

자신은 이미 내력이 진탕된 상태. 앞으로 전력을 다한 공격을 몇 번이나 더 할 수 있을지 모르는 판이다.

'한순간에 저들을 치고 나가야 한다.'

마음을 정한 좌소천은 무진도에 모든 내력을 쏟아 부었다.

후우웅!

무진도의 도첨에서 묵광이 쭉 뻗었다 싶은 순간!

좌소천의 신형이 철궁에서 튕겨진 화살처럼 은사를 향해 날아갔다.

"어림없는 짓!"

은사와 광사가 합공을 하며 좌소천을 압박했다.

좌소천과 공야황에게나 뒤질 뿐 두 사람 역시 절대지경에 달한 고수들이다. 혼자서 그런 두 사람을 상대하는 것이 쉬울 리 없었다. 공야황에게 신경 써야 하는 상황에서는 더욱 그러했다.

하지만 좌소천의 목적은 그들을 물리치는 것이 아니었다. 천선곡을 빠져나가는 것이 우선이었다.

천외천가의 고수들이 몰려오기 전에 빠져나가야 한다. 그들까지 나오면 정말 이곳에서 뼈를 묻어야 할지 모른다.

"타앗!"

좌소천은 전신 공력이 실린 무진도로 은사의 꼬챙이 같은 검과 광사의 뭉툭한 도를 쳐냈다.

콰광! 떵!

전 공력이 실린 일도에 은사와 광사가 두어 걸음씩 물러섰다.

그러나 좌소천은 그들이 물러섰음에도 포위망에서 몸을 빼낼 수가 없었다. 뒤쪽에서 공야황의 혈천마마공이 밀려드는 것이다.

금환비영을 펼쳐 우측으로 이 장여를 미끄러진 좌소천은 휙 몸을 돌리며 벽뢰참광의 일도를 쳐냈다.

콰앙!

하늘이 두 쪽 난 듯한 굉음!

공야황이 일 장, 좌소천이 일 장 반을 밀려났다.

순간, 좌소천이 밀려나는 힘을 이용해 은사를 덮쳤다.

묵광이 안개와 어둠을 동시에 가르며 떨어져 내린다.

좌소천이 곧바로 공격할 줄은 몰랐던 듯 은사가 굳은 표정으로 다급히 방어했다.

일순간, 묵광이 은사의 가느다란 검 위에 떨어졌다.

쩌정!

"으음……."

주르륵 밀려난 은사의 창백한 미간에 주름이 졌다.

삼룡에게 입은 상처와 좌소천의 연속된 공격에 중첩된 충격이 그의 내부를 뒤흔든 것이다.

순간 찰나의 틈이 벌어졌다.

좌소천은 지체없이 그 사이로 몸을 날렸다.

"여기도 있다!"

하지만 입구 쪽을 지키는 사람은 은사만이 아니었다.

십암 중 뇌암이 벽력 문양이 새겨진 도를 휘두르며 달려들고, 광사 역시 좌소천을 공격했다.

공야황은 자존심 때문인지, 아니면 그들을 믿기 때문인지 합공을 하지 않고 그 상황을 지켜보기만 했다.

입구의 안개 낀 어둠 속에서 여섯 사람이 소리없이 나타난 것은 바로 그때였다.

소영령을 데리고 갔던 도유관과 백룡과 능야산을 비롯해, 목영운, 누하진, 사도진무였다.

그들은 소영령을 종리명한 등에게 맡겨놓고 급히 안개 속으로 들어와 은밀히 상황을 지켜보던 중이었다. 그때 좌소천이 나타나는가 싶더니 몇 수만에 위기에 처한 듯 보였다.

더 이상 참고 기다릴 수만은 없었다.

어쩌면 죽음 속으로 발을 디딘 것일지도 몰랐다.

살아서 이곳을 나갈 수 있을지 아무도 장담할 수 없었다.

그래도 들어가지 않을 수 없었다.

그들은 좌소천을 구해야 한다는 절대적인 사명을 지닌 사람들인 것이다.

또한 그들은 무인(武人)이었다.

절대고수들이 펼치는 공전절후의 대결이 바로 눈앞에서 펼쳐지고 있는 상황. 그걸 가까이서 볼 수 있다는 것만으로도 목숨을 걸 수 있었다.

특히 사도진무는 좌소천과 공야황의 격전에 전율이 일었다.

몸서리 처지는 충격이었다.

솔직히 그는 아버지인 사도철군이 좌소천과 손을 잡고 그의 뜻대로 움직이는 것에 대해 불만이 적지 않았다. 너무 좌소천을 높이 평가한 것이 아닌가 하는 생각마저 했었다.

─내가 직접 보고 그를 판단하리라!

하기에 그런 마음을 먹고 전마성을 나선 터였다.

그러다 오행대에 속한 이후 아버지가 잘못 판단한 것이 아니라는 것을 알았다. 사사 중 두 사람을 물리칠 때는 아버지조차 좌소천의 상대가 되지 못할 것임을 인정하지 않을 수 없었다.

하지만 아무리 그렇다 해도, 눈앞에서 벌어진 격전은 그가 상상도 못했던 광경이었다.

인간의 경지를 넘어선 자들의 격전!

가히 신들의 싸움이라 해도 과언이 아니었다.

'이곳에서 무사히 벗어나기만 하면, 천하는 좌소천의 발아래 놓이게 되겠구나.'

좌소천이 그들을 본 것은 은사를 치고 몸을 날릴 때였다.

모두가 자신의 움직임에 신경이 곤두선 상황. 그사이 태연하게 포위망 뒤쪽으로 접근한다.

좌소천은 그들의 생각을 눈치 채고 걱정이 앞섰다.

이곳에는 저들보다 월등히 강한 고수가 한둘이 아니다. 자칫하면 희생만 더 늘어날 뿐이다.

그러나 지금으로서는 말릴 수도 없었다. 아니, 말려도 듣지 않을 것이었다.

좌소천은 그들이 다가오는 것을 놔둔 채 광사와 뇌암을 삼초의 연환도세로 밀어붙였다.

쩌저저정!

세 사람의 강기가 얽혀들며 고막을 터뜨릴 듯한 굉음이 연이어 터졌다.

광사와 뇌암이 주춤거리며 밀린 순간이었다. 두 사람의 바로 뒤까지 접근한 도유관 등이 득달같이 달려들었다.

초절정에 달한 고수들의 전력을 다한 급습이다.

바로 뒤에 적이 있는 줄은 꿈에도 모르고 있던 상황. 그야말로 누가 손쓸 틈도 없었다.

도유관의 도끼와 능야산의 비도가 뇌암의 등을 뚫고, 목영운과 누하진, 사도진무의 공격이 광사의 어깨와 옆구리를 갈랐다.

"헉! 웬 놈……!"

"크윽!"

극심한 부상을 입고 안간힘을 다해 공세에서 벗어나려는 그들을 향해 누하진과 백룡이 또다시 달려들었다.

쩡! 콰광!

연환공격에 뇌암과 광사가 비틀거리며 물러섰다.

좌소천과의 거리가 일 장으로 좁혀진 순간, 무진도가 횡으로 그어졌다.

"피해!"

은사가 소리침과 동시, 좌소천의 도가 두 사람의 목을 스치고 지나갔다.

털썩!

반쯤 잘린 목에서 핏줄기가 솟구치고, 광사와 뇌암이 힘없이 무너져 내린다.

"네놈이 감히!"

"이놈!!!"

공야황과 은사가 노성을 내지르며 좌소천에게 달려들었다.

연암(燃暗)과 마암(魔暗)은 도유관 등을 덮쳤다.

좌소천은 일단 좌수로 건곤통천을 펼쳐 은사를 치고, 우수로는 멸악천궁참을 펼쳐 공야황의 공격을 막았다.

콰릉!

어둠이 뻥 뚫린 순간 은사가 뒤로 비틀거리며 물러선다.

쩌저적!

하늘이 갈기갈기 찢어지며 날아들던 공야황이 주춤거린다.

좌소천은 목구멍까지 치솟은 핏물을 삼키고 뒤로 몸을 날렸다.

뒤쪽에선 어느새 도유관 등과 십암 중 두 사람이 얽혀든 상태였다.

이 대 육의 격전!

십암이 강하다 하나 도유관 등도 약하지 않은 실력. 두 사람이 하나를 감당할 정도는 되었다. 한데 여섯이다. 둘을 상대하기에 충분하다는 말.

문제는 그들과 다툴 시간이 없다는 것이다.

좌소천은 몸을 날린 그대로 연암을 향해 일도를 그었다.

허공을 일직선으로 가르며 떨어지는 묵광!

대경한 연암이 뒤로 튕기듯이 물러난다.

뒤이어 마암을 향해 도세의 방향을 바꿨다. 연이은 좌소천의 공격에 마암마저 멀찌감치 뒤로 물러섰다.

그들은 물러선 후로도 쉽게 공격을 하지 못했다.

그사이 좌소천이 다급히 소리쳤다.

"먼저 빠져나가시오!"

가공할 위세를 보인 공야황과 은사가 뒤쫓아온다. 그 뒤로는 천외천가의 무사들이 벌 떼처럼 달려온다.

도유관이 도끼를 쥔 손에 힘을 쥐고 소리쳤다.

"주군께서 먼저 가십시오! 저희들이 막겠습니다!"

하지만 돌아온 것은 자존심을 뭉개는 무심한 대답이었다.

"저들은 당신들이 막을 수 있는 사람들이 아니오!"

사실이 그렇다. 그렇다고 물러설 수는 없었다. 자신들이 누군가. 주군을 호위하는 호법들이 아닌가!

"주군! 저희들은 상관 마시고 어서……!"

"나를 위한다면 먼저 가시오! 어서!!!"

좌소천의 단호한 표정을 보고 사도진무가 일그러진 얼굴로 소리쳤다.

"갑시다! 우리가 가야 좌 궁주가 마음 놓고 이곳을 빠져나갈 것이오!"

도유관도 그걸 모르지 않았다.

한데 왜 이렇게 비참하단 말인가!

'주군!'

멈칫거린 사이 적들이 날아들며 가공할 기운이 밀려든다.

더 이상은 지체할 시간이 없다. 숨 한 번 내쉬는 시간이면 도망치고 싶어도 빠져나갈 수 없을 것이다. 자신들도, 좌소천도.

도유관은 이를 악물고 돌아섰다.

"주군의 명이오! 갑시다!"

그가 앞장서자 나머지도 일제히 그의 뒤를 따라 입구 쪽으로 몸을 날렸다.

목숨을 바쳐 주군을 구하는 것이 호법의 임무다. 한데 거꾸로 되었다.

비참한 마음에 가슴이 먹먹했다.

그냥 되돌아서서 미친 듯이 싸우다 죽고 싶었다.

하지만 그렇게 할 수는 없었다. 죽어가는 자신들을 놔두고 등을 보일 좌소천이 아니다. 자신들이 먼저 나가야 좌소천도 나갈 것이다.

너무나 그것을 잘 알기에, 피가 나도록 입술을 깨문 도유관은 가슴이 터질 것 같았다.

'젠장! 호법이라는 놈이 주군을 놔두고 도망쳐야 하다니!'

도유관만이 그런 것이 아니었다. 모두가 같은 마음이었다.

특히 사도진무는 참담한 마음에 가슴이 시퍼렇게 멍들었다.

'사도진무야! 저들이 그토록 두렵더냐! 그토록 오만하던 너는 어디로 갔단 말이냐!'

그때 좌소천이 안개 속으로 들어가는 그들의 등에 대고 전음으로 소리쳤다.

"빠져나가거든, 곧바로 태백산을 벗어나시오! 명심하시오! 나를 기다릴 생각 말고 전력을 다해 왔던 길로 달려가시오!"

그러고는 휙 몸을 돌리고 무진도를 높게 쳐들었다.

전신이 붉은 기운에 휩싸인 공야황이 두 손에 혈천마혼구를 응집시킨 채 오 장 허공에서 날아들고 있었다.

눈을 반개한 좌소천은 그를 향해 천천히 도를 내려쳤다.

무진도에서 은은한 광채가 어둠 속으로 쭉 뻗은 순간!

고오오오오!

고막을 먹먹케 하는 압력과 함께 하늘과 땅이 일직선으로 갈라졌다.

일도진멸악(一刀進滅惡)!

무진칠도의 마지막 칠식이 세상에 첫 선을 보인 것이다.

하늘을 가르는 거대한 칼 한 자루!

혈천마혼구를 밀어내던 공야황의 눈이 부릅떠졌다.

뒤따르던 은사는 해쓱한 표정으로 급급히 몸을 세웠다.

찰나!

두 사람의 기운이 정면으로 충돌했다.

처음에는 아무런 소리도 나지 않았다.

그러다 세상이 정지된 것처럼 느껴지는 순간!

쩌저저저적!

얼어붙은 하늘이 무너지고, 어둠이 산산이 부서지는 소리가 천선곡을 뒤흔들었다.

동시에 좌소천의 신형이 뒤로 날아가 안개 속으로 빨려들고, 공야황은 허공에서 삼 장 이상 솟구쳐 오 장 밖에 내려섰다.

일순간 정적이 흘렀다.

하지만 그도 잠시, 급박하게 달려온 천외천가의 무리 중에서 몇 사람이 땅에 내려선 공야황에게 다가갔다.

모두가 사오십대의 중년인들로 하나같이 초절정의 경지에 오른 자들이었다.

순우연이 그들 사이에서 나오더니 당황한 표정으로 물었다.

"해주! 대체 이게 어찌 된 일입니까?"

그가 난데없는 난리를 보고 받고 도착했을 때는 이미 모든 상황이 끝나가고 있던 때였다. 게다가 공야황 등은 천외천가에 사실을 알려줄 시간도 없이 좌소천을 쫓았으니 순우연으로선 당연히 정확한 상황을 알 리가 없었다.

공야황이 입가를 문지르며 차갑게 말했다.

"놈이 본 해까지 들어와서 신녀를 구해갔다."

"누굴 말씀하시는 겁니까? 신녀를 구해갔다니요?"

"천소라는 놈이 몰래 들어와서 그녀를 데려갔다는 말이다!"

순우연의 눈이 튀어나올 듯이 커졌다.

"천소가 누군데 천해까지 들어가서 신녀를 구해갔다는 말씀입니까?"

"나도 그의 이름만 알 뿐이다. 어쨌든 중요한 것은 그것이 아니야. 신녀를 되찾는 것이 중요하지!"

순우연의 표정이 딱딱하게 굳어졌다.

공야황이 직접 나서서 싸운다는 것만으로도 충격이었다. 한데 그가 직접 나서고도 막지 못했다니!

'대체 어떤 자가 신녀를 구했단 말인가?!'

솔직히 더 빨리 올 수 있었음에도 천해의 일이라 생각하고 느긋한 마음으로 움직였다. 조금만 일찍 왔다면 신녀를 놓치지 않았을지도 모르거늘!

땅을 치고 후회할 일이었다.

순우연이 안타까워할 때였다. 공야황이 안개를 바라보며 걸음을 옮겼다.

"이럴 시간이 없다. 놈도 깊은 내상을 입었으니 도망가기가 쉽지 않을 것이야. 뒤를 쫓아가지!"

태백산만큼이나 강인해 보이는 공야황의 입가에서 선혈이 흐른다. 세상이 무너져도 절대 흔들리지 않을 것 같던 그의 눈빛 깊은 곳에서 소용돌이가 일고 있다.

순우연은 내심 경악하며 좌소천이 빨려 들어간 안개 속을 바라보았다.

'천소, 그가 얼마나 강하기에 공야황의 자존자대함이 흔들릴 정도란 말인가?'

직접 두 사람의 대결을 보지 못한 그로선 당연한 의문이었다.

그때다. 이상한 점이 눈에 띄었다.

"응?"

안개는 전과 같았다. 한데 그 흐르는 방향이 전처럼 일정치가 않다.

"기정, 진세가 바뀌었다. 가서 알아봐라."

막 안개 속으로 들어가려던 사람들이 그 말에 멈칫했다. 진이 바뀌었다면 위험할 수도 있는 것이다.

그사이 순우기정이 안개 속으로 들어갔다. 그리고 곧 놀란 표정으로 뛰어나왔다.

"가주! 진이 파훼됐습니다!"

"무슨 말인가?"

"귀원칠곡진이 파훼되고 진무진만 남았을 뿐입니다."

"뭐야?!"

한편, 안개 속으로 튕겨진 좌소천은 이를 악물고 몸을 일으켰다.

"우욱!"

끝내 억눌렀던 선혈이 목구멍을 가득 메우며 쏟아졌다.

속은 시원해졌지만 진기가 흩어져 온몸에 힘이 빠진다. 생각보다 내상이 더 심한 듯하다.

좌소천은 흩어진 진기를 조금이라도 더 모으기 위해 숨을 천천히 몰아쉬었다.

부러진 칼날이 심장에 박힌 것만 같다.

짜릿한 고통이 혈류를 타고 치달린다.

하지만 언제까지 내상을 걱정하며 안개 속에 머무를 수는 없는 일. 그는 이를 악물고 밖을 향해 걸음을 옮겼다.

그렇게 안개를 반쯤 통과했을 무렵, 뒤쪽에서 경악한 목소리가 들려왔다. 이제야 진이 파훼되었다는 걸 안 듯했다.

곧 놈들이 몰려올 터. 좌소천은 서둘러서 안개를 빠져나왔다.

밖에는 아무도 없었다. 자신의 말대로 곧바로 이곳을 떠나간 것 같았다.

다행이었다. 만일 그들이 자신의 모습을 보았다면 절대 떠나려 하지 않았을 것이었다. 그리고 자신 역시 그들을 지키기 위해서 마음대로 움직일 수가 없었을 터였다.

'일단 몸을 피하고 보자.'

좌소천은 숨을 한 번 깊게 들이쉬고는 동쪽이 아닌 남쪽으로 몸을 날렸다.

그가 사라짐과 동시 공야황과 은사, 순우연을 비롯한 이십여 명이 안개를 헤치고 밖으로 나왔다.

"피를 그 정도로 토했다면 내상이 보통 엄중한 것이 아닐 것입니다."

안개를 헤치고 나오던 중 핏물을 발견했다. 좌소천이 토한 것일 게 분명해 보이는 핏물이었다.

순우기정의 말에 순우연이 동쪽을 바라보았다.

"태백산을 빠져나가려면 동쪽 산길을 타야 합니다. 이곳은 본 가의 터전, 추적대가 쫓는다면 날이 새기 전에 따라잡을 수 있을 것입니다."

하지만 이를 악문 공야황은 고개를 저으며 잇새로 말했다.

"아니야. 그는 동쪽으로 가지 않았어."

"예?"

혈천마마공에 당한 자의 몸에는 특이한 기운이 심어진다. 그 기운이 남쪽에서 느껴진다. 그리 멀지 않은 곳.

공야황의 입가로 냉소가 걸렸다.

"그래도 그대들은 동쪽으로 추격해. 놈의 수하들은 그곳으로 갔으니까. 놈은 우리가 쫓는다."

"알겠습니다, 해주."

순우연이 대답할 때다. 공야황이 바윗덩이 같은 표정으로 순우연을 직시했다.

"명심해. 다른 놈은 사지를 잘라 죽이든 어떻게 죽이든 상관없다. 하나 신녀만큼은 터럭 하나 다치지 않게 데려오도록 해라."

순우연의 눈빛이 묘하게 빛났다. 하지만 그는 아무런 내색도 하지 않고 고개를 숙였다.

"그리 명을 내리겠습니다, 해주."

2

천선곡을 떠나 두 번째 능선을 넘을 즈음이었다.

이를 지그시 악문 좌소천의 이마에 땀이 흘렀다.

조금 전, 사이한 기운이 스멀거리자 금라천황공이 마치 천적이라도 만난 듯 스스로 움직이며 사이한 기운을 제어하기 시작했다.

좌소천이 그 기운의 정체를 아는 것은 그리 어렵지 않았다. 혁련호운과 소영령에게서 느꼈던 기운과 같았으니까.

하기에 혁련호운과 소영령의 몸에 왜 그 기운이 스몄는지도 알 수 있었다. 공야황과 싸우다 보면 그 기운이 절로 스미는 것이다.

'정말 괴이한 무공이군.'

아마 금라천황공이 아니었다면 지금처럼 움직이지도 못했을지 몰랐다.

문제는 자신의 내상이 너무 심한 바람에 사이한 기운을 완벽히 제압하지 못하고 있다는 것이었다.

그나마 그러한 중에도 금라천황공이 공야황의 사이한 기운을 제어할 수 있다는 것을 안 것은 뜻밖의 성과였다.

'금라천황공을 이용하면 호운이나 영령의 몸을 다스릴 수 있을지도 모르겠군.'

좌소천은 일단 남쪽으로 더 내려가며 쉴 만한 곳을 찾아보았다.

몸속에서 금라천황공과 대치하고 있는 사이한 기운도 문제지만, 당장 더 큰 문제는 내상이었다.

자신이 입은 내상은 생각보다 더 엄중했다. 시간이 흐르면 더 오랜 시간, 더 많은 노력을 기울여야 정상적인 몸을 되찾을 수 있을 것이었다.

그렇게 능선을 두 개 더 넘자 울울창창한 숲을 끼고 집채만한 바위들이 늘어선 곳이 나왔다. 동굴은 아니더라도 쉴 만한 곳이 있을 법한 곳이었다.

좌소천은 그 근처를 살펴보았다.

아니나 다를까, 반 각 정도를 살핀 끝에 거대한 바위가 이마를 맞댄 곳에서 제법 괜찮은 장소를 발견했다. 깊이도 이 장정도 되고 높이도 키보다 조금 높은 곳이었다.

그는 일단 그 안으로 들어가 가부좌를 틀고 금라천황공을 운기했다.

그렇게 일각 정도 지났을 때였다. 금라천황공을 끌어올려 운기요상을 하고 있는데 갑자기 사이한 기운이 느껴졌다.

'음?'

공야황의 기운이었다. 그가 근처에 왔다는 말.

가늘게 뜨여진 좌소천의 눈이 잘게 떨렸다.

아마 혼자가 아닐 터였다.

자신은 이제 겨우 사오 성 정도의 내력만을 찾은 상태. 그들과 부딪치면 단 몇 초도 견딜 수 없을 게 분명했다.

위기는 끝난 것이 아니라 이제 시작이었다.

'하는 수 없나?'

좌소천은 이를 악물고 몇 곳의 혈을 스스로 두들겨 잠력을 격발시켰다.

갑자기 내력이 들끓자, 사이한 기운도 힘을 못 쓰고 숨죽인 채 구석으로 도망쳤다.

설령 저들의 손에서 벗어난다 해도 무리하게 잠력을 격발시킨 것으로 인해 당분간 무공을 펼치지 못하게 될 것이다. 심하면 영원히 무공을 쓸 수 없을지도 모른다.

하지만 이제는 어쩔 수 없었다.

모든 방법을 동원해서라도 저들의 손에서 빠져나가야 했다. 할 수만 있다면 지나가는 바람에게라도 도움을 청해야 할 판이었다.

'하늘이 도와주기만을 바라는 수밖에……'

좌소천은 내부에서 끓기 시작하는 기운을 느끼며 무릎 위에 놓아두었던 무진도와 묵령기환보를 집어 들었다.

공야황의 기운이 지척에서 느껴지고 있었다.

'쉽지 않을 것이다, 공야황!'

공야황과 마주친 것은, 집채만 한 바윗덩이들이 굴러다니는 곳을 거의 다 빠져나갔을 때였다.

"후후후, 천소! 내가 말하지 않았느냐? 너는 오늘 내 손을 벗어날 수 없다고 말이다!"

공야황과 은사가 빠져나갈 곳을 막은 채 시커먼 하늘에서 내려선다.

좌소천은 그들을 보며 천천히 무진도를 빼 들었다.

'과연 이들의 손에서 벗어날 수 있을까?

격발시킨 잠력이 언제까지 버텨줄지 자신조차 모른다. 다른 사람들이 오기 전에 이곳을 벗어나야 한다.

말을 주고받는 시간조차 아껴야 할 판. 좌소천은 아무 말도 하지 않고 은사를 공격했다.

쉬이익!

무진도에서 묵빛 도강이 길게 뻗치자 은사가 대경해서 뒤로 물러섰다.

"헛!"

심각한 내상을 입었을 거라 생각한 좌소천의 공격이 뜻밖으로 강한 것에 놀란 듯했다.

그가 물러서자, 좌소천은 한 번의 공격으로 멈추지 않고 연이어 무진칠도의 삼초식을 연이어 펼쳤다.

순간 묵빛 번개가 줄기줄기 뻗치며 은사를 몰아쳤다.

손발이 어지러워진 은사는 이를 악문 채 뒤로 물러나며 검을 휘돌렸다.

하지만 그가 막기에는 작심하고 펼친 좌소천의 공격이 너무 강했다.

옷이 검강에 스쳐 찢겨지고 살이 쩍쩍 벌어졌다.

"크으읍!"

은사의 악다문 입에서 흘러나오는 격한 신음!

뒤늦게 공야황이 좌소천을 향해 날아들었다.

"교활한 놈! 내상을 입은 척 속였구나!"

두어 번 좌소천의 행동에 속은 그다. 그의 눈에는 좌소천의 모든 행동이 자신을 속이는 것처럼 보였다.

좌소천은 은사를 향해 암절단광의 일초를 펼치고, 무진도의 도강이 은사의 가슴을 스치는 걸 보며 공야황을 향해 신형을 돌렸다.

찰나, 공야황의 두 손에서 붉은 구가 튀어나오더니 삼 장 허공에서 좌소천의 머리 위를 찍어눌렀다.

혈천마마공의 결정, 혈천마혼구(血天魔魂球)였다!

"죽여 버리겠다, 천소!"

"마음대로 되지 않을 것이다, 공야황!

동시에 무진도의 도강이 어둠을 가르며 허공으로 솟구쳤다.

그때부터였다.

경천동지의 격전이 태백산의 밤을 깨웠다.

동물들은 겁에 질려 도망치고, 벌레들도 숨을 죽이고 세상이 조용해지기만을 기다렸다.

막상막하!

그렇게 이십여 초가 지날 무렵이었다.

콰콰광!

천둥소리가 태백산을 뒤흔들며 두 사람이 뒤로 튕겨졌다.

겨우 몸을 세운 좌소천은 무진도를 움켜쥔 손에 힘을 주고 착 가라앉은 눈으로 앞을 응시했다.

격발시킨 잠력이 서서히 고갈되어 가고 내상은 더욱 심해졌다.

그러나 자신만 내상을 입은 것이 아니었다. 공야황도 내상이 심한지 더욱 많은 피가 그의 입가를 타고 흘러내리고, 은사역시 깊게 베인 가슴을 한 손으로 틀어막고 질렸다는 표정으로 노려보고 있다.

"오늘 나를 이긴다 해도 너는 자랑스럽지 못할 것이다, 공야황."

공야황의 분노에 찬 눈이 파르르 떨렸다.

천하에 적수가 없다는 그가 은사와 협공으로 좌소천을 공격했다. 그러고도 완벽한 승리를 하지 못한 상태다.

그는 이제 좌소천이 어떻게 해서 전과 다름없는 공력을 사용할 수 있었는지 알고 있다.

자존심이 상하는 한편으로 좌소천의 끈질김에 이가 갈렸다.

"잠력을 격발시키다니, 지독한 놈!"

좌소천은 그 말을 들으며 뒤로 한 걸음 내딛었다.

"쫓아오려면 쫓아와 봐라. 아직 십여 초는 더 견딜 수 있으니까. 대신 그대도 각오해야 할 것이다. 죽더라도 그대의 사지 하나쯤은 가지고 갈 생각이니까."

무심한 표정으로 말하며 물러서는 좌소천이다.

공야황은 이를 악물고 좌소천을 노려보았다.

거짓이 아님을 알기 때문이다.

하기에 좌소천이 천천히 뒷걸음질치는데도 공야황과 은사는 막지를 못했다.

'흥! 어디 얼마나 가나 보자.'

내력을 쏟아내지 않는다 해도 격발시킨 잠력이 오래가지는 않을 것이었다.

기껏해야 두어 시진, 그 즈음이면 스스로 무너질 터. 굳이 무리할 필요는 없었다.

 스스로 무너진 그의 목숨을 거둔다는 것이 마음에 들지는
않았지만, 무리하다 심각한 부상을 입는 것보다는 나았다.

 '네놈의 머리를 잘라서 내 발밑에 두고 지낼 것이다!'

 그사이 좌소천은 물러서는 속도를 높였다.

 사실 자신이 말한 것보다도 상태가 더욱 나빴다.

 공야황의 공격을 사오 초나 견딜 수 있을까?

 공야황의 사지 중 하나를 잘라낸다는 것은 희망사항일 뿐이
었다.

 '한 시진 안에 저들을 떨쳐야 해.'

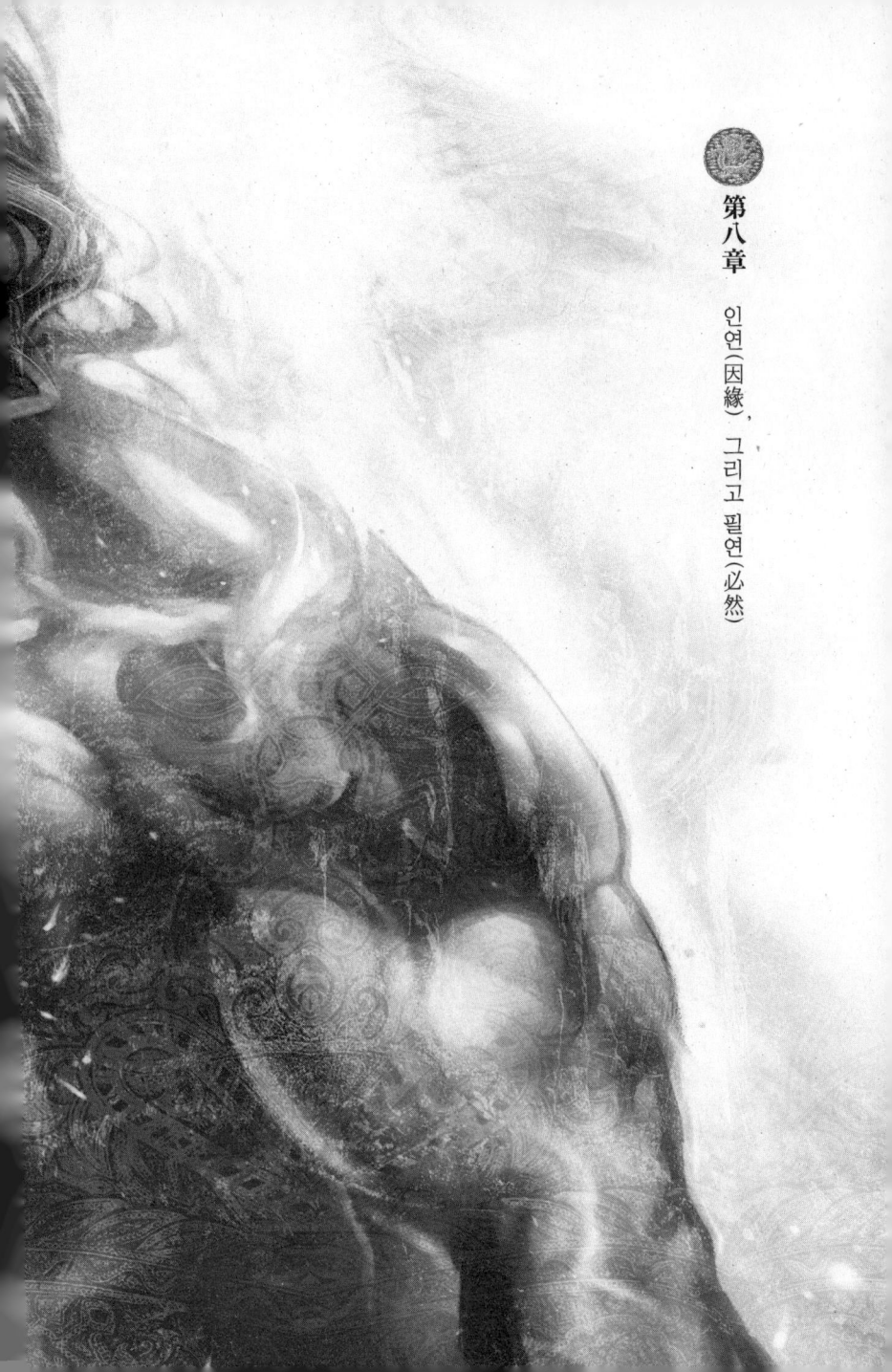

第八章

인연(因緣), 그리고 필연(必然)

절대천왕 絶對天王

    태백산 일대에서 약초꾼으로 잘 알려진 진 노인은 밤하늘을 진동시키며 들려온 굉음에 놀라 급히 목옥을 나왔다.

    하나 그가 나온 것은 꼭 굉음 때문만이 아니었다. 그보다는 바람을 타고 밀려오는 희미한 기운 때문이었다.

    사실 진 노인은 사람들이 아는 것처럼 성이 진짜 진씨도 아니고, 약초만 캐며 사는 순수한 약초꾼도 아니었다.

    그가 태백산에 들어온 것이 어언 오십 년. 약초를 캐는 것은 그저 자신의 생계를 위해, 신분을 가리기 위한 것일 뿐이었다.

    하기에 엄청난 기운이 밀려들자 신경이 쓰이지 않을 수 없었다.

    '어디서 이런 엄청난 기운이……?'

그가 그 기운의 강함을 짐작하는 것은 그리 어렵지 않았다.

느껴지는 기운은 미약했지만, 소리는 저 멀리 산을 몇 개나 넘어가야 하는 곳에서 들려왔다. 그토록 먼 곳에서 뿜어진 기운이 느껴질 정도라면 절대의 경지에 오른 자들의 싸움이라고 봐야 했다.

'대체 누가 싸우고 있단 말인가!'

진 노인은 잠시 망설였다. 저들의 싸움에 끼어들면 자칫 자신의 오십 년 노력이 수포로 돌아갈지도 몰랐다. 만일 그러한 일이 벌어진다면, 그는 죽어서도 후회하며 통곡할 것이었다.

하지만 이대로 잠을 자기에는 소리가 들려온 곳에서 벌어지는 일이 너무나 궁금했다.

그럴 수밖에 없었다. 그곳은 천선곡과 지척인 곳이었으니까.

'천선곡에서 무슨 일이 벌어졌나?'

결국 그는 거처를 떠나 소리가 들려온 곳으로 향했다.

좌소천은 무너지려는 정신을 붙잡기 위해 입술을 깨물었다.

격발시킨 잠력이 소진되자 금라천황공조차 사이한 기운을 제대로 제어하지 못하고 있다. 그 바람에 몸이 마음을 따라주지 않는다.

'끄응, 지독하군.'

좌소천은 물먹은 솜처럼 늘어지는 몸을 바위틈에 기댔다.

어느덧 도주를 시작한 지 한 시진째다. 도중에 몸을 숨길 수 있는 깊은 동굴을 찾아보려 했지만 찾을 수가 없었다.

동굴이 보이지 않자 진을 펼치고 그 안에 숨어볼까 생각도 했다. 그러나 자신이 펼칠 수 있는 진으로는 공야황의 기세를 이겨내지 못할 게 분명했다.

그는 하는 수 없이 아무도 없는 곳에 가벼운 진세 몇 개를 펼쳐 놓았다. 공야황이 힘으로 진세를 부수는 동안이나마 시간을 벌 수 있을 테니까.

물론 그것으로 공야황을 완벽히 속일 수 있을 거라고는 생각지 않았다. 그저 공야황이 추적을 포기하기만 바랄 뿐이었다. 그도, 은사도 부상이 심한 상태가 아니던가.

하지만 그것은 단순한 바람일 뿐, 가능성은 반의반도 되지 않았다.

'후우우…….'

바위에 등을 기댄 좌소천은 속으로 깊은숨을 몰아쉬며 간당거리는 금라천황공의 기운을 어떻게든 일으켜 보려고 했다. 그러나 혈천마마공의 기운에 막힌 기운은 쉽게 살아나지 않고, 오히려 심장이 터질 것 같은 통증이 밀려왔다.

'크윽!'

좌소천은 소리를 내지 않기 위해 신음을 씹어 삼켰다.

눈앞이 환해지며 몸이 붕 뜬 기분이 들었다.

그는 아득해지는 정신 속에서도 소영령이 무사히 벗어난 것을 위안으로 삼았다.

'영령, 부디 행복하게 살아라…….'

그때였다. 바람 소리인 듯 공명이 울리며 누군가의 목소리가 들렸다.

"거기 누구요?"

진 노인은 바위틈에 끼어 있는 좌소천을 꺼내 바닥에 눕히고는 맥문을 잡았다.

순간, 그의 눈이 부릅떠지고 이가 악 다물렸다.

"이, 이 기운은?!"

그는 급히 좌소천의 장포를 젖히고 가슴 부위를 드러냈다.

"역시……!"

왼쪽 가슴 부위가 불꽃 문양으로 시뻘겋게 달아올라 있다.

자신이 아는 한 사람 몸에 그러한 문양을 남기는 무공은 오직 하나다.

천하제일의 마공, 혈천마마공!

진 노인의 목소리가 떨려나왔다.

"맙소사! 마침내 천해에서 그 악마의 마공이 완성되었단 말인가?"

천 년(千年)의 전설(傳說).

만들어진 이래 지난 천 년간 아무도 익히지 못했다는 미완의 마공이 혈천마마공이다.

아수라로부터 전해졌다는 이단의 마공.

인간은 익힐 수 없다는 악마의 능력!

한데 그것이 완성된 것 같다. 아니라면 이토록 불꽃 문양이 뚜렷할 수가 없다.

고개를 쳐든 진 노인은 덜덜 떨리는 목소리로 하늘을 원망했다.

"하늘이시여, 정녕 세상이 피로 물들기를 바라시는 겁니까?"

한데 그때 문득, 이상한 생각이 들었다.

대체 이 젊은이가 누구이기에 악마의 능력이라는 혈천마마공에 당한 것일까?

얼마나 강하기에, 천해의 인물이 혈천마마공을 펼치지 않으면 안 되었을까?

자신이 생각할 수 있는 것은 하나다.

눈앞의 젊은이가 혈천마마공을 익힌 자에 비해 그리 약하지 않았다는 것. 하기에 그자와 싸우고도 이렇듯 목숨이 붙어 있는 것일 터였다.

진 노인은 거기까지 생각이 미치자 급히 좌소천의 맥문에 진기를 흘려 넣었다.

그런 젊은이라면 살려야 한다. 무슨 수를 써서라도!

진 노인은 제발 눈앞의 젊은이 몸에 큰 이상이 없기만을 바랐다. 천해에 위협이 될 고수를 죽게 놔둘 수는 없었다.

바로 그때였다. 언뜻 젖혀진 장포 사이로 좌소천의 허리에 꽂힌 묵령기환보가 보였다.

'웅?'

조금 전만 해도 건성으로 보았다. 한데 다시 보자 괴이한 느낌이 스멀거리며 그의 신경을 건드린다.

꼭 어디선가 본 듯한, 아니, 언젠가 들어본 듯한 뭉툭한 곤이다.

진 노인은 오른손으로 좌소천의 맥문을 짚은 채 왼손을 뻗어 묵령기환보를 뽑아 들었다.

그러고는 눈살을 찌푸린 채 자세히 훑어보았다. 그러던 어느 순간이었다. 진 노인의 눈이 점점 커졌다.

"서, 설마… 이게 아버님께 들었던 묵령시(墨靈匙)……?!"

진 노인은 홱 고개를 돌려 눈앞의 젊은이를 바라보았다.

눈이 감긴 채 가늘게 숨을 쉰다. 창백한 얼굴, 새파래진 입술. 금방이라도 숨소리가 끊어질 것처럼 가늘다. 그러나 진 노인에게는 숨이 끊어지지 않았다는 것만으로도 다행이었다.

"참으로 하늘의 뜻은 알 수가 없구나. 인연의 고리를 이토록 복잡하게 얽어놓다니……."

그는 뜻 모를 말을 중얼거리며 조심스럽게 좌소천을 안아 들었다. 그러더니 주위를 한 번 둘러보고 산 아래로 쏜살같이 달려갔다.

*　　　*　　　*

진 노인이 떠난 지 일각이 지날 즈음이었다. 공야황이 바람처럼 날아와 내려섰다. 그는 주위를 둘러보며 미간을 찌푸렸다.

"교활하기가 백 마리 백여우보다 더 한 놈. 그런 수작을 부려놓고 도망가다니."

처음에 그는 느긋한 마음으로 좌소천을 추적했다.

그러다 오 리 지점에서 진이 펼쳐진 곳을 발견했다. 그걸 본 순간 그의 입가에 회심의 미소가 떠올랐다. 좌소천이 진을 펼치고 그 안에 숨어 있을 거라 생각한 것이다.

'후후후, 이 정도로 나를 막을 수 있다고 봤던가?'

그는 단숨에 진세를 부수고 안으로 들어가 보았다. 그러나 그 안에는 지나가다가 길을 잃은 토끼 한 마리가 있을 뿐이었다.

그 후 반 시진, 그는 세 개의 진을 부수고 이를 갈았다.

'이 백여우 같은 놈이!'

그러다 다섯 번째 진을 부수고, 그 안에 있는 바위에서 간단한 글귀를 발견했을 때는 하마터면 노기가 끓어올라 내력이 꼬일 뻔했다.

그냥 돌아가라. 우리에서 자란 곰은 결코 산야의 대호를 잡을 수 없는 법. 부상이 심할 텐데, 더 무리하면 순우연만 좋은 일 시켜주는 꼴이 될 것이다.

'너는 우리에서 자란 곰에 불과하다' 그 말이 아닌가 말이다.

노기가 끓어오른 공야황은 그 일대를 모조리 부숨으로서 마음을 진정시켰다.

그러고 나서야 좌소천이 남긴 말을 다시 곱씹어보았다.

순우연에 대한 말은 틀린 말이 아니었다. 그는 역천의 상을 지닌 자. 언제라도 등에 칼을 들이델 수 있는 자가 순우연인 것이다.

하지만 그 문제에 대해선 나중에 생각해도 될 일. 당장은 좌소천의 죽음을 확인하는 것이 먼저였다.

무소불위, 천하를 눈 아래로 내려다보는 자신에게 처음으로 두려움을 안겨준 자. 그게 바로 좌소천이 아니던가!

결국 그는 그곳에서 일각을 소비한 뒤에야 좌소천을 다시 추적했다.

좌소천은 힘이 거의 다 빠진 상태. 도와줄 사람도 없는데, 제까짓 게 도망가 봐야 어디까지 가겠는가 말이다.

그렇게 이각.

좌소천의 몸에 스며든 기운을 따라와 마침내 놈이 머물었을 법한 흔적을 발견했다.

한데… 또 사라지고 없다.

문제는 혼자서 사라진 것 같지가 않다는 것이었다.

주위의 발자국. 어둠 속에 희미하게 난 흔적은 좌소천의 것만 있는 것이 아니었다.

누군가가 이곳에 나타났다. 그것도 상당한 무공을 지닌 자가.

공야황은 이를 뿌드득 갈며 진 노인이 사라진 남쪽을 뚫어지게 바라보았다.

'멀어. 너무 멀어서 잘 느껴지지도 않는다.'

억지로 쫓는다면 쫓을 수는 있을 것이다. 그러나 자신의 상태가 너무 좋지 못하다. 게다가 좌소천을 데려간 자는 적어도 절정 이상의 고수.

'따라잡기가 쉽지 않겠어.'

공야황은 한참 동안 남쪽을 바라보고는, 자신의 손으로 좌소천을 죽이지 못한 것에 대한 아쉬움을 접고 천천히 몸을 돌렸다.

'잠력을 억지로 끌어올렸으니 단전이 텅 비었겠지. 거기에 혈천마마공의 마기마저 심어졌으니… 절대 살아나지 못할 것이다, 백여우 같은 놈!'

*   *   *

진 노인은 목옥의 문을 거칠게 열고 들어가 좌소천을 침상에 눕혔다.

이제 숨소리가 거의 들리지 않는다. 그만큼 몸 상태가 악화되었다는 말이다.

뭔가 비상수단을 쓰지 않는 한 두어 시진이 지나기 전에 숨이 멎을 것이었다.

잠시 생각에 잠겼던 진 노인은 뭔가를 결심한 듯 입술을 깨물고 구석진 곳으로 걸어갔다. 그곳에는 커다란 약초 망태기가 놓여 있었는데, 그는 망태기를 들어 던지듯이 옆으로 치웠다.

약초망태기가 치워지자 동그란 고리가 보였다.

그는 고리를 잡아당겨 널빤지를 들어내고, 그 안에 든 목함 하나를 꺼냈다.

목함은 가로세로 한 자 크기였다. 색이 검어 보이는 게 일반 나무가 아닌 듯했다.

그가 목함의 뚜껑을 열자 그 안에서 알싸한 향이 풍겼다. 대추처럼 생긴, 아기 주먹만 한 열매에서 나는 향이었다.

그 열매를 보는 진 노인의 눈이 한순간 잘게 떨렸다.

'천년매령(千年梅靈)……. 결국 인연은 따로 있었던가?'

삼 년 전, 약초를 캐러 서쪽 계곡 깊숙이 들어갔다가 우연히 발견한 영과였다.

천년매령이 다 익으면 아주 강한 향을 풍기는데, 진 노인이 그 근처를 지나갈 때 때마침 천년매령이 막 익어 향을 풍기기 시작했던 것이다.

향을 강하게 풍기는 시간은 한 시진. 그 시간이 지나면 천년매령은 향을 잃고 땅에 떨어진다. 그리고 열매를 맺기 위해 모든 기운을 소진하고 말라 버린 나무 대신 씨앗이 되어 다시 싹을 틔운다.

진 노인이 천년매령을 발견했을 때는 나무가 말라가며 열매에서 나던 향기가 약해질 무렵이었다.

땅에 떨어져 껍질이 벗겨지면, 그 사이로 수액과 영기가 모두 빠져나가 버리고 씨앗과 껍질만이 남는 것이 천년매령.

진 노인은 천년매령을 알아보고는 상처가 나지 않도록 조심해서 따냈다.

처음에 진 노인은 천년매령을 자신이 복용할까 생각했었다. 복용하면 백 년 공력이 늘어난다는 전설의 영과는 아니어도, 내공 수련에 상당한 도움이 될 테니까.

게다가 제대로 복용만 하면 무병장수할 수 있는 귀한 영과가 바로 천년매령이 아니던가.

그러나 진 노인은 바로 욕심을 접고 천년매령을 보관하기로 했다.

천해를 상대하는 자손들에게 조금이라도 도움을 줄 수 있다면, 자신은 천년매령이야 먹어도 그만 안 먹어도 그만이었다.

그런 진 노인이 지금, 자신의 후손이 아닌 좌소천을 위해 천년매령을 꺼낸 것은 이유가 있었다.

그는 좌소천을 자신만이 아는 비밀의 장소로 데려갈 작정이었는데, 문제는 좌소천의 심장박동이 하루를 넘길 수 없을 만큼 약하다는 것이었다. 이대로는 그곳까지 가는 게 불가능할 정도로.

한데 마침, 천년매령에는 세상의 어떤 영과도 따라올 수 없는 특이한 약효가 존재했던 것이다.

심장이 완전히 멈추지만 않았다면, 적어도 십여 일 동안 심장의 박동을 유지시켜 줄 수 있는 약효가.

'그곳까지 가려면 아무리 빨라도 닷새는 걸린다. 후우, 하는

수 없지. 아무리 귀한 것이라 해도……'

결정한 이상 망설일 것도 없었다.

진 노인은 천년매령을 들고 좌소천에게 다가갔다. 침상 앞에선 그는 품속에서 여덟 치가량의 소도를 꺼내 망설임없이 열매의 한쪽을 갈랐다.

순간, 코가 매울 정도로 진한 향이 확 풍겼다.

진 노인은 재빨리 천년매령의 갈라진 곳을 좌소천의 입에 대었다.

동시에 천년매령의 붉은 액체가 좌소천의 입 안으로 흘러들어 가고, 껍질이 쭈글쭈글해지는가 싶더니 씨앗과 껍질만 남았다.

진 노인은 좌소천의 입 안으로 천년매령의 액체가 사라지자, 재빨리 좌소천의 전신대혈을 두드리기 시작했다.

추궁과혈을 시작한 지 얼마나 지났을까, 진 노인의 이마와 코에서 땀방울이 맺혀 떨어졌다.

대신 좌소천의 심장박동이 전과 확연히 다르게 강해졌다. 또한 그만큼 숨소리도 안정되게 들렸다.

그제야 진 노인은 손을 멈추고 이마의 땀을 훔쳤다.

"후우, 워낙 몸이 튼튼해서 별 이상 없이 약효를 받아들이는군."

다행이라면 다행이었다.

워낙 약효가 강해서 중화시킬 약재를 넣고 달였어야 하는데 시간이 없어 그러지를 못했다. 한데도 좌소천의 몸이 강한 약효를 무사히 견뎌낸 것이다.

진 노인은 자리에서 일어나 창문 밖을 바라보았다.

어느새 새벽 어스름이 밀려온다. 언제 천해의 사람들이 추적해 올지 모르는 일. 그는 운기할 시간도 없이 간단하게 짐을 싸고 조용히 잠들어 있는 좌소천을 업었다.

2

도유관과 사도진무를 비롯한 호위대는 왔던 길을 더듬어 한시도 쉬지 않고 달렸다. 기천승이 조사한 지름길은 천외천가조차 알지 못했다. 덕분에 그들은 천외천가의 추적을 뿌리치고 한나절 만에 태백산을 무사히 빠져나왔다.

태백산을 벗어난 그들은 일단 장안으로 갔다. 그리고 그곳에서 다음날 아침까지 좌소천을 기다렸다. 하지만 좌소천은 해가 뜰 때까지 나타나지 않았다.

도유관은 좌소천이 나타나지 않자, 눈물을 머금고 장안을 떠나기로 결정했다.

"주군께서는 놈들에게 당할 분이 아니다. 가자! 가서 기다리자!"

호위대의 귀환은 최대한 비밀리에 처리되었다. 어차피 시간이 지나면 알려질 일이지만, 공손양은 그 일을 아는 모두에게 철저히 입을 다물 것을 지시했다.

호위대도, 오행대의 간부들도, 장로들도 모두가 굳은 표정으로 고개를 끄덕이고, 말문을 봉한 채 좌소천이 돌아오기만 기다렸다.

그리고 호위대가 돌아온 이틀 후, 오행대의 간부들과 장로들이 모두 영풍전으로 모였다.

침묵이 방 안의 공기를 짓눌렀다. 누구도 쉽게 입을 열지 못했다.

행여나 안 좋은 소식이 전해질까 봐 두려워하는 눈치들이었다.

하지만 언제까지 입을 닫고 있을 수는 없는 일. 공손양이 최대한 담담한 표정을 지으며 입을 열었다.

"안타깝게도 주군의 행방에 대한 것은 아직 알려진 것이 없습니다."

그제야 말문이 열린 사람들이 너도나도 물었다.

"사람들을 파견해야 하는 거 아닌가?"

"놈들의 움직임은 파악했는가?"

"돌아오시기 전에 놈들이 공격할지 모르는데, 대책은 세워놓았나?"

공손양은 차분한 목소리로 그들의 질문에 답했다.

"태백산 일대에 천이당의 당원들을 파견했습니다. 정보를 수집하는 일에 능숙한 사람들인 만큼 곧 어떤 소식이 전해질 거라 생각합니다. 그리고 천해와 천외천가도 이번 일로 상당한 피해를 입었습니다. 그중에는 오제에 버금간다는 사사 중한 사람과 십암 중 한 사람도 끼어 있는데다가, 절정의 경지에 오른 고수들만도 이십여 명 이상이 죽었다고 합니다. 아마 쉽게 움직이지 못할 것입니다."

능히 일개 대문파의 힘에 못지않은 무력이 하루 사이에 소멸되었다. 제아무리 천외천가와 천해가 강하다 해도 큰 타격이 아닐 수 없을 터였다.

"끄응, 이거 답답해 미치겠군."

한쪽 구석에서 등을 깊숙이 의자에 묻고 있던 동천옹이 잔뜩 인상을 썼다.

도유관에게 대충 상황을 들어서 알기는 했다.

좌소천이 사매를 구하기 위해 천선곡에 들어갔다는 것. 그 사매가 신녀라는 것. 좌소천이 그곳에서 혁련호운과 사매를 구하고 나오던 중 한바탕 싸움이 벌어졌다는 것. 그리고 분명 뒤따라 나오는 것으로 알았는데 그 이후 모습을 감췄다는 것 등등.

하지만 답답한 것은 여전했다.

그나마 다행이라면, 천외천가 쪽 사람들이 아직 좌소천의 정체를 알지 못하고 있는 것 같다는 것이었다.

"궁주의 사매는 어떤가?"

"일단 안전한 곳에 옮겨놨습니다만, 내상이 심해서 당장 일어나기는 힘들 것 같습니다."

"에잉, 이거 참. 그렇게 애타게 찾던 사매를 구하기 위해 갔으니 궁주만 탓할 수도 없고……."

동천옹이 눈을 굴려 눈을 반쯤 감고 있는 염불곡을 바라보았다.

"염가야, 너도 찾을 수 없냐? 거 귀령인가 뭔가 부리면 찾을 수 있을지도 모르잖아?"

동천옹의 말에 염불곡이 미간을 좁히고 눈을 내리깔았다.

"궁주의 몸에 제가 전에 줬던 것이 있긴 한데… 너무 멀어서 알 수가 없습니다."

동천옹이 눈을 반짝였다.

"멀어서 그렇다면, 가까이 가면 되겠네. 그렇지?"

염불곡이 슬며시 고개를 돌렸다.

하지만 가만 둘 동천옹이 아니었다.

"나랑 같이 가자. 궁주가 생사불명인데 앉아서 기다릴 수는 없는 일이 아니냐?"

무영자도 합세했다.

"나도 오랜만에 태백산 구경 좀 해봐야겠군."

염불곡은 눈을 가운데로 모으더니 할 수 없다는 듯 고개를 끄덕였다.

"좋습니다. 가보죠 뭐."

그들의 말에 공손양이 고개를 숙였다.

"어르신들께서 가시겠다면, 수발할 사람 몇을 붙여 드리겠습니다."

"그래? 그럼 궁주의 호법들을 붙여주게. 시간이 좀 걸릴지 모르는데, 짜증나면 그놈들이나 닦달해야겠어."

동천옹이 주먹을 불끈 쥐고 말한다.

하지만 도유관과 능야산은 물론이고, 호법들 누구도 동천옹의 말에 어두운 표정을 짓지 않았다. 오히려 눈을 빛내며 단단히 각오를 다졌다.

이번 길에서 무사히 돌아오면, 동천옹과 무영자에게 시달린 만큼 더 강해져 있을 것이다.

강해질 수만 있다면, 두 노인에게 시달리는 것쯤은 아무것도 아니었다.

'두 번 다시! 주군을 놔두고 돌아서지 않겠다!'

그러나 모두가 침울한 것만은 아니었다.

소광섭은 주체할 수 없는 기쁨으로 주름진 얼굴을 푸들푸들 떨며 침상에 죽은 듯 잠들어 있는 소영령을 바라보았다.

"령아야! 오오, 네가, 네가……."

목소리가 떨려 말이 제대로 나오지 않았다.

눈에 안개가 뿌옇게 끼어 앞이 흐릿하니 보였다.

"이렇게 예쁘게 자랐다니……. 그동안 하늘만 원망했는데, 허, 허, 허……."

영원히 찾지 못할 줄 알았던 질녀가 눈앞에 있다. 손만 뻗으면 만질 수 있는 곳에.

'제발 꿈이 아니기를!'

그동안 알게 모르게 좌소천에게 서운했던 그였다. 하지만

오늘로서 서운함은 티끌 하나 남기지 않고 모조리 날아가고,
이제는 미안함만 남았다.

'당신을 진정한 마음으로 모시겠소, 주군.'

그때 소영령의 입에서 옅은 신음 소리가 흘러나왔다.

"으음……."

소광섭은 끝내 눈물을 주르륵 흘리며 환하게 웃었다.

"영령아, 정신이 드느냐?"

하지만 소영령은 옅은 신음만 흘릴 뿐 정신을 차리지 못했
다.

그래도 소광섭의 입가에 맺힌 웃음은 더욱 짙어지기만 했
다.

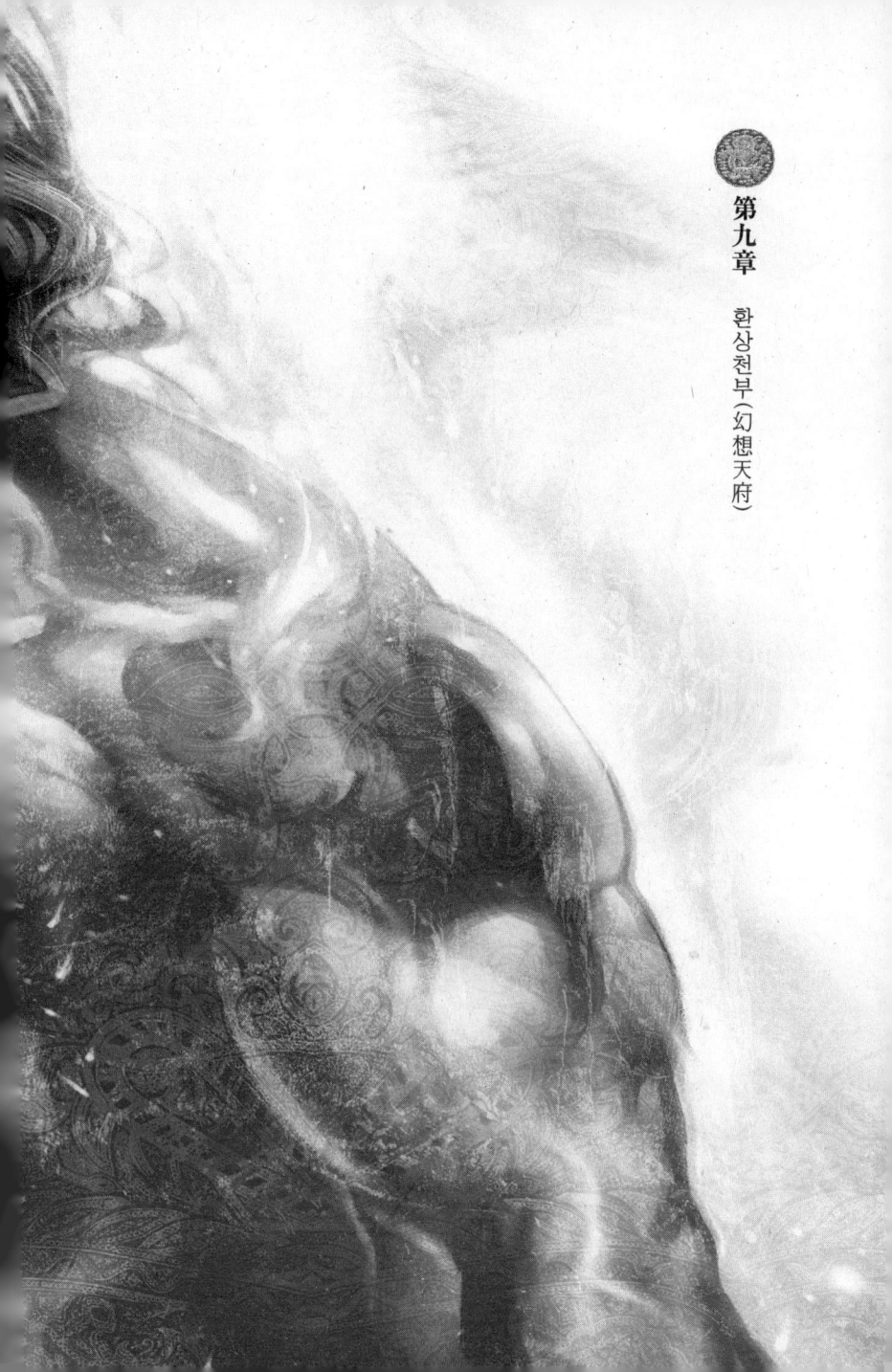

第九章

환상천부（幻想天府）

절대천왕 絶對天王

촉산의 깊숙한 산중.

아무도 찾지 않는 계곡에 한 사람이 들어섰다.

그는 바위산이 무너진 계곡을 지나, 불에 타버려 이제는 건물의 흔적조차 남지 않은 폐허에 도착했다.

그곳에는 있어야 할 건물들 대신 울창한 수목만이 빽빽이 자라나 있었다.

하지만 그는 조금도 머뭇거리지 않고 폐허의 끝자락, 절벽 앞까지 걸어갔다. 그러더니 주위를 서성거리며 무언가를 찾기 시작했다.

얼마나 지났을까, 그의 눈이 한 곳에 고정된 채 반짝였다.

"여기군. 워낙 오래되어서 모든 것이 변해 버렸어."

그는 파리를 쫓듯 바닥을 향해 가볍게 손을 흔들었다.

순간 가벼운 손짓에 잡초가 가득 자란 땅이 한 자 두께로 쑥 밀려나고, 눈앞에 가로세로 여섯 자 크기의 판판한 대리석이 드러났다.

그는 석문을 한참 동안 바라보더니, 몸을 구부리고 석문 가장자리를 더듬었다.

그러던 어느 순간이었다.

덜컹!

대리석 석판이 위로 들리며 시커먼 구멍 안에서 퀴퀴한 냄새가 밖으로 흘러나왔다.

그는 잠시 기다렸다가, 냄새가 약해지자 미리 준비한 **횃불**을 꺼내 들었다. 그러고는 조금도 망설이지 않고 지하로 내려가는 계단에 발을 디뎠다.

잠시 후.

일백여덟 개의 계단을 내려간 그는, 손에 들린 횃불에 불을 붙였다.

화르륵!

횃불이 불꽃을 피운 순간, 어둠이 밀려가고 고요히 숨을 죽인 지하 광장이 눈앞에 모습을 드러냈다.

쿠르르르르…….

지하 광장의 한쪽 바위 벽이 힘겹게 신음을 토하며 밀려나기 시작했다.

벽처럼 보이던 바위는 단순한 벽이 아니라 석문이었다.

한데 얼마나 오랜 세월 닫혀 있었는지, 석문에서 떨어져 내리는 먼지가 수북이 동산을 이루었다.

석문이 반쯤 열렸을 즈음, 감회에 젖은 눈으로 석문을 바라보던 진 노인의 입에서 떨리는 목소리가 흘러나왔다.

"오십 년 만에 돌아왔다. 나 담대위겸이······."

그랬다. 그의 성은 '진'이 아니라 '담대'였다. 태백산에 눌러 살기 위해 평범한 성씨인 진씨 성을 썼을 뿐.

하지만 고향으로 돌아온 이상, 그의 성은 더 이상 '진'이 아니었다.

진 노인, 담대위겸은 두근거리는 가슴을 진정시키고, 석문이 다 열리자 그 안으로 발을 디뎠다.

한 발, 두 발······.

그가 횃불을 들고 가며 벽에 걸린 유등의 심지에 불을 붙이자 불꽃이 하나둘 피어났다.

오십 년이 넘었는데도 열여덟 개의 유등 중 아홉 개가 불꽃을 피운다. 마치 자신을 기다리기라도 했다는 것처럼.

통로에는 온갖 동물의 조각이 새겨져 있었는데, 불빛이 비치자 살아서 움직이는 듯했다.

뚜벅, 뚜벅······.

그가 그렇게 이십여 장의 통로를 걸어가자 또다시 커다란 석문이 그의 앞을 가로막았다.

높이 서른 자. 가로가 스무 자.

두 번째 석문은 앞쪽의 석문과 많이 달랐다.

앞쪽의 석문이 아무런 특징도 없는 평범한 바위처럼 생긴 것이었다면, 두 번째 석문에는 보는 이의 입에서 경탄이 터져 나올 정도로 화려한 문양이 새겨져 있었다.

담대위겸은 우뚝 서서 석문을 쓸어보았다.

석문에 새겨진 글자가 보였다. 웅혼한 필체로 쓰인 네 개의 글자.

환상천부(幻想天府).

그걸 바라보는 담대위겸의 눈에 뿌연 안개가 어렸다.

"마침내 이곳을 열 수가 있게 된 건가?"

목소리가 떨려나온다.

당연했다. 천부의 문이 닫히고 무려 구백여 년이 지나지 않았는가 말이다.

하지만 언제까지 감격에 겨워 있을 수만은 없는 일. 담대위겸은 업고 있던 좌소천을 조심스럽게 내려놓았다.

생각대로 닷새가 걸렸다. 좌소천은 여전히 정신을 차리지 못하고 있는 상태로 심장박동과 숨소리가 조금 약해지긴 했지만, 그렇다고 당장 위험할 정도는 아니었다.

담대위겸은 좌소천의 상태를 살피고 두 손에 공력을 집중시켰다.

이제 깨워야 할 때였다. 깨어나면 얼마나 살 수 있을지 그도 모른다. 하루가 될지, 아니면 일 년이 될지.

하지만 들어야 할 말이 있다. 그리고 결정을 내려야 했다.

"하늘이여, 묵령의 혼을 외면하지 마소서."

담대위겸은 나직이 뇌까리며 공력이 집중된 손을 좌소천의 명문혈에 얹었다.

지독한 통증이 느껴진다.

좌소천은 아득한 정신 속에서도 그 통증이 반가웠다.

통증!

자신이 살아 있다는 증거가 아닌가 말이다.

"으음……."

그의 입에서 나직한 신음이 흘러나왔다.

"정신이 드는가?"

그때 누군가의 목소리가 들렸다. 언젠가 들었던 목소리.

'맞아, 정신을 잃기 전에 들었지.'

"정신이 들었으면 운기를 해서 혈천마마공의 마기를 누르도록 하게."

혈천마마공의 마기?

공야황의 기운을 말하는 것인가?

어떻게 이자는 공야황의 무공을 알아본 것일까?

좌소천은 의아한 가운데에서도 금라천황공을 끌어올렸다.

또다시 심장을 찢어발기는 통증이 밀려왔다.

'크윽!'

하지만 좌소천은 통증을 꾹 참고 악착같이 금라천황공을 일으켰다. 그것만이 공야황의 마기를 누를 수 있다는 것을 알기 때문이었다.

온몸에서 땀이 흐르고 몸이 부들부들 떨렸다.

입을 벌리고 비명이라도 내지르면 시원할 것 같았다.

그러나 그럴 수는 없었다. 비명을 내지르면 기운이 빠져나간다.

좌소천은 이가 부서져라 턱에 힘을 주고 혼신을 다해 금라천황공을 운용했다.

그러던 어느 순간, 실낱같은 기운이 단전에서 일어났다. 동시에 고통도 조금씩 줄어들었다.

그때다. 좌소천은 문득 이상하다는 생각이 들었다.

잠력을 격발시켰으니 단전에 남은 공력이 없어야 했다. 되살리기 위해선 적어도 몇 달은 고생을 해야 할 터였다.

한데 약하긴 해도 분명 단전에 기운이 모여 있다.

자신을 도와준 자가 넣어준 공력인가?

그건 아닐 것이었다. 그가 금라천황공을 익히고 있지 않는 한은 불가능한 일이었다.

그때 또 목소리가 들렸다.

"자네에게 천년매령을 복용시켰네. 그 기운이 남아 있을 거야. 그걸 최대한 끌어 모으게."

좌소천은 천년매령이 무엇인지 알지 못했다. 다만 목소리의 주인이 말하는 걸로 봐서 그것이 범상치 않은 영약일 거라는 것만 짐작할 뿐이었다.

어쨌든 도움이 될 수 있다면 날벌레의 기운이라도 얻어야 할 판. 좌소천은 실낱같은 기운을 악착같이 이끌고 온몸의 구석구석을 누볐다.

그렇게 어느 정도 지나자 기운이 제법 굵어졌다.

그래 봐야 예전에 비하면 백분지 일도 되지 않았지만, 좌소천은 환호라도 지르고 싶은 마음이었다.

그 정도만으로도 금라천황공이 사이한 기운을 억누르기 시작한 것이다.

좌소천이 운기를 마치고 눈을 뜬 것은 정신을 차린 지 세 시진이 지나서였다.

'어디지?'

주위가 어둡다. 한쪽에 꽂힌 횃불이 없었다면 더욱 어두웠을 것이다.

밤이어서 그런 것이 아니다. 사방이 온갖 동물들의 문양이 새겨진 석벽으로 막혀 있기 때문이다.

정면의 석벽을 바라보던 좌소천의 눈이 가늘어졌다.

'동굴이 아니라 지하?'

"이제 좀 견딜 만한가?"

또다시 들리는 목소리.

고개를 돌린 좌소천의 눈에 자신을 바라보는 노인이 보였다.

거친 수염, 주름진 얼굴. 나이를 짐작키가 힘든 노인이었다.

"어르신께서 저를 구하셨나 보군요. 고맙습니다, 어르신."

"굳이 따진다면 그렇다고 해야겠지. 하나 지금은 그것이 중요한 것이 아니네."

좌소천은 조용히 그의 말이 이어지기만을 기다렸다.

"일단 자네에 대한 것을 알고 싶군. 왜 천해의 해주와 싸웠는가?"

자신이 천해의 해주와 싸운 걸 어떻게 알았을까?

의문이 일었지만 좌소천은 상대의 질문에 먼저 대답했다.

"천해에 사람을 구하러 몰래 들어갔다가 해주인 공야황을 만났습니다. 그 바람에 싸우게 되었지요."

간단명료한 좌소천의 말에 담대위겸의 눈이 파르르 떨렸다.

"자네가⋯ 천해에 들어갔었단 말인가?"

"예, 어르신."

"그렇다면 해주만이 아니라 사사나 십암도 만났을 텐데⋯⋯?"

어떻게 살아서 나왔냐는 말일 터였다.

'사사나 십암을 아는 걸 보니 천해를 잘 아는 것 같군.'

천해를 잘 아는 사람. 그러면서도 자신을 구한 사람. 그렇다면 적은 아니란 말이다.

좌소천은 간단하면서도 솔직하게 말했다.

"만났습니다. 그 바람에 빠져나오기가 힘들었지요."

그들을 만나고도 빠져나왔다는 말에 담대위겸의 눈이 홉떠

진 채 굳어졌다.

좌소천이 강할 거라는 생각은 했다. 하나 설마하니 그들을 모두 만나고도 살아 나올 정도라는 것은 생각조차 하지 못한 그였다.

아마 좌소천의 몸에 혈천마마공의 마기가 스며 있지 않았다면 믿지 않았을 게 분명했다.

사사와 십암이 어떤 자들이던가!

한데 그때다. 좌소천이 조소가 담긴 목소리로 말을 이었다.

"그래도 사사를 삼사로 만들었고, 십암을 구암이 되게 했으니 손해는 아니지요."

둘을 제거했다는 말.

담대위겸은 잠시 말을 잊고 좌소천을 바라보기만 했다.

자신이 전력을 다한다면 십암 중 하나는 감당할 수 있다. 그러나 사사는 혼자서 감당할 수 있는 자가 아니다.

그런 자들을 둘이나 제거했다니!

정말일까?

문득 의혹이 일며 좌소천의 정체가 진실로 궁금해졌다.

"자넨… 누군가?"

좌소천의 창백한 얼굴에 쓴웃음이 맺혔다.

"제천신궁을 맡고 있는 좌소천이라고 합니다."

"자네가 제천신궁의 주인이라고?! 그럼 자네가 혁련무천을 밀어냈다는 그 절대공자란 말인가?!"

경악한 담대위겸의 엉덩이가 세 치쯤 들렸다가 내려앉았다.

담대위겸의 굳은 입이 벌어진 것은 한참이 지나서였다.

그는 한 가지 계획을 지니고 이곳에 왔다. 모험일지 모르지만, 충분히 가능한 일이라고 생각했다.

천해의 해주와 겨룰 정도의 강한 청년. 그의 몸에 깃든 혈천마마공의 마기. 허리에 끼워져 있던 묵령시까지!

모든 게 하늘이 맺어준 인연 같았으니까.

한데 문제가 생겼다.

제천신궁은 당금 천하제일의 세력이다. 그런 제천신궁의 주인이 자신의 뜻을 따라줄까?

하지만 여기까지 와서 포기할 수는 없는 일.

'진인사대천명(盡人事待天命)'이라 하지 않던가?

이제 자신이 할 일을 다하고 나서 하늘의 뜻을 기다리는 수밖에 없었다.

담대위겸은 결심을 굳히고 보따리 속에서 묵령기환보를 꺼내 들었다.

"이게 무엇인지 아는가?"

좌소천의 눈빛이 잔잔해졌다.

어머니와 이어진 단 하나의 물건이기에 어딜 가나 몸에서 떼어놓지 않았던 묵령기환보다.

그걸 보니 마음이 편안해졌다.

"묵령기환보라고 알고 있습니다."

담대위겸의 눈매가 꿈틀거렸다.

"이걸 어떻게 얻은 건가?"

그때까지도 좌소천은 담대위겸이 왜 묻는지 알지 못했다.

"십 년 전 제천비고에서 얻은 것입니다."

그 말이 담대위겸의 귀에는 단순히 운이 좋아 얻었다는 말로 들렸다.

그는 조금 실망한 표정을 짓고 묵령기환보를 내려다보았다.

'그냥 그랬던 건가?'

좌소천도 묵령기환보를 바라보았다. 그러면서 말을 이어갔다.

"어머니 가문과 관계된 물건이어서, 전 궁주께 어머니가 부탁해 얻었습니다."

담대위겸의 눈이 살짝 쳐들렸다.

"어머니의 가문이라고?"

"어머니께선 제가 익힌 금라천황공과 연관된 물건일 거라고 말씀하셨지요."

담대위겸이 번쩍 고개를 쳐들고 좌소천을 뚫어지게 바라보았다.

"금라… 천황공?"

"정확한 이름은 아닙니다. 아버님께서 금판의 무공을 해석하시면서 어머니 가문의 이름을 따붙인 것이니까 말입니다."

끝내 담대위겸의 노안이 부들부들 떨렸다.

"금라……. 금판……. 설마……?"

그제야 이상함을 느낀 좌소천이 묵령기환보에서 눈을 떼고 담대위겸에게 물었다.

"금라천에 대해 아십니까?"

부들부들 떨리는 담대위겸의 잇새로 신음에 가까운 광소가 새어 나왔다.

"크, 크크크. 금라천을 아냐고? 지금 나에게 금라천을 아느냐고 물었는가?"

"어르신……?"

비감에 찬 웃음을 터뜨리던 담대위겸이 고개를 들어 천장을 올려다봤다.

'하늘이여! 그토록 커다란 시련을 주고도 모자라더이까? 어찌, 어찌 이런 상황에서 동방가의 자손을 제 앞에 보내신 겁니까?!'

손을 잡고 천해에 대항해도 모자랄 판에 형제들끼리 싸워온 세월이 수백 년이다.

금라천이 무너진 후에야 담대위겸은 선조들이 얼마나 어리석었는지 뼈저리게 깨달았다.

진정 어리석고도 어리석은 선조들의 이전투구(泥田鬪狗) 때문에, 후예들이 처절한 시련에 시달리며 살아온 게 수십 년이 아니던가.

천해가 뛰쳐나와 세상을 피로 물들이면, 천부의 힘이 갈라진 게 가장 큰 원인일 터. 천벌이 내린 게 당연한 것인지도 몰랐다.

그걸 누구보다 잘 아는 사람이 바로 담대위겸이었다. 지난 수십 년을 두 눈 뜨고 지켜봐 왔으니까.

그러나 누가 뭐래도 원수는 원수다.

자신의 가족들을, 동료들을 죽인 철천지원수의 혈육!

분노! 회한!

담대위겸은 두 손을 몇 번이나 쥐었다 폈다.

마음만 먹으면 앞에 있는 좌소천을 손가락 하나로도 죽일 수 있다. 단 한 번의 손짓이면 목에서 머리를 떼어낼 수가 있다. 그리고 선령들에게 제물로 받칠 수 있다.

아마 이십여 년 전에 만났다면 추호의 망설임도 없이 그랬을 것이다.

그런데… 지금은 그럴 수가 없다. 그래서는 안 된다.

오십 년의 세월이 한을 희석시킨 것도 있지만, 그보다는 지난 이십수 년간 천해에 당해온 한이 더욱 큰 까닭이다.

하나를 위해 하나를 포기해야 한다는 것. 그것이 그를 미치게 했다.

'하늘이여! 대체 나에게 무얼 바라는 것이오?!'

한참 만에 담대위겸의 입이 열렸다. 그의 잇새로 한마디 한마디가 짓이겨진 채 흘러나왔다.

"이곳이 어딘 줄 아는가?"

"……?"

좌소천은 의아한 표정으로 담대위겸을 쳐다보았다.

태백산에서 정신을 잃었다. 당연히 태백산 근처일 거라 생각했다. 한데 담대위겸이 묻는 걸로 봐서는 꼭 그렇지만도 않은 듯했다.

게다가 조금 전의 이웃집 할아버지 같던 표정이 아니다. 마치 불구대천지수라도 만난 듯 한 표정이다.

좌소천은 의아해하면서도 담담히 물었다.

"태백산이 아닙니까?"

담대위겸이 느릿하니 고개를 저었다.

"여기는 태백산에서 천 리도 더 떨어진 촉산의 깊은 곳이네. 그리고 자네는 칠 일 만에 정신을 차렸지."

촉산과 칠 일!

그 말에 좌소천의 표정이 굳어졌다.

'맙소사. 그럼 영풍산장에서 난리가 났겠군.'

부상보다 더 중요한 것은 자신의 생존 여부였다. 한시라도 빨리 나가서 자신의 생존 사실을 알려야 했다.

하지만 담대위겸의 이어진 말에 좌소천은 나가야 한다는 말을 하지도 못했다.

"하지만 그보다도 더 중요한 것은, 우리가 앉아 있는 이곳이 어딘가 하는 것이네. 저기를 보게."

담대위겸의 손이 석문을 가리켰다. 좌소천의 눈이 그의 손끝을 따라갔다.

환상천부라 쓰인 글자가 보였다.

'환상천부? 대체 여기가 어디기에……?'

그때다. 두 가지 단어가 모이면서 이름 하나가 떠올랐다.

촉산과 환상천부.

입을 여는 좌소천의 눈이 점점 커졌다.

"설마… 환상… 마궁?"

"환상마궁은 환상천부의 한 갈래에 불과하다네. 하지만 그리 불러도 상관은 없네. 밖의 폐허가 바로 환상마궁이 있던 자리니까."

"어떻게 이곳을? 환상마궁은 망했다고 들었습니다만……."

담대위겸이 이를 악물고 좌소천의 눈을 직시했다.

"망했지. 그것도 철저히. 처음에는 금라천에게 당하고, 나중에는 그나마도 살아남은 사람들마저 천해의 손발인 천외천가의 무리에게 대부분 죽어갔지. 하지만 모든 사람이 죽은 것은 아니라네. 나, 담대위겸이 살아 있는 것처럼."

내심 극도로 경악한 좌소천이었다. 심지어 천해에 들어갔을 때보다도 더 놀랐다.

어찌 놀라지 않으랴. 자신의 목숨을 구해준 사람이 금라천에 멸망한 것으로 알려진 환상마궁의 생존자라니!

좌소천의 입이 아교로 붙인 것처럼 딱 붙어버렸다.

한참 동안 두 사람은 그렇게 서로를 바라보기만 했다.

그러길 일각, 좌소천을 차가운 눈으로 바라보던 담대위겸이 먼저, 차마 벌어지지 않는 입술을 억지로 벌인다는 표정으로 말문을 열었다.

"한 가지 물어볼 게 더 있네."

좌소천은 고개를 깊숙이 숙였다.

수십 년간 사무친 원한이 하늘에 닿았을 것이다.

자신이 금라천의 후예라는 것을 알았으니, 자신의 목으로, 피로 한 맺힌 마음을 달래고도 싶었을 것이다.

한데 모든 걸 가슴에 묻었다는 듯 그저 묻는다. 결코 쉬운 일이 아니었을 것이거늘.

"말씀하십시오, 어르신."

"조금 전 금판이라고 했는데……."

좌소천은 고개를 들고 사정을 설명했다.

좌소천의 이야기가 길어지자 담대위겸의 몸이 잘게 떨렸다.

"그러니까, 자네의 어머니가 가져온 그것을 아버지가 해석해 냈고, 자네가 그것을 익혔단 말인가?"

"예, 어르신."

"허어!"

담대위겸의 입에서 나직한 탄성이 터졌다. 한에 대한 미련조차 털어버리는 탄성이었다.

"정녕 하늘의 뜻은 넓고도 깊어 감히 내 머리로는 짐작도 못하겠구나. 혈천마마공이 완성되어 막막했거늘 묵천금판의 비밀도 풀렸다니."

'정녕 한을 잊으라는 하늘의 뜻이런가?'

담대위겸은 입술을 잘근 깨물고는, 좀 더 차분해진 목소리로 좌소천에게 물었다.

"묵천금황기(墨天金皇氣)를 얼마나 익혔는가?"

"아직 완성을 보지는 못했습니다만, 구성 정도는 익히지 않았나 생각합니다."

담대위겸의 주름진 눈꺼풀이 잘게 떨렸다.

그제야 그는 좌소천이 천해의 해주와 대등하게 싸웠다는 것을 이해할 수 있었다.

"구성이라……."

그는 묵령기환보를 집어 들고 좌소천에게 말했다.

"이것의 이름이 무엇인지 아나?"

"저는 그저 묵령기환보로 알고 있습니다만."

담대위겸이 고개를 저었다.

"이것의 진짜 이름은 묵령천보라네. 달리 묵령시라고도 부르지. 왜 그리 부르는지 아는가?"

그 이유를 알 리 없는 좌소천은 그의 말이 이어지기만을 기다렸다.

담대위겸은 바로 말해주지 않고 고개를 돌리더니 환상천부의 석문을 바라보았다. 그러고는 묵령기환보를 들고 일어나 환상천부의 석문 앞으로 다가갔다.

어차피 묻어두기로 한 한이 아닌가. 고민할 것도 없었다.

"따라오게."

좌소천도 일어나서 그를 따라갔다.

담대위겸은 석문 앞에 이르러 손으로 조각을 쓸어 만졌다. 그의 손이 가슴 높이의 용머리 위에 얹어졌을 때다.

덜컹.

나직한 마찰음과 함께 여의주가 안으로 밀려들어 갔다.

"바로 이것이 환상천부를 여는 열쇠이기 때문이네. 이곳에 묵령시를 꽂고 자네가 익힌 묵천금황기를 일으키면 안쪽에서 기관이 작동하고 문이 열리지."

묵령기환보가 단순히 열쇠에 불과하다는 것은 조금 어이가 없는 일이었다. 뭔가 엄청난 비밀이 숨어 있을 거라 생각했거늘.

하지만 실망은 하지 않았다. 환상천부를 열 수 있다는 것 자체만 해도 엄청난 가치가 있는 보물이 아닌가 말이다.

더구나 묵령기환보와 금라천황공 사이에 그러한 연관이 있을 줄은 미처 몰랐던 사실. 좌소천은 오히려 은근한 기대감을 가지고 담대위겸의 말을 경청했다.

"물론 지금은 자네의 내력이 워낙 약해서 혼자서는 열 수는 없네. 하지만 내가 도와준다면 이야기가 달라지지. 내가 익힌 무공 역시 자네와 일맥상통하니까."

사실 그가 모험이라 생각한 것도 묵천금황기가 아닌 자신의 내력으로 문을 열 수 있을지 미지수였기 때문이다. 그러나 묵천금황기를 익힌 좌소천이 있는 이상, 이제 문은 여는 것은 문제될 것이 없었다.

비록 내상으로 인해 소량의 내력밖에 쓸 수 없는 좌소천이지만, 자신이 차체전력의 방법으로 모자라는 내력을 보태주면 문을 열 수 있는 정도는 될 테니까.

"나 역시 이 안에 무엇이 있는지 정확히 알지는 못한다네. 하나, 한 가지만은 알고 있지. 이 안에 자네의 몸을 고치고, 천해의 야욕을 막을 수 있는 힘이 있다는 것 말이야."

담대위겸은 묵묵히 말을 이으며 묵령기환보를 구멍 안으로 밀어 넣었다.

스르릉.

묵령기환보가 구멍으로 미끄러져 들어가더니 다섯 치 정도를 남기고 멈췄다.

딸각.

그때 석문 안에서 들릴 듯 말 듯 뭔가 걸리는 소리가 났다.

담대위겸은 그 소리가 들리고 나서야 좌소천을 돌아다보았다.

"금라천과 환상마궁을 비롯해, 묵령천의 모든 것이 바로 이 안에서 나왔다네. 이리 와서 이걸 잡고 묵천금황기를 일으키게. 모자라는 내력은 내가 도와주겠네."

좌소천은 묵령기환보를 묵묵히 내려다보고는, 숨을 들이쉬고 그 끝을 잡았다.

여느 때와 달리 기이한 느낌이 들었다. 석문 안에서 누군가가 묵령기환보를 꼭 쥐고 있는 듯했다.

"시작하지."

그때 담대위겸이 좌소천의 등에 손을 붙였다. 동시에 부드러우면서도 그리 이질적이지 않은 기운이 밀려들었다.

좌소천은 명문혈을 통해 스며든 담대위겸의 기운을 대맥을 통해 천천히 단전으로 이끌었다.

그렇게 얼마나 지났을까, 단전으로 모여든 기운이 자신의

오성 공력에 이를 즈음, 마침내 좌소천이 금라천황공, 묵천금
황기를 운기하기 시작했다.

담대위겸의 도움을 받고는 있다지만, 아무래도 자신의 온전
한 내력과는 다를 수밖에 없다. 게다가 정상이 아닌 몸 상태
다. 억지로 묵천금황기를 끌어올리는 상황.

좌소천의 이마에 땀이 송골송골 맺혔다.

지그시 악다문 입에 힘이 들어가며 턱 근육이 불거졌다.

그러나 힘이 든다고 해서 중단할 수는 없는 일. 좌소천은 혼
신을 다해 우수에 집결된 묵천금황기를 묵령기환보에 밀어 넣
었다.

'담대 어르신은 한조차 포기하셨다. 한데 이 정도도 참지 못
한단 말이냐, 좌소천!'

좌소천의 우수에서 흘러나오는 묵빛 금광이 짙어지고, 묵빛
금광이 묵령기환보로 밀려들어 간 순간!

웅웅웅!

석문 안에서 기음이 흘러나오기 시작했다.

바로 그때였다.

철컥!

짧은 기관음이 들림과 동시!

화악! 눈이 부실 정도의 금빛 광채가 묵령기환보가 꽂힌 구
멍에서 쏟아졌다.

"으음……."

좌소천은 나직한 신음을 흘리며, 구멍에서 밀려나오는 묵령

기환보를 붙잡고 주춤 물러섰다.

담대위겸도 그제야 좌소천의 등에서 손을 떼고 뒤로 한 걸음 물러섰다. 얼굴이 창백한 것이 그 역시 적잖게 힘이 든 듯했다.

하지만 두 사람은 힘든 것을 생각할 정신이 없었다.

쿠구구구궁!

거대한 석문이 뒤로 밀리며 천 년 만에 환상천부의 문이 열리고 있는 것이다!

양쪽에 박힌 열두 개의 야광주가 이십 장의 길이의 통로를 은은하게 밝혔다.

석벽에는 수많은 군상들이 조각되어 있었는데, 어찌나 정교한지 하나하나가 마치 살아 숨쉬는 듯했다.

"환상천부의 탄생에 대한 비사를 새겨놓은 것 같군."

담대위겸이 석벽의 조각을 보더니 감회 어린 목소리로 말했다.

좌소천은 그 말에 조각을 하나하나 살펴보았다.

담대위겸의 말대로 석벽의 조각이 환상천부의 탄생을 새긴 것인지 아닌지는 알지 못했다. 다만 분명한 것은 조각이 어떤 이야기를 들려주고 있다는 것이었다.

그런데 어느 순간이었다. 천천히 조각을 살피던 좌소천의 눈이 반짝였다.

'천해!'

일곱 사람이 광장에서 싸우고 있었다. 하늘에 구멍이 뚫린 곳. 그곳은 천해의 광장이었다.

그들은 서로의 가슴에 손과 검을 꽂더니, 그중 세 사람이 한 맺힌 표정으로 그곳을 떠났다. 그리고 깊은 산중에 자리를 잡았다.

그가 그 그림을 바라보고 있자 담대위겸이 세 사람에 대해 알려주었다.

"저분이 묵령천의 가장 큰 어른이신 환천자시고, 저 두 분은 금라천의 시조이신 환무자, 환상마궁의 시조이신 환상자라는 분이시네. 세 분이 천부를 일으키셨지."

이야기는 그것이 끝이었다. 동시에 통로도 끝이 났다.

좌소천은 통로의 끝에 이르러 걸음을 멈췄다.

그곳부터는 통로가 세 갈래로 갈라진다. 입구에 각 통로의 이름이 적혀 있다.

환천동(幻天洞). 환무동(幻武洞). 환상동(幻想洞).

좌소천이 어디로 들어갈까 망설이는데, 뒤에서 담대위겸의 목소리가 들렸다.

"자네는 저 안에서 세 분이 남기신 것을 얻도록 하게. 아마 적지 않은 세월이 걸릴 것이야. 자잘한 일은 나에게 맡기고 최대한 빨리 모든 것을 수습하게나."

좌소천은 묵묵히 세 통로를 바라보다 환무동을 향해 걸음을 옮겼다.

공손양은 풍성보에 있던 순우무종을 일단 영풍산장으로 옮겼다.

한데 순우무종은 실어증에 걸린 것처럼 말을 하지 못했다. 심지어 염불곡이 귀령을 이용해 그의 입을 열어보려 했지만, 그는 미친 사람처럼 '좌소천' 이라는 말만 반복할 뿐이었다.

게다가 식사마저 거부해서 단 이십 일 사이에 뼈만 남았을 정도로 말라 버렸다.

결국 공손양은 그의 입을 여는 걸 미루고 임시로 만든 뇌옥에 투옥했다.

그렇게 좌소천이 실종된 걸 철저히 함구한 채 보름이 지나는 사이, 일천의 무사들과 함께 사도철군이 도착하고, 묵령천의 형제들이 신농가를 나와 영풍산장을 찾아왔다.

그와 때맞춰 무림맹의 천무단마저 화산에 도착했다.

그리고 천무단이 화산에 도착하던 그날, 천해와 천외천가도 공야황과 순우연이 일천오백의 정예를 이끌고 종남에 들어섰다.

당장에라도 전쟁이 일어날 것 같은 상황. 섬서의 하늘이 북해의 한겨울처럼 얼어붙었다.

한데 바로 그때였다.

갑자기 여산 남쪽 남전에 있던 일만 군병이 움직여 훈련을 시작하더니, 동시에 군령이 떨어졌다.

훈련지 삼백 리 이내에서 강호 세력 간의 다툼을 금한다!

평소라면 무림의 일에 관여하지 않는 것이 관례였다.

한데 무엇 때문인지 훈련이라는 명목으로 양쪽 세력 사이에 끼어든 것이다.

누가 그들을 움직인 것인지, 아니면 양민들이 희생될까 봐 나선 것인지는 몰랐다.

어쨌든 그 바람에 무사들만 집결한 채 양쪽 누구도 움직이지 못했다.

하지만 움직이지 않는다고 해서 긴장이 늦춰진 것은 아니었다.

무림맹과 제천신궁의 연합세력은 천외천가의 세력이 동진하는 것을 견제하기 위해 섬서 동부의 낙남, 상주, 산양, 상남에 임시지부를 만들었다.

천해와 천외천가 역시 무림맹이 남쪽으로 돌아 들어오는 것을 막기 위해 작수와 진안에 무사들을 분산시켰다.

그렇게 한 달이 지날 무렵.

태백산으로 갔던 동천웅과 무영자, 염불곡이 호법들을 데리고 돌아왔다.

그들이 은밀히 움직이며 태백산 일대를 한 달간 헤매고 찾은 것은 두 가지. 태백산 남쪽에서 발견한, 가공할 격전이 벌어진 흔적과 약초꾼이 살았을 법한 오두막 하나였다.

그 외에는 좌소천과 연관된 흔적은 어디에도 없었다.

주요 인사들이 풍령전에 모이자 동천웅이 눈살을 찌푸린 채 입을 열었다.

"오두막의 침상 위에 상당히 많은 양의 피가 묻어 있었네. 혹시 궁주가 그곳에 들른 것이 아닌가 해서, 일대를 조사하는 한편으로 약초꾼이 오기를 기다렸지. 그런데 닷새가 지나도록 약초꾼은 오지 않더군. 이상해. 얼마 전까지 사람이 살았던 게 분명해 보였는데 말이야."

공손양이 다급히 물었다.

"주군께서 남겨놓은 흔적 같은 것은 없었습니까?"

무영자가 답답하다는 투로 대답했다.

"아무것도 없었다. 다만 조금 마음에 걸리는 것이 있는데…… 오두막의 약초꾼이 사라진 때와 궁주가 태백산에 간 때가 엇비슷해 보였어."

"으음……"

"그것참……"

사람들은 동천웅과 무영자의 말에 실망하면서도, 어쩌면 살아 있을지 모른다는 실낱같은 희망을 품었다.

그때 염불곡이 말했다.

"내 생각으로는 궁주가 돌아가신 것 같지는 않네."

공손양이 반색하며 되물었다.

"정말입니까?"

사람들의 눈도 일제히 염불곡을 향했다.

염불곡이 그리 자신하는 데는 이유가 있었다.

"궁주에게는 내가 준 귀령환이 있네. 궁주가 태백산 어딘가에 있다면 나와 귀령이 감응을 했을 것이야. 그런데 도무지 귀령의 흔적을 찾을 수가 없었네. 적어도 삼백 리 이상 떨어져 있지 않는 이상에야……. 게다가 돌아가셔서 생명력이 끊어졌다면 귀령이 돌아와야 하는데, 그것도 아니거든."

그 말이 뜻하는 바는 하나였다.

좌소천이 삼백 리 밖으로 이동했다는 것이다. 혼자서든, 누가 도와주었든.

공손양은 장로들의 말을 정리했다.

'가공할 격전이 벌어졌다는 것. 약초꾼. 삼백 리. 그래, 주군께서는 그리 쉽게 당하실 분이 아니다! 반드시 살아 계실 거다! 내가 할 일은, 주군께서 돌아오실 때까지 이곳을 지키는 것!'

어깨를 편 공손양의 눈이 세 장로의 뒤쪽을 향했다.

장로들을 따라갔던 호법들의 눈 깊은 곳에선 침잠된 눈빛이 살아 있는 호랑이처럼 번들거린다. 한 달간 좌소천을 찾으러 다닌 것이 아니라, 태백산의 정기를 호흡하며 수련만 한 것이 아닌가 할 정도로 성장한 모습들.

사정이야 어쨌든 그들이 강해졌다는 것은 반가울 수밖에 없는 일이었다.

공손양은 희망을 품고 입을 열었다.

"세 분 장로의 말씀을 종합해 본 결과 주군께서는 살아 계신

듯합니다. 다만 워낙 부상이 심하셔서 당장 돌아오지 못하시는 것 같습니다."

공손양의 낭랑한 목소리에 대전 안에 모였던 사람들이 일제히 공손양을 향하고, 굳게 닫혀 있던 사도철군의 입이 열렸다

"그럼 어디에 있다는 소식이라도 전했을 것이 아닌가?"

"주군의 흔적이 발견된 곳은 태백산 남쪽입니다. 한중 일대는 천외천가의 영역, 소식을 전하기가 쉽지 않았을 겁니다. 어쩌면 소식을 전할 상황이 되지 못했을 수도 있지요. 어쨌든 중요한 것은, 주군께서 살아 계시다는 겁니다."

"흐음……."

일리가 있다는 듯 사람들이 고개를 끄덕였다.

그들은 믿고 싶었다. 좌소천이 살아 있다는 걸! 그리고 꼭 그래야만 했다.

특히 천외천가에 갔던 사람들은 제발 그러하기만을 바랐다.

좌소천이 아니면 누가 천해의 해주인 공야황을 막는단 말인가!

각자가 나름대로의 생각에 잠겨 있을 때 공손양의 말이 이어졌다.

"천외천가는 아직도 천선곡을 침입한 사람이 주군인 줄 모르고 있는 듯합니다. 하니 그 일을 아는 분들은 철저히 비밀을 지켜주시고, 혹시 누가 묻거든 화산의 비밀 장소에서 수련 중이라고 말씀해 주십시오. 무림맹에는 제가 따로 말씀드리겠습니다."

나중에는 알려질지 모른다. 그러나 알지 못하는 사실을 미리 알려줄 필요는 없었다. 좌소천이 아직 영풍산장에 있는 것으로 알고 있는 것과 실종된 것으로 아는 것은 적들의 계획에 천양지차의 영향을 미칠 터였다.

사람들도 공손양의 말을 이해하고 고개를 끄덕였다.

그제야 공손양이 사도철군을 바라보았다.

"일단 주군께서 돌아오실 때까지 성주께서 지휘를 해주셨으면 합니다. 주군께서 계시지 않는다고 흐트러진 모습을 보일 수는 없는 일 아니겠습니까?"

제천신궁의 사람들은 조금 못마땅한 표정을 지었다.

하지만 상황이 어쩔 수 없다는 것 또한 모르지 않았다. 당장 영풍산장에 모인 사람들 중 사도철군의 지위를 능가할 사람이 없질 않은가 말이다.

사도철군 역시 찜찜함을 털지 못했다.

언뜻 보면 모든 것이 자신의 손에 쥐어진 것처럼 보였다. 그러나 결코 그렇지가 않았다.

좌소천이 돌아올 때까지 임시적인 수장. 언제든 그가 돌아오면 내어줘야 하는 자리가 아닌가.

'끄응, 이거 좋아해야 하나, 말아야 하나?'

더구나 제천신궁의 장로들 중 동천웅과 무영자는 그조차 함부로 할 수 없는 사람들이다. 두 사람에게는 자신이 오제 중하나이고, 전마성의 성주라는 것도 소용없다.

그들을 부린다는 것이 쉽지 않다는 것을 그가 어찌 모를까.

'제길, 도운이 있으면 뭔가 방법을 말해줄 텐데……'

그렇다고 해서 못하겠다는 말은 더더욱 할 수 없었다.

태백산에 갔다 온 이후 확 변해 버린 사도진무의 말 때문에라도 거부할 마음이 없었다.

'뭐? 천해의 해주라는 작자를 상대할 수 있는 사람은 좌소천뿐이라고? 이 자식이 아비를 우습게 안단 말이야.'

그는 가볍게 헛기침을 하고 공손양의 제안을 응낙했다.

"험, 자네의 말뜻 잘 알겠네. 그리하도록 하지."

그런 사도철군을 동천옹과 무영자가 삐딱하니 흘겨보았다.

엉뚱한 생각하면 가만있지 않겠다는 눈빛.

사도철군은 그 눈빛을 무뚝뚝한 표정으로 받아넘겼다.

'제길, 저 두 늙은이가 제일 문제군. 쓸데없는 간섭만 안 해도 괜찮겠는데……'

*   *   *

군병들이 여산의 주둔지로 물러간 것은 가을이 지나고 겨울이 올 무렵이었다.

군령도 해제되었다.

강호인들은 마침내 전쟁이 일어날 거라 생각했다. 그러나 예상과 달리 바로 싸움이 일어나지는 않았다.

겨울에 전쟁을 한다는 것은 그만큼 서로가 힘든 일이었다. 게다가 한 번 관이 끼어든 이상 언제 또 끼어들지 모르는 일,

일단 관의 눈치를 보는 시늉이라도 하지 않을 수 없었던 것이다.

그렇게 서로가 마주본 채 어정쩡한 상황이 지속되며 시간이 흘렀다.

하지만 모든 사람이 알고 있었다.

전쟁은 반드시 일어난다는 것을!

백설로 덮인 위하평원이 붉은 핏물로 물들 거라는 것을!

3

"아무래도 천소라는 자가 제천신궁의 좌소천 같습니다, 가주."

"그게 확실한가?"

"지금 확인 작업을 하고 있습니다만, 거의 확실한 것 같습니다."

"그래?"

"예, 어떻게 하실 것인지요?"

순우연은 턱에 힘을 주고 주먹을 움켜쥐었다.

천소가 좌소천이었다니!

하긴 그런 정도의 젊은 고수가 천하에 몇이나 될 것인가?

그럼에도 좌소천일 거라 생각하지 못한 것은, 설마 제천신궁의 궁주가 신녀를 구하기 위해 목숨을 내걸 줄은 꿈에도 생각지 못한 때문이었다.

'아까운 기회를 놓쳤어! 사도철군이 오기 전에만 알았어도 놈들을 단숨에 무너뜨릴 수 있었는데!'

하지만 이미 한참 지난 일. 순우연은 미련을 떨쳐 내고, 적진에 좌소천이 없다는 것만으로 만족했다.

"신녀에 대한 정보는 들어온 게 없는가?"

"두어 달간 영풍산장의 주위를 맴돌며 정보를 수집해 봤습니다만, 그녀에 대한 것은 아무것도 찾아내지 못했습니다. 다른 곳으로 빼돌린 것이 아닌가 하는 생각입니다."

"그럼 해주에게는 아직 좌소천의 정체에 대해 알리지 마라. 자칫 신녀를 찾는다고 일을 그르칠 수가 있으니까."

"알겠습니다, 가주."

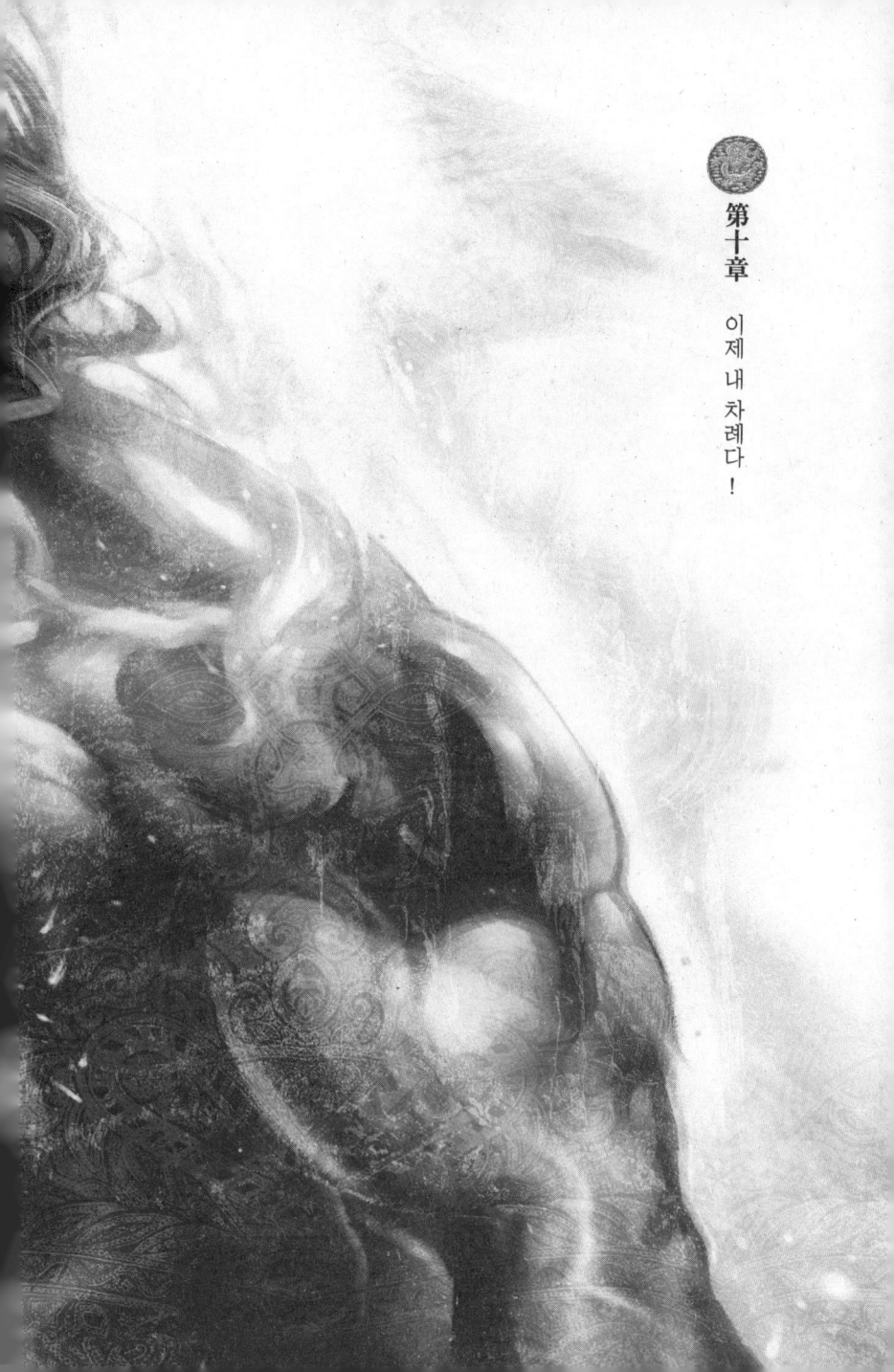

第十章

이제 내 차례다!

절대천왕 絶對天王

1

좌소천은 차례대로 선조들께서 남긴 세 곳의 동굴에 들어가 환무동에서 묵령기환보의 비밀을 얻고, 환상동에서는 환상자가 남긴 천고의 신법을 얻었다. 그리고 마지막으로 환천동에서 하나의 무공과 하나의 영약을 얻었다.

그날 이후, 좌소천은 모든 것을 배제한 채 내상을 치료하며 본신내력을 찾는 것에 전념했다.

밖에서는 찬바람이 불어도 안에서는 아무것도 느끼지 못했다.

때로는 이삼 일간, 심하면 칠 일간 무아지경에 빠진 적도 다반사였다.

무리해서 공력이 폭주한 적도 있었고, 그 바람에 정신을 잃은 적도 몇 번 있었다.

그때마다 담대위겸이 자신의 내력을 적절히 쏟아 넣어 좌소천을 도와주었다.

담대위겸의 도움은 그것만이 아니었다. 매일같이 음식을 구해오고, 간간이 밖의 소식도 전해주었다.

관의 움직임으로 인해 싸움이 소강상태라는 것도 그 덕에 알았다.

다만 담대위겸은 밖에 자신의 소식을 전하는 것만큼은 극구 반대했다.

어차피 완벽한 몸이 아니었다. 완벽은커녕 공력의 반도 찾지 못한 상태였다. 밖에 소식을 전했다가 천외천가의 귀에 들어가기라도 하면 전하지 않은 것만 못한 결과가 나올 터였다.

게다가 소식을 전하려면 공손양에게 직접 전해야 하는데, 그러기 위해서는 왕복 보름 이상 걸리는 곳을 다녀와야 했다. 그사이 좌소천의 공력이 폭주하기라도 하면 큰일이었다.

담대위겸은 어느 것도 이익될 게 없다며 몸을 되찾는 것에만 주력하라고 했다.

틀린 말이 아니었기에 좌소천도 답답한 마음을 가라앉혔다. 현재로선 자신이 모든 것을 되찾기 전에 일이 터지지 않기만을 바라는 수밖에 없었다.

그렇게 시간은 하늘의 뜬구름처럼 누가 막을 새도 없이 빠르게 흘렀다.

그렇게 석 달이 더 흐르고, 환상천부에 들어온 지 반년이 지난 어느 날.

좌소천이 머무는 환천동 안으로 굳은 표정의 담대위겸이 뛰듯이 들어왔다.

"천해와 천외천가가 본격적으로 움직이기 시작했네."

그의 입에서 짧은 몇 마디가 흘러나왔다.

좌소천의 표정도 딱딱하게 굳어졌다.

아직 완전치 않은 몸이다. 겨우 칠성의 내력을 되찾았을 뿐이다. 거기다 혈천마마공의 마기도 완벽히 제거하지 못했다. 지금의 몸으로는 절대 공야황을 상대할 수 없을 터였다.

'너무 빨리 움직였어. 몇 달만 더 늦추어졌어도……'

담대위겸도 그걸 모르지 않았다.

그러나 그에게는 세월을 줄일 마지막 방법이 있었다.

"아무래도 비상수단을 써야 할 것 같네."

"방법이 있겠습니까?"

담대위겸은 눈을 빛내며 좌소천을 똑바로 바라보았다.

"내가 도와줄 테니, 천년매령과 지령옥액의 영기를 완벽히 자네 것으로 만들고, 전력을 다해 혈천마마공의 잔재를 없애 버리게."

좌소천이 그나마 잠력을 소진하고도 칠성의 내력을 되찾을 수 있었던 것은, 다름 아닌 환상동에서 얻은 한 병의 지령옥액을 덕분이었다.

하지만 그것도 한계가 있었다. 그 한계를 넘지 못했기에 아직도 칠성의 내력을 회복하는 것으로 그칠 수밖에 없었다.

한데 담대위겸의 말대로만 된다면 그 한계를 넘을 수 있을 것이었다.

그러나 거기에도 한 가지 문제가 있었다. 아무런 문제도 없는 일이었다면 진작 그렇게 했을 것이었다.

"어르신의 몸에 크게 무리가 갈지 모릅니다."

담대위겸이 아무리 높은 공력을 지녔다 해도 좌소천의 본신 내력만은 못하다. 하기에 자칫하면 좌소천의 내력과 부딪쳐 위험에 처할 수가 있는 것이다.

"내 걱정은 말게. 무리해서 하지는 않을 테니까. 좌우간 안 하는 것보다는 나을 테니 그렇게 하도록 하세."

팔십 년 인생을 살아온 담대위겸이다. 그가 그렇게 하려고 할 때는 그만한 자신감이 있어서일 것이었다.

더구나 상황이 급박한 만큼 이것저것 가릴 때가 아니었다. 자신의 회복이 늦어지면 늦어질수록 화산에 있는 동료들의 피가 더 흐를 테니까.

그때만 해도 좌소천은 단순히 그렇게 생각하고 담대위겸의 도움을 받아들였다.

"알겠습니다, 어르신. 그럼 어르신의 말씀대로 하겠습니다."

하지만 모든 것이 그의 생각대로 흐르지만은 않았다.

그가 이상함을 느낀 것은, 담대위겸이 그의 명문혈에 손을 얹고 운기한 지 한 시진이 지날 즈음이었다.

천년매령의 영기와 지령옥액의 기운을 모조리 끌어올리자 진기가 폭주한다.

이제 물러설 수도 없는 상황.

좌소천은 폭주한 진기를 이용해 혈천마마공의 마기를 강제로 밀어내기 시작했다.

다행히 담대위겸의 진기와 자신의 진기가 부딪치지 않고 정상적으로 흘러간다.

한데 뭔가가 이상했다. 명문혈을 통해 흘러들어 오는 진기가 멈추지 않고 끊임없이 밀려든다.

지나칠 정도다. 멈추고 물러서야 할 때가 지났는데도 멈추지 않는다.

―위험하다!

그의 본능이 속삭인다.

대체 왜?

그때 담대위겸의 목소리가 머릿속으로 파고들었다.

"멈추지 말고 계속하게! 기회가 왔을 때 완전히 몰아내!"

'어르신!'

"최대한 시간을 앞당겨야 하네! 무슨 말인지 모르지는 않겠지?!"

좌소천의 이가 악다물렸다.

그는 그제야 담대위겸이 무슨 생각을 하고 있는지 눈치 챘다.

문제는 멈추고 싶어도 멈출 수가 없다는 것이다. 억지로 멈추면 진기가 역류해 자신은 자신대로, 담대위겸은 담대위겸대로 치명적인 내상을 입을 것이었다.

그가 할 수 있는 방법은 하나뿐이다.

모든 것을 최대한 빨리 끝내는 것. 그것만이 담대위겸의 몸에 최소한의 피해를 줄 수 있을 터였다.

'제발 끝날 때까지 견뎌주시길!'

좌소천은 이를 악다문 채 진기를 움직여 혈천마마공의 잔재를 더욱 강하게 밀어붙였다.

고요히 감겼던 눈이 뜨였다. 운기를 시작한 지 만 하루 만이었다.

"성공… 이군."

힘없는 목소리가 등 뒤에서 들렸다.

그 말을 하는 것조차도 힘든지 담대위겸은 그 말을 끝으로 더 이상 입을 열지 않았다.

좌소천은 그의 상황을 알기에 굳이 입을 열어 묻지 않았다.

'하아, 너무 큰 짐입니다, 어르신.'

담대위겸의 손끝에서 한 점의 진기도 느껴지지 않는다. 그가 평생을 수련해 얻은 백 년의 내력이 완전히 소멸된 것이다.

단순히 공력이 소진된 것이라면 크게 문제될 것이 없었다. 하지만 선천진기마저 소진된 이상 아마 다시는 내력을 회복할 수 없을 것이었다.

그나마도 좌소천이 최대한 시간을 당긴 덕에 목숨이라도 건진 걸 다행으로 여겨야 할 정도였다. 얼마나 살 수 있을지는 모르지만.

좌소천은 천천히 돌아앉아 떨리는 눈으로 담대위겸을 바라보았다.

눈을 꼭 감고 있는 담대위겸의 몸은 하루 전과 판이했다.

드문드문 하얗던 머리는 완전히 하얘졌고, 얼굴의 주름도 배는 더 되어 보였다.

좌소천은 그런 담대위겸의 손을 잡고 진기를 불어넣었다.

텅 빈 단전에 진기를 넣어줘 봐야 아무 소용이 없다는 걸 알지만, 그래도 기운을 차리는 데는 도움이 될 터였다.

당장 자신이 담대위겸에게 해줄 수 있는 것은 그것뿐이었다.

"어르신······."

목 메인 좌소천의 부름에 담대위겸이 눈꺼풀을 힘들게 들어 올렸다. 천천히 열리는 그의 입가에 쓴웃음이 맺혔다.

"걱정할 것 없네. 어차피··· 죽을 때가 다 되었으니까. 자네가 공야황만 죽여준다면······. 그러면 되네."

"예, 어르신. 반드시, 놈의 목을 가지고 돌아오겠습니다."

"으음. 그리고 가능하다면··· 한 놈을 더 찾아서 죽여주게."

가늘게 떨리는 입술에서 진한 아픔이 묻어 나온다. 힘들게 뜨여진 눈에서 한이 쏟아진다.

대체 누가 이 노인에게 그런 한을 심어준 걸까?

"말씀하십시오."

"손가락이 아홉 개인 놈이 있네. 악마 같은 놈이지. 이십 년 전, 그놈 손에 내가 애써 키운 아이들 스물둘이 처참하게 죽었다네. 온몸이 찢기고 문드러져서……."

"그게 누군지 아십니까?"

담대위겸은 힘들게 고개를 한 번 젓고는 또 눈을 감았다. 눈꺼풀을 들고 있는 게 너무도 힘든 것처럼.

"내가 그걸 안 것은 죽은 아이들의 몸에 난 상처를 보고서였지. 왼손에 찍힌 구멍이 모두 네 개뿐이었으니까. 내 짐작이 잘못되지 않았다면… 구마 중 제일 강하다는 구지마종(九指魔宗)이 아닌가 싶네. 그런데 그놈 역시 천외천가의 놈인 것 같더군. 지난 세월 태백산 근처에 머물며 혹시나 그놈을 찾을 수 있을까 기대했는데… 보지 못했다네. 부탁… 하네……. 그놈을……."

마지막 목소리는 거의 들리지 않았다.

좌소천은 담대위겸의 겹겹이 쌓인 한의 무게가 태백산만큼이나 무거운 것을 알고 가슴이 아려왔다.

"알겠습니다, 어르신."

2

칠 개월이 지났다.

잠력 격발로 인해 소실되었던 공력을 완전히 되찾은 상태다. 게다가 묵천금황기가 십성에 이르자 혈천마마공의 마기도 제거되었다.

그 모든 것이, 자신의 회복을 위해 모든 것을 포기한 담대위겸 덕분이라 해도 과언이 아니었다.

'어르신, 이제 나갈 때가 된 것 같습니다.'

담대위겸은 그날의 그 일 이후 보름을 더 살고 숨을 거뒀다. 너무나 편안한 얼굴로.

그는 저세상에서 자신이 공야황의 목을 취해줄 것을 바라고 있을 것이었다. 또한 손가락이 아홉 개인 자를 찾아 한을 풀어주길 바랄 것이었다.

좌소천은 담대위겸을 떠올리며 잔잔하게 가라앉은 눈빛으로 길게 숨을 내쉬었다.

"후우우우……."

그러고는 오른쪽을 향해 손을 뻗었다.

묵령기환보가 빨리듯이 손안으로 들어왔다.

좌소천이 묵령기환보에 묵천금황기를 주입한 순간!

스르릉.

맑은 소리와 함께 묵령기환보의 끝에서 두 자 길이의 금빛 광채가 튀어나왔다.

검신이었다. '묵령'이라는 두 글자가 선명하게 새겨진 금빛 검신.

전에는 아무리 내력을 주입해도 꼼짝을 않던 묵령기환보다. 그러한 묵령기환보의 비밀이 풀린 이유는 간단했다.

묵령시의 역할을 마침과 동시, 묵령기환보 내부의 봉인도 풀린 것이다.

좌소천이 그 사실을 안 것은, 환무동 서고(書庫)의 죽책에 적혀 있는 글을 읽은 후였다.

죽책에는 묵령기환보가 만들어진 이유와 봉인된 비밀이 적혀 있었다. 그곳에 적힌 바에 의하면, 묵령기환보는 촉산에서 우연히 발견된 신비한 금속 두 가지를 사십 년간 제련해 만들었다고 한다.

그것도 일반 제련술로는 끄떡도 하지 않아서, 묵천금황기를 운용한 채 제련했다고 한다.

결국 묵빛 금속은 몸체를 이루고, 금빛 금속은 검날이 되었다.

그는 그 검에 묵령천검이라는 이름을 붙였다.

하지만 완성된 검날이 워낙 날카롭고 그 기가 강해서 그것을 만든 환무자가 세상에 내놓는 것을 두려워했다고 한다.

그러나 천해의 혈천마마공을 능히 제압할 수 있는 천고의 신검을 구석에 처박아둘 수는 없는 일이 아닌가.

그때 때마침 천기를 살피던 환천자가 예언을 했다.

"참으로 안타깝도다. 후예들이 서로를 향해 검을 겨누니 환상천부의 문이 천 년간 잠기는도다!"

환무자는 그 말을 듣고 한 가지 방법을 생각해 냈다.

다름 아닌 묵령천검의 봉인과 환상천부의 석문 봉인을 엮어놓고 묵천금황기로 풀 수 있도록 한 것이다.

천 년 후에 묵천금황기를 얻은 후예가 묵령천검을 들고 천해를 무찌를 수 있도록 말이다.

당시 좌소천은 그 글을 읽고 선인들의 혜지에 고개가 숙여지지 않을 수 없었다.

"공야황, 그대의 두 손이 과연 이 검의 신기를 감당할 수 있을지 모르겠구나."

무진도는 날이 없다. 손으로 감싸고 쓸어내려도 아무런 이상이 없을 정도다.

그에 비해 묵령천검의 검날은 한 치 떨어진 곳에 손을 가져다 대도 검인에서 흐르는 검기에 손을 베일 정도다.

단순한 날카로움이 아니다. 검신에 신기(神氣)가 서려 있기 때문이다.

묵령천검이라면, 무진도가 베지 못한 공야황의 두 손을 벨 수 있을 것이었다.

좌소천은 차가운 미소를 지으며 끌어올렸던 묵천금황기를 거두어들였다.

스르릉.

묵령천검의 검인이 묵령기환보 안으로 사라졌다.

잃었던 모든 것을 되찾고, 이전보다 더 강해졌다.

이제 빚을 갚아야 할 때였다.

'기다려라, 공야황! 이제 내 차례다!'

『절대천왕』 8권에 계속…

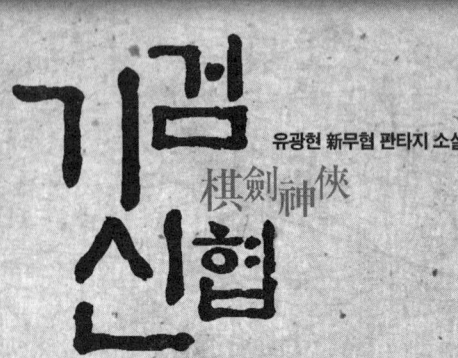

潛行武士

잠행무사

김문형 新무협 판타지 소설

"흑랑성에 들어간 사람 중에
다시 강호에 나온 이는 없다."

서장 구륜사와의 결전을 승리로 이끌며 중원무림에
홀연히 나타난 문파 흑랑성(黑狼城).
그러나 흉흉한 소문이 사실로 드러나 무림맹으로부터
사파로 지목받고 멸문당한다.

그로부터 일 년 뒤.
강호의 은원을 정리하고 금분세수를 하려는 청위표국의 국주 송현은
마지막으로 무림맹의 의뢰를 받아들인다.
그것은 바로 금지 구역 흑랑성에 잠행하는 일.

송현은 무림에서 외면받는 무사 네 명을 선출하여
소림승 진광과 함께 흑랑성에 들어간다.
흑랑성의 비밀이 하나씩 드러나면서 밝혀지는 진실은
그들을 목숨을 건 사투로 끌어들여 가는데……,

액션스릴러로 만나는 무협
잠행무사!

유행이 아닌 자유추구
WWW.chungeoram.com

Book Publishing CHUNGEORAM

무영무쌍

김수겸
新무협 판타지 소설

그림자도 찾기 힘들고[無影],
가히 대적할 자도 없다[無雙]!
강호의 절대고수 무영무쌍!

청설위국의 위사 진세인,
그를 찾아오는 수많은 사람들.
그를 원하는 수많은 세력들.

거대한 음모의 소용돌이 속에서
그는 그를 버렸던 용부를 지켰고,
그에게 검을 겨눴던 무림맹과 십만마교를 구해냈다.

모든 것을 가졌던 황제가 끝까지
갖지 못했던 단 한 사람!
위사 진세인과 동료들의
강호행이 시작된다!

유행이 아닌 자유추구 -
WWW.chungeoram.com

Book Publishing CHUNGEORAM